Sultana
El seraglio de las mariposas

Germán T. Cruz

Sultana
El seraglio de las mariposas
Todos los Derechos de Edición Reservados
© 2017, Germán T. Cruz
Pukiyari Editores

ISBN-10: 1-63065-080-3
ISBN-13: 978-1-63065-080-3

PUKIYARI EDITORES
www.pukiyari.com

Índice

Preludio

Me llamo Baltazar, muchos me llaman el Negro Baltazar por obvias razones. Lo que voy a contar es una historia que me ha llegado tanto de mi presencia como testigo como el relato de la señorita Eufemia a través de los años que he pasado en el patio de su casa en San Antonio en Santiago de Cali, en las faldas de los farallones. Es una historia que he llevado en mis cuadernos y en mi memoria por varios años y que quiero ahora compartir con el mundo más allá de mi butaca antes de que me falle la memoria o la vida.

Nací en Dagua, a orillas del río del mismo nombre, en una casa que el bisabuelo de la señorita le regaló a mi bisabuelo, el Negro Manuel, un poco antes de que las huestes Liberales despojaran a todos los Conservadores en la comarca de sus propiedades luego de su triunfo en esa Guerra de los Mil Días y los derroches de sectarismo violento que la siguieron. El bisabuelo murió antes de ser expulsado a la fuerza de su propiedad. Lo mataron las graves lesiones sostenidas en las batallas de Peralonso y Palonegro, donde perdió un ojo y recibió machetazos en una pierna, creándose heridas que luego se infectaron por falta de cuidado oportuno o efectivo. Las razones y pormenores de la guerra ya no importan, aunque todavía influyen en el carácter y rumbo de la nación. La guerra nunca terminó, sino que asumió otras versiones y personalidades. El país se acostumbró a la muerte y al delito. Todo lo que ha pasado después de Palonegro ha sido nada más que un continuo deshilvanar de la fábrica nacional con guerras de guerrillas bajo diferentes intereses, excusas y propósitos, seguidas ahora por el dominio regional de bandas criminales organizadas para chantaje, secuestro y venta de drogas. En todo, los muertos ya están muertos y los desposeídos nunca recuperaron nada de lo poseído. El país marcha a ciegas sin la clarividencia de un Tiresias que lo guíe a través de la bruma. Todo es normal de una manera o la otra. El tiempo no transcurre y los relojes parecen marchar en retirada o vivir en una especie de somnolencia permanente. No es un realismo mágico sino una realidad sin fantasía donde la magia ha muerto a cuchilladas.

Por asunto del desalojo, el hijo del bisabuelo emigró al barrio de San Antonio en Santiago de Cali donde restableció el fuero familiar en esa casona al pie de la loma. Allí vivieron sus hijos, se casaron y eventualmente nació la Señorita Eufemia y su hermano Don Ovidio unos diez años antes que ella. Yo nací entre los dos y crecí con ellos pasando el tiempo entre Dagua, cerca del Pacífico y Santiago de Cali, al pie de los farallones. Gozamos la niñez nadando, cazando, pescando y generalmente gozando de los farallones y los ríos hasta que Don Ovidio terminó el bachillerato y se fue para Europa.

No soy un hombre muy letrado, tampoco soy un político a pesar de lo que dice el señor Aristóteles de que todos somos hombres políticos. Prefiero ser como dice Martí: *"Un hombre sencillo de donde crece la caña"* pero gracias a don Ovidio pude aprender a escribir y leer libros serios en la biblioteca de la casa en San Antonio. Tal vez por esto no soy un negro analfabeto como parezco o soy visto. Debajo de mi tez oscura hay mucha claridad y contenido. Leer y estudiar no ha sido para mí asunto de obligación sino de placer. Leyendo uno aprende y a veces tiene razón para una siesta en el sofá rojo o un vaso de jugo de lulo. Claro que leo y aprendo solo lo que me gusta. Nunca tuve la consagración y ese interés por saber un poco de todo como don Ovidio, pero siempre me ha gustado leer y ayudar a la Señorita Eufemia en sus menesteres tanto como gozar de su cocina y ese gran sofá rojo en su sala. Un sofá fiel a su misión de ofrecer comodidad y buenas siestas desde el abuelo hasta estos tiempos. Le han forrado los cojines varias veces con ese peluche rojo que invita al sueño por su suavidad como piel de gato. Además, la Señorita Eufemia continúa la tradición culinaria de las abuelas con un gran amor que también se extiende a árboles frutales y flores. La casa en San Antonio siempre ha sido un dominio feliz y acogedor. Es como una granja urbana de dos patios con un rebaño de gatos en lugar de vacas. Yo soy hombre de campo a gusto en la ciudad con mis pies descalzos sintiendo la textura del suelo y los baldosines de granito con ese olor a tierra mojada cuando riego las plantas. En esa casa siempre he tenido una alcoba con escritorio y un armario grande donde guardo mis cosas. Allí mi color no importa y soy de la familia tanto como ellos son la mía.

Mis bisabuelos dejaron de ser esclavos cuando los bisabuelos de la Señorita Eufemia y Don Ovidio los liberaron mucho antes de esa *Guerra de los Mil Días* que mencioné al principio. Ellos le regalaron además de una casa de ladrillo con techo de teja, una parcela de tres hectáreas con platanar, naranjal, limonar, unos cerdos y varias gallinas además de un muelle desde donde pescábamos y saltábamos a esa corriente tan fría y fuerte del río Dagua que marchaba desde la cordillera hasta el Pacífico. Había también un árbol enorme de mamey donde construíamos plataformas para pretender atacar y defender fuertes y castillos como también volar por el espacio entre las ramas hasta la corriente del río. Claro que esos son tiempos pasados. Hoy en día el río está extenuado y contaminado por abusos de la minería ilegal que todos conocen, pero nadie puede controlar o prevenir. El mercurio usado para extraer el oro termina matando tanto el medio ambiente como los mineros. El usufructo de la minería no tiene ni uso ni fruto otro que un río muerto y miles de esperanzas desahuciadas. El árbol de mamey fue arrasado por la corriente del río durante una gran creciente. Una parte de mí se ufana de haber podido nadar en esas aguas y otra parte vive de luto por ese cauce muerto sin sentido repleto de buenas memorias y peces muertos.

Mi abuelo trabajó en la construcción de ese Ferrocarril del Pacífico que unía a Buenaventura en la costa con Cali y el resto del valle del río Cauca. Fue una gesta enorme que atravesaba la cordillera y la selva junto con varios ríos y vertientes. Se tuvieron que construir muchos puentes y excavar muchos túneles. Hubo necesidad de prevenir derrumbes causados por las lluvias y el deslizamiento de los suelos a lo largo de la ruta. Muchos perecieron en la gesta por derrumbes, paludismo y el uso incauto de dinamita. Se construyó una enorme estación en Santiago de Cali con paredes repletas de murales que relataban la historia de la región. El ferrocarril sirvió por un tiempo como un enlace entre el mar y el valle que permitía el desarrollo de industria y comercio por toda la región. Hoy ya no existe. La vía está prácticamente abandonada a causa de problemas económicos, políticos y sociales. Se han perdido esos enlaces vitales de ciudad a ciudad que una vez se estimaban como importantes para el desarrollo de la comarca. Quedan solo carreteras y trochas devoradas por ejércitos insaciables de autos y camiones. Los rieles y sus contactos se han desvanecido con el tiempo, el progreso, la criminalidad y la voluntad débil de los gobernantes, pero los enlaces de mi mente y corazón con la memoria se mantienen siempre fuertes y vigentes. Estoy enraizado en ellos como un árbol casi centenario dando testimonio de la vida de una familia y ahora sentado en el muelle al borde del río Dagua le dicto esta memoria a mi sobrina.

Introducción General

Empezando por el principio, unos siglos antes de este siglo, debemos entender el contexto como lo hace Don Ovidio en sus trabajos. Todo comienza en Extremadura cuando Don Francisco Pizarro se contagió de la fiebre de oro en el Nuevo Mundo recién descubierto y tuvo el deseo de explorar y conquistar el Imperio Inca con su riqueza de oro y joyas y doncellas. Desde Cuzco envió a Don Sebastián de Belalcázar al norte en búsqueda de más oro, joyas y otras cosas de valor persiguiendo esa ilusión de El Dorado. Fiel a su misión, Don Sebastián salió de Lima alejándose de los ojos vigilantes de Don Francisco para subir al norte y fundar a Quito, Pasto, Popayán y Santiago de Cali entre 1535 y 1537 dejándoles a cada una ese lote baldío al centro que se llamó entonces Plaza Mayor al estilo de otras ciudades del Nuevo Mundo mucho antes de que las *Leyes de Indias* surgieran de la cabeza de Felipe II. Don Sebastián se dedicó a pelear con otros conquistadores sobre límites, terrenos y privilegios hasta su muerte antes de poder regresar a España y presentar sus demandas ante la Corte. Tal vez en estos menesteres reside la tradición de pelea constante y celosa entre los narcotraficantes y guerrillas que azota el entorno de la región con luchas internas y salvajes sin excusas suficientes o resultados permanentes.

Eventualmente y a pesar de todo, Santiago de Cali creció en alcurnia económica y social alrededor de esa plaza que con el aumento del comercio necesitó tener una cerca de hierro forjado por su contorno con el objetivo de prevenir el uso del espacio por los indeseables, los vagos y las fieras del campo (vacas, mapaches, zarigüeyas y burros) que tanto podrían ofender los gustos, maneras y sensibilidades de las damas de sociedad de ambos sexos. Un poco más tarde, en un momento de lucidez cívica democratizada, la cerca fue derribada y un diseño jardinezco afrancesado fue impuesto en la plaza para aceptar al público en general y alimentar la alcurnia. Se le añadió una estatua de don Joaquín de Caycedo y Cuero en el medio cargando una bandera en aparente camino hacia la catedral al borde sur occidental de la plaza. Don Joaquín había sido el penúltimo alférez real o gobernador regional, dueño de las 5,000 hectáreas de la Hacienda Cañas Gordas que se extendían de cordillera a cordillera a través del valle del río Cauca para producir melaza y azúcar junto con ganado y vegetales además de sustentar centenares de esclavos y una posición de altura social. Por su deseo de gobernar sin la opresiva supervisión del Virreinato y sus oficiales en Popayán, Don Joaquín se rebeló, dirigió una guerrilla y obtuvo un triunfo breve por autonomía antes de ser capturado y ejecutado en 1813 para convertirse en un proto-héroe de la eventual liberación del país del dominio español casi 7 años después. Alrededor de la estatua se plantaron 124 palmas reales (*Roystonea regia*) que le dieron carácter especial a la plaza como de un gigante plumero. Rodeada por la catedral, el palacio episcopal, un gran hotel, el palacio nacional y locales comerciales por todo su perímetro, lo que una vez fue la plaza mayor se convirtió en Plaza de la Constitución y finalmente en Plaza de Caycedo sirviendo como centro referente a toda actividad cívica y religiosa de la ciudad por más de sus cuatrocientos cincuenta años de presencia. Por allí se paseaba tanto la élite como el pueblo raso ufanándose de su condición tal cual como pavos reales acartonados o gallos comunes con sus pechugas repletas de orgullo avícola. La plaza era una plataforma social y comercial para placer de todos. Ese lugar común que funcionaba como un muestrario social, religioso y político

Sucede que luego de las frecuentes guerras civiles a fines del siglo XIX y principios del siglo XX, especialmente luego del saqueo de la ciudad por las turbas liberales en la Navidad de 1877, la élite se fue alejando progresivamente de la plaza y el centro confrontada por la invasión de desempleados y pobres en busca de alimento, limosnas o cosas para robar. Así emergieron eventualmente nuevas formas de sustento individual honesto y en cada banca de la plaza a mediados del siglo XX se situaron lustrabotas que unidos a los amanuenses cerca del palacio nacional le confirieron un carácter muy masculino a la mayoría del entorno a pesar de la feminidad de las palmeras y el diseño afrancesado de los setos. Los lustrabotas contribuyen al mantenimiento de una imagen muy caleña de ser bien vestidos de pies a cabeza mientras los amanuenses ofrecen ayuda conveniente para preparar el gran número de permisos y certificaciones requeridos para toda clase de trámites ante el gobierno local y nacional. Los zapatos bien lustrados y los vestidos bien aplanchados se sumaban al lenguaje extremadamente articulado y la higiene personal como las cuatro columnas sobre las cuales se construían niveles de ascendencia en la sociedad. Los amanuenses reflejaban esa herencia de las venias y manoseos típicos de la Corte Real que la independencia no pudo eliminar. Un país nuevo improvisando manera de ser y gobernar no podía inventarlo todo desde un principio. Era necesario copiar algo conocido hasta que resultara algo original. Así se puede entender como nunca se eliminaron las burocracias del sistema real una vez enquistadas en los procesos del nuevo gobierno. Son lombrices solitarias (*Taenia solium*) que sobreviven devorando lentamente el organismo donde residen sin tratar de matarlo, aunque siempre demandando más alimento. En el Nuevo Mundo parecen haber sido fertilizadas por la independencia y la formación de nuevos gobiernos junto con el anhelo de aparecer bien organizados y copiar lo que no se entiende.

Sentados en una banca ante un guacal de madera que apoya su máquina de escribir, cada amanuense hace su negocio en un espacio no más ancho que sus caderas casi de igual manera que los lustrabotas. En un tiempo pasado estas solicitudes eran hechas en hermosos despliegues de arte caligráfico, pero en estos tiempos basta hacerlas a máquina en ese pliego de papel sellado que carga el timbre oficial autoritario. El lenguaje peticionario es diseñado a ser circunvalar y los amanuenses son bien fluyentes en él. Es el precio y tono de lo que se estima como derecho de acceso y orden de proceso. Esfuerzos por algunos políticos y líderes cívicos para simplificar el idioma y los procesos han sido arrasados por ambos lados del negocio de trámites y certificaciones. Mucha gente al frente o detrás de las ventanillas de trámite depende de la complejidad y a veces la complicidad de las vías procesales. Nada se puede hacer en lenguaje directo y sencillo sobre papel común. Todo se trastoca y adquiere significado especial en "papel oficial" con sellos y firmas como conjuraciones de magia negra. Así, lustrar zapatos y escribir actas de solicitud sirven bien para establecer posiciones dentro del estrato social y político en una ciudad ya moldeada a través de los siglos como una torta social de varias capas con un centro de estratos mestizos arropados con una coraza de pura sangre blanca certificada. Esto es también el legado de los esfuerzos coloniales por afirmar rango bajo pureza de sangre certificada en la Corte para una sociedad lejana idealizada donde blancos, mestizos y negros se mezclaban por diferentes medios para crear un verdadero Nuevo Mundo del color de melaza en varios tonos. Así se cultivaba un analfabetismo práctico que ejercía dominio sobre la sociedad no como asunto de no saber leer o escribir, sino de no saber vivir o hacerlo fuera de los convenios de clase y raza. Había un mestizaje racial y un mestizaje cultural que promovía una gran diversidad a un nivel siempre mediocre sin deseo de superación colectiva. Las barreras de la estratificación social previenen la verdadera eficacia de la educación y por ende de la oportunidades para realización personal. En la Plaza Central se puede ver la batalla contra ese analfabetismo práctico librada por gente que hace empresa de manera personal y directa ante zapatos y pliegos.

Sumados a los lustrabotas y amanuenses están los vendedores de loterías declamando sus números y encomios a la buena suerte. Hay también vendedores de refrigerios con sus carretas repletas de frutas y panes. Algunos ofrecían fritanga y churros pero el Departamento de Salud los multó por no tener agua corriente para lavar manos y usar guantes protectores en cada transacción. Se puede apreciar a pesar de todo que la Plaza es en realidad una bolsa urbana de valores como lo intentó Don Sebastián más de cuatro siglos antes mientras su mente hervía con fiebre de oro y celos protectores bajo su casco de hierro pulido. Faltan ahora las vacas, los burros y las verduras, pero está el público, las palmeras, las palomas, los lustrabotas, los amanuenses y los vagos además de uno o dos poetas. Hace mucho rato que los mapaches y zarigüeyas decidieron irse a lugares menos colmados y más cómodos junto con unos micos que nunca pudieron ganarse el afecto de la comunidad. La Plaza Mayor existe ahora como un símbolo sin impacto comercial o social. Todo se ha diluido como los jugos de frutas y el valor de la moneda.

Los abuelos inculcaron a Don Ovidio un deseo rebelde por autonomía personal similar el de don Joaquín Caycedo que dio fruto en toda su vida sin desconectarlo del entorno cultural. Circunstancias sociales y políticas infectaron esa rebeldía en muchos de la generación de Don Ovidio. Los mejores y más hábiles terminaron huyendo hacia otros lugares más propicios y tal vez más seguros. Esas mentes perdidas beneficiaron a otros lugares ofreciendo razones para orgullo local con una añoranza de lo que podrían haber sido localmente. La ciudad parece repulsar continuamente sus mejores frutos para quejarse entonces de necesidades insatisfechas. Se lamenta lo perdido mientras se hace poco para prevenir la pérdida.

Alrededor de la plaza, durante la juventud de don Ovidio, se encontraban varios cafés albergando en la crepuscularidad de sus recintos solo a hombres haciendo o planeando negocios, entreteniendo el ocio, tomando café o alimentando lujurias tímidas contemplando a las meseras cuarentonas, pero exuberantes y amables que frotaban sus caderas sobre sus hombros al pasar entre las mesas. Claro que además de café en sus varios tipos había bastante licor servido en tinteros un poco más grandes que dedales para pulgares. El objetivo no era tanto la embriaguez como un golpe restaurativo de aguardiente. Sin embargo, la bebida dominante era el tinto o expresso servido en tasitas de porcelana que se bebían lentamente con o sin azúcar. Era en estos lugares donde se reunían amigos y clientes o se ejecutaban negocios de toda índole. Había escritores, maestros, poetas, borrachos inveterados, periodistas, abogados, corredores de bienes raíces, ganaderos, inversionistas, desocupados, aburridos, deportistas, políticos, estafadores, empleados públicos y el ocasional inocente recién llegado tratando de encontrar su ruta en la gran urbe. Cada café tenía su clientela favorita a ciertas horas del día. No había límite para sentarse en una mesa y pasar el tiempo. Para muchos, una mesa habitual se convertía en oficina sucursal donde era más fácil encontrarlos que en su lugar principal de trabajo. La música variaba entre corridos, tangos, boleros desesperados o descorazonados o una mezcla de varios estilos que erigían una nube de ruido sin otro propósito que matizar el ambiente. El elemento dominante en cada café era el gran grifo o cafetera que parecía haber salido de un taller barroco con gran despliegue de textura, luces y decoración entonando varios sonidos como una gran locomotora que molía el café, hervía el agua, medía porciones exactas para cada taza y decantaba el café tinto con gran alarde de vapor dando la impresión de una labor extenuante y peligrosa. Como complemento estaban los grifos para cerveza con sus empuñaduras que anunciaban la marca del producto. Hacia la hora del almuerzo algunos cafés ofrecían algo parecido a tapas o pequeñas hamburguesas en pancitos con gran despliegue de mostaza gris y adobos de pimientos, cebollas y aceitunas. Para familias había droguerías y librerías con salones de refrigerio ofreciendo helados y refrescos servidos por meseros en rigurosos uniformes blancos almidonados. Estos eran otros lugares en la selva urbana que proclamaban cierto nivel cultural un poco más elevado. Todos estos locales funcionaban hasta las siete u ocho de la noche y estaban cerrados los domingos por asunto de la fe y las leyes laborales. Uno o dos establecimientos más abajo de la Plaza, a casi seis cuadras, cerca de la Galería Central ofrecían otra versión de los cafés del Centro. Eran lugares más bulliciosos que decidieron estar abiertos por 24 horas y en señal de esto quitaron las puertas para impedir el cierre además de emplear un conjunto de meseras más jóvenes y apetecibles con falditas más cortas y virtud más mercadeable. Estos cafés quedaban en la periferia de lo que se llamaba la "Zona de Tolerancia" y tenían una clientela más bohemia y decididamente más lujuriosa compuesta de vendedores y comerciantes en la galería y los graneros a su alrededor.

Geográficamente la ciudad se dividía en barrios divididos por calles y avenidas. Más allá de la Plaza Mayor (Plaza de Caycedo) y sus alrededores, estaba el lado Norte con el río, la avenida y la biblioteca extendiéndose casi hasta el Cerro de la Tres Cruces. Este era el dominio de las élites y los adinerados en largas mansiones bajo la sombra de árboles y palmeras. Hacia el Este quedaban barrios repletos de obreros y artesanos cautivos de la incertidumbre de ser casi pobres y la dialéctica rabiosa de la lucha de clases, llenando sus vidas entre noticieros, radionovelas y pasiones de varias índoles. Casi lo mismo ocurría hacia el Sur una vez pasada la Galería Central. Por el lado Oeste cerca de los farallones, quedaban los barrios originales de la era colonial con sus casas de herencia albergando a la élite de dirigentes políticos y laborales evitando mezclarse con el *hoi polloi* de cuyos votos dependían en práctica. Mas allá, detrás de la colina de San Antonio, estaban la planta del acueducto y las faldas de los farallones vestidos de verde y púrpura. Así era lo que podía llamarse el Cali básico. Esa villa de Don Sebastián creciendo como una de las ciudades más antiguas de Hispano América empujando el futuro con furia de ser y la inocencia de no saber que ser. Ciudad llamada "Sultana del Valle" y más íntimamente como la "Sucursal del Cielo" o "Capital de la Alegría". Una visión de tentación urbana con techos de teja roja y paredes multicolores con más de cincuenta iglesias, santuarios y conventos atravesada como un machetazo por una zona roja de cinco kilómetros de largo donde hombres y mujeres escapaban del campo, la pobreza y la violencia vendiendo sus favores bajo la cacofonía de victrolas roncas y la mirada tolerante de la élites políticas y religiosas.

1

Ovidio Rodriguez Fernandez, hijo de María Fernandez y Eugenio Rodriguez, había nacido y crecido en Santiago de Cali antes de escapar en su adolescencia para satisfacer su sueño de ver el mundo desde sus ojos verdi-marrones situados exactamente a 1.70 metros sobre el nivel del suelo dejando 5 centímetros para la frente arriba de sus cejas gruesas como brochas. Aquí regresaba con setenta años a cuestas al final de sus viajes y deambulaba por la mañana alrededor de la Plaza para lustrar sus zapatos, tomar café, leer el periódico, tomar notas, hacer algunas compras y visitar amigos. Don Ovidio había regresado a su ciudad natal en su postrera edad para recorrer los espacios donde su hombría había surgido con efervescencia sobre el sueño de la infancia. No era tanto una visita al pasado como una jornada de reconocimiento para reencontrar sus huellas y adquirir un sentido más fresco de sí mismo como un árbol que examina sus raíces desde la altura del follaje. Ese que y quién soy tan inquietante y temeroso que surge hacia el final de la jornada de vida. En vez de ir a la casa de sus abuelos para hospedarse con su hermana, decidió aceptar el gesto de la Oficina de Planeación para ocupar una planta en el tercer piso de lo que había sido el edificio de Coltabaco (Compañía Nacional de Tabaco). Un edificio designado como histórico en la carrera Primera o avenida Colombia con calle Doce al frente de lo que una vez había sido el Hotel Alférez Real y era ahora el *Parque de los Poetas* por una de esas gestas románticas propias del trópico donde poetas crecen como madreselva sofocando los ingenieros y contabilistas. Era una planta de dos salas amplias en una esquina del edificio con vistas al río y la avenida. No tenía gran estilo de arquitectura o decorado, aunque por ser viejo se lo estimaba como una joya antigua con necesidad de preservación a pesar de haber perdido el entorno y cualquier relación de contexto y escala. El esfuerzo preservador era en realidad un acto de arrepentimiento ante los pecados del modernismo que diezmaba la planta urbana para beneficio de esa lava automotor que fluía por cada calle y callejón siempre demandando más espacio sofocando el aire mismo. La sala principal era un cubo básico con cielorraso alto y grandes ventanas que mostraban al río, el parque y la avenida. Con mucho esmero lo habían acomodado para sus necesidades con una superficie de trabajo, una pizarra, conexiones para computador, un estante ancho, cuatro sillones y una poltrona que trataba de hacerse pasar como una cama de día o *banquette-lit* según el estilo de otro siglo y otro lugar. Se pasaba por una puerta pesada al otro cuarto donde había un baño con ducha detrás de una puerta de vidrio verdoso con el logo de Coltabaco. Ese segundo cuarto tenía además del baño, una cama ancha de las que se llaman *"matrimoniale"* en Francia junto con un armario, una cómoda de cuatro cajones, un enorme espejo y un sillón doble cubierto en cuero liso. En tiempos pasados estos cuartos habían sido parte de la oficina y recinto del gerente general en sus viajes entre ciudades promoviendo el consumo del tabaco en varias formas. La Plaza de Caycedo quedaba a solo tres cuadras bajando a la derecha por la calle Doce. Ovidio pensaba permanecer por no más de un año tomando notas y reconectando con amigos y personajes de otra época. Tal vez consigo mismo. La Oficina de Planeación esperaba sacar provecho de su presencia en servicios de consultoría en diseño urbano ofreciendo crítica a las nuevas iniciativas e identificando estrategias de realización. Estar en la ciudad para este profesional jubilado luego de una vida repleta de logros representaba traer su experiencia y habilidad sin esperanza de remuneración sometiéndose a los celos y crítica de un gran número de personas y entidades que resentían esta intromisión en sus sueños de significancia. Era como el retorno del hijo pródigo con regalos de talento y capacidad envidiados y menospreciados por los que se habían quedado bajo la sombra de un empleo garantizado y sin riesgos. Todo era simple como una visita a otro planeta o tan similar como una memoria lejana casi esfumada.

Mirando a la avenida Ovidio recordaba un tiempo en su niñez cuando desde este mismo edificio pudo ver el desfile del nuevo presidente militar pasando en un convertible blanco con su uniforme resplendente de medallas y una sonrisa congelada sobre su rostro. Pensaba que solo unos cuatro años más tarde ese presidente sería exilado por las élites luego de la excusa de un golpe de estado mientras Ovidio luchaba por sobrevivir en la penumbra de la escuela primaria sin percibir las tramas políticas que alteran destinos y mandatos o las fuerzas del destino que lo arrebatarían al extranjero. En realidad no se entiende nada cuando se tienen solo 11 años y se usaban pantalones cortos con tirantes elásticos y botas con medias a la rodilla. El recuerdo del desfile se sumaba a una memoria de helados en la Fuente de Soda de la Droguería Garcés situada en una esquina de la Plaza. Una cosa era un desfile presidencial y otra una visita a una heladería de gran estilo. Había un elemento de perspectiva metafísica como esas obras de Giorgio de Chirico que ponía al helado en el primer plano con una visión lejana del presidente en su convertible. Mientras el desfile había sido impresionante y bastante memorable, Ovidio se había deleitado unos meses después en compañía de su padre con un Peach Melba con salsa de frambuesas frescas, melocotones dulces y una crema helada suave que seducía el paladar dejando una memoria perdurable. Había sido la cita especial para discutir la adolescencia que su madre le había encomendado al padre en la expectativa de explicar detalles y exponer advertencias. Ya versado en los asuntos biológicos y morales por las lecciones del párroco en la escuela, Ovidio se concentró en el placer del helado tomando extensas notas mentales y afectivas. No se olvidan los sabores y este helado tomó residencia permanente en la mente y el paladar esperando en vano otra satisfacción similar. Desde ese momento Ovidio había buscado repetir la experiencia en tres continentes sin mucha suerte. Ya no se consiguen esos melocotones grandes cortados en mitades y empacados en jarabe que llegaban de California. Ahora vienen de China o Chile picados o cortados sin sabor en latas pequeñas o vasijas de plástico imitando vasos antiguos de vidrio. Don Ovidio nunca pudo encontrar el helado de vainilla o los melocotones de su gusto. En realidad, no hay substituto para un primer sabor. Para él, la densidad del paladar se medía con recuerdos de placer aumentados por esa advertencia del padre que pasaba por consejo de conducta sexual al borde de la adolescencia: *"No hagas nada que pueda darle pena a tu madre"*. Entre el Peach Melba y la advertencia paternal estaba la tensión ética de su vida. No había nada más que decir. Todo se reduce a una memoria de melocotones flotando sobre crema y jarabe de frambuesas ante la imagen sonriente de la madre con sus ojos verdes penetrantes. Al regreso al hogar se podía sentir el efecto de lo que se consideraba haber sido la discusión vital sobre conducta sexual que nunca ocurrió pero se asumía haber ocurrido. Ya se asumía que se le habían revelado los secretos de conducta en una nueva edad. Don Ovidio regresaba a casa como un hombre con sabor de frambuesa entre los labios. Nellie Melba lo cantaba oculta por siempre en su memoria.

Su celular timbró tarde en la noche con un mensaje corto e imperativo de la directora de parques anunciando su visita para la media mañana del día siguiente. Ovidio se molestó un poco por el tono y la inconveniencia. Solo la había conocido de paso en una recepción y no esperaba tenerla como un cliente demandando atención. En su vida profesional ya había sufrido con clientes posesivos y demandantes sin concepto de tiempo o normas de urbanidad y buenas maneras. No era un hombre quisquilloso sobre protocolo pero observaba ciertas costumbres que demarcaban su espacio personal. Estar en Cali no implicaba un deber otro que gestos de buena voluntad para compartir conocimiento y experiencia. Por costumbre se levantó temprano en la mañana, se duchó y preparó un tazón de café instantáneo para beber mientras examinaba un mapa de la ciudad con sus parques y zonas verdes. Hizo anotaciones en la pizarra para lo que él estaba empezando a considerar como un plan maestro de preservación y desarrollo en vista a lo que esperaba discutir con la directora basado en las discusiones previas con la Oficina de Planeación. Era su hábito estar bien preparado y ofrecer conceptos amplios y estimulantes como primer paso. A su manera de pensar, un buen ataque era siempre la mejor defensa. Por media mañana Ovidio entendía algo alrededor de las 9 pero la directora no llegó hasta las 10 y media. Para entonces Ovidio ya estaba tomando su segundo tazón un poco molesto por la demora que presumía una falta de respeto a su tiempo y persona.

Con una escolta de dos jóvenes universitarias, la directora entró al cuarto muy afanada sin dar un saludo buscando un taburete para reclinarse. Su falda larga de cuero gamuza le quedaba muy ceñida hasta por debajo de la rodilla y le prevenía sentarse cómodamente en uno de los sillones por tener un asiento muy bajo. Además vestía zapatos de tacón alto con suela de plataforma gruesa que elevaban sus rodillas muy por encima del nivel del asiento exponiendo su intimidad. Viendo un kimono reposando sobre un sillón, la directora pidió usarlo como alternativa para quitarse la falda y estar más cómoda. De seda blanca con imágenes de capullos de cerezo bordadas en rosa y negro con un cinturón ancho y mangas generosas, el kimono había acompañado a Ovidio en muchos viajes, le gustaba usarlo por las noches cuando se sentaba a leer, dibujar o escribir. Era de un corte tradicional de seda gruesa regalo de un cliente en Kioto cuando Ovidio fue parte de una comisión de estudio sobre preservación de las rutas de peregrinaje a los santuarios budistas en el Sur del Japón. Sin esperar respuesta la directora tomó el kimono y poniéndoselo encima se sacudió para quitarse la falda y cerró el kimono amarrando el cinturón ante la mirada sorprendida de Ovidio y las asistentes. La directora finalmente extendió la mano y con voz titubeante empezó a explicar su jornada de la mañana hasta llegar al recinto de Ovidio.

—Se me había olvidado ponerle gasolina al carro y así tuve que llamar a una gasolinera para que me llevaran gasolina pero la gasolinera no podía llevarla hasta la tarde y solo gracias a mis asistentes he podido salir de casa para llegar a esta cita. Esta falda es un producto de un diseñador local que voy a presentar en un desfile de modas por la tarde. Me queda muy tallada pero ese es el efecto deseado. Solo tuve la oportunidad de llamarlo tarde en la noche luego de asistir a una recepción pero pensaba que no estaba muy ocupado y había que tomar ventaja de su estadía para beneficio de la ciudad. Este kimono es muy elegante. Muy suave. Los bordados son exquisitos. Me arropa con lujo. Tiene un perfume muy suave, bastante masculino.

Introdujo luego a sus asistentes como Amparo Borrero García y Maruja Palacios Martinez, estudiantes de postgrado en Arquitectura y Paisajismo respectivamente. Luego se introdujo como Mercedes Palacios de Ibarra, licenciada en Economía y Ciencias Políticas. Dijo haber pasado tres años en el Jardín Físico de Chelsea estudiando jardinería y participado en una gira de un trimestre por los parques de París. Ovidio daba sorbos suaves a su tazón de café todavía sorprendido por lo que le parecía ser una farsa medieval como en las que él participó durante sus años de secundaria en el conjunto de teatro estudiantil. Las frases rebotaban entre las paredes tratando de hacer sentido. Cuando todo se calmó, Ovidio las invitó a sentarse para discutir un plan de acción preliminar asumiendo que ellas conocían su trabajo y experiencia.

Sin pensarlo mucho y por fuerza de su preparación, Ovidio tomó el liderazgo de la discusión esbozando un plan para revitalización de las fuentes hidrográficas y su conversión en parques ecológicos lineares desde los cuales se podría montar un sistema general integrado de zonas verdes por todo el territorio de la ciudad. En su entusiasmo, Ovidio dibujó cortes y planos en la pizarra que fueron fotografiados y grabados en video por las asistentes mientras la directora tomaba cuantiosas notas. Sin darse cuenta del tiempo pasaron las horas y le llegó a la directora una llamada para ir al desfile de modas. Así decidieron continuar la discusión al otro día con la presencia del director de planeación y el alcalde. En su mente, Ovidio presentía que el proyecto se había inflado más de lo prudente en envergadura y costo. Tendría que ver la manera de reducir la escala y controlar el entusiasmo. Después de todo, la ciudad era más grande que la pizarra y más compleja que una charla entre cuatro personas.

Todavía envuelta en el kimono, la directora le pidió a Ovidio el favor de prestárselo para mostrarlo en el desfile elogiando la comodidad y la sensualidad del material que incitaba a la imaginación de una manera menos directa que una falda estrecha. Contrario a su voluntad, Ovidio solo le pidió evitar manchas o quemaduras. La falda de cuero quedó tendida sobre la poltrona como una piel abandonada. El carácter y atrevimiento de la directora todavía lo tenía perplejo. Las asistentes le guiñaron los ojos y fruncieron los hombros mientras muy rápidamente escoltaban a la directora hacia el exterior. Recostado en la poltrona, Ovidio sonreía recordando otras mujeres de la misma talla que él había encontrado en sus viajes y comisiones. El mundo parecía tener su cuota de Mercedes y a él le había tocado compartir gran parte de su vida con ellas. Mientras las posiciones políticas eran el reducto de hombres, las del medio ambiente se habían dejado para las mujeres bajo una pretensión de sensibilidad o falta de importancia. Eran mujeres electrizantes, inteligentes, seguras y frustrantes repletas de altos ideales. Con sus obsesiones y visiones, estas mujeres tomaban un papel definidor en muchas iniciativas que de cierta manera facilitaban las gestiones de profesionales en diseño urbano y paisajismo como Ovidio. Se podía decir que eran heroínas invisibles pero efectivas guardianas del medio ambiente. Paladines femeninos de causas transcendentes con una relación leve a los de Carlomagno en el siglo IX que se pueden encontrar en enciclopedias y libros de historia medieval. Mercedes había forzado una entrada triunfal en la vida de Ovidio merecedora de un aria o una marcha.

2

Al atardecer Ovidio cruzó el Puente Ortiz a la izquierda del edificio de Coltabaco y se paseó por la avenida caminando hacia el norte bajo las ceibas centenarias del Paseo Bolívar con su estatua de pie empuñando una espada desenvainada mirando solitario a su entorno. Las ceibas estaban en flor y el piso estaba cubierto de capullos demandando un paso más seguro para evitar deslizamientos y caídas. En las cercanías de lo que una vez fuese el Teatro Bolívar encontró un restaurante atractivo y decidió entrar para tomar la cena basado en un menú que proclamaba cocina criolla. Se sorprendió al ser reconocido por el dueño quien había leído acerca de su visita en el periódico. Tenía también la impresión de haber conocido al dueño en otra edad y luego de sentarse pudo recordar ese escándalo en la secundaria cuando dos estudiantes habían sido expulsados por exhibir tendencias homosexuales en la clase de educación física. Habían usado pantalonetas más cortas y estrechas de lo requerido y rehusado hacer ejercicios con pesos libres. Se les había sorprendido tomándose de la mano al caminar entre salones de clase y darse un beso leve en la mejilla al despedirse. Ciertos compañeros de clase temían el conflicto hormonal que una presencia feminizada causaba en el claustro. Hubo mucha condenación y perversidad en ese entonces con expresiones furiosas de maldición por los sectores más piadosos que veían en todo esto la influencia de Satanás para corromper la juventud que debía ser erradicada para bien de la sociedad y la patria. Recordó también que este dueño era el mismo que le había dado un beso fugaz en la piscina y enviado una nota en francés con un poema de Paul Eluard cuando el suplemento dominical había publicado varios de sus poemas. Sin saber que hacer con la memoria, Ovidio decidió tomar su vino, ordenar dos platos y esperar el servicio pensando en una manera de introducirse más amigable y neutral. Al final de la cena, el dueño vino a su mesa con un plato de postre. Para su gran sorpresa era un Peach Melba con grandes melocotones y salsa de frambuesas frescas casi como el gran Escoffier lo había diseñado. Así el dueño se identificó como Jorge Navia Carvajal y le recordó ese poema de Eluard [1] tan sencillo:

T'ai regardé devant moi	Te he visto adelante de mí
Dans la foule je t'ai vue	Te he visto en la multitud

---

[1] **Air Vif**, *Dernier Poemes d'Amour*. Paul Eluard. 1946

Parmi les blés je t'ai vue	*Te he visto en los trigales*
Sous un arbre je t'ai vue	*Te he visto bajo un árbol*
Au bout de tous mes voyages	*Al final de todos mis viajes*
Au fond de tous mes tourments	*Al fondo de todos mis sufrimientos*
Au tournant de tous mes rires	*Al borde de todas mis risas*
Sortant del'eau et du feu	*Surgiendo del agua y del fuego*
L'eté l'hiver je t'ai vue	*En el verano en el invierno te he visto*
Dans ma maison je t'ai vue	*En mi casa te he visto*
Entre mes bras je t'ai vue	*Entre mis brazos te he visto*
Dans mes reves je t'ai vue	*En mis sueños te he visto*
Je ne te quitterai plus.	*No te voy a dejar*

Había sido una expresión de afecto y admiración por su liderazgo en clase de francés además de los poemas publicados. Pudo ser otra cosa. El tiempo pasado tiende a nublar la memoria. A causa del escándalo y teniendo grado de la Alliance Française en lengua y civilización, Jorge se había ido a Paris y trabajado inicialmente como mesero en varios cafés aprendiendo el negocio, refinando el idioma y absorbiendo las costumbres. Obtuvo grado de varios institutos de culinaria y administración de negocios en Paris incluyendo El Cordon Bleu y la Universidad Americana decidiendo al cabo de los años emprender un regreso a Cali para cuidar a sus padres en la postrera edad luego de vender su bistro en Paris. Hacía solo tres años que había regresado a Cali, enterrado a sus padres casi inmediatamente y abierto el restaurante y un cabaré al estilo de La Cage Aux Folles o el Moulin Rouge con los ahorros de casi 45 años. Su cónyuge era el mismo chico expulsado con él que se había convertido en un experto diplomado en repostería cuya versión del Peach Melba estaba en la mesa. Saboreando el helado con gran deleite, Ovidio podía conectarlo muy gratamente con su memoria y encontrar esa satisfacción que lo había eludido por todos estos años. Nellie Melba emergía entre las frambuesas y los melocotones con arias de amor y sabor. La madre sonreía sin pena. El cónyuge, Manolo, llegó entonces a la mesa y lo saludó a la francesa con besos en las mejillas. Los tres se pasaron un buen rato recordando el pasado y celebrando este presente tan imprevisto. Hablaron de la vida y las oportunidades inesperadas que habían encontrado. De como muchos de sus compañeros de clase habían perecido bajo el azote de la droga como vendedores o consumidores o solamente por caer inocentemente en medio de una balacera. De los que estaban en la cárcel y los que estaban perdidos en la melancolía de no poder ser lo que debieron ser.

De la gran cantidad que cayeron victimas de SIDA o VIH pereciendo en tugurios y hospitalejos sin esperanza. De huérfanos y madres y amantes abandonadas o desechadas por la muerte de hijos o consortes. De esos que surgieron como estrellas fugaces en el ámbito legal y técnico para luego sucumbir bajo el hechizo de dinero fácil e influencia ilusoria ante la furia e indiferencia de los capos de la droga. Abogados, arquitectos e ingenieros notables atrapados ahora en la resaca de procesos, arrestos y desposesiones por fondos mal logrados. Así, en medio y a pesar de todo, era bueno regresar y poder hacer algo para demostrar valor y consecuencia. Regresar toma coraje y proporciona angustia. El pasado importa solo a los que nunca supieron contrarrestar su furia con argumentos de valor. El restaurante era de manera muy básica un esfuerzo bastante romántico para promover la cocina local con una técnica más profesional y competente. Un experimento de capacidad. Se habían sorprendido por la buena acogida y los excelentes comentarios que los elevaban a ser nuevos ejemplares de las tradiciones culinarias de la comarca luego de haber salido avergonzados y arruinados por una furia inquisidora irreprimible y maliciosa. No hay mal que por bien no venga. El cabaret era un gran triunfo financiero y artístico intencionalmente localizado fuera de la llamada Zona de Tolerancia en medio de una denominada Zona de Entretenimiento en la calle 15 con carrera 4a rodeado de los clubes y bares donde se reunían todas las clases sociales de la ciudad. Tenía una gran revista musical al estilo parisino que se presentaba dos veces cada noche empezando a las diez. Jorge y

Manolo vivían en una casona cerca del cabaret al otro lado del río detrás de la estación de bomberos heredada de los padres de Jorge y ambos eran parte de la revista musical. Manolo con su buena voz de tenor y Jorge con su picante comentario humoroso y grandes imitaciones de Edith Piaf y Charles Aznavour. Por estar cerca de la Iglesia de San Judas Tadeo (Santo Patrón de las Causas Imposibles), llamaron al restaurante como La Cocina de Tadeo y tomando pauta del gran cabaré parisino llamaron a su cabaré como Le Moulin Mauve (Molino Púrpura) con una fachada cubierta de neón púrpura en la forma de aspas de molino. Estaban tratando de conectar la cocina del restaurante con la terraza del cabaré pero tenían dificultades con el Departamento de Salud por el asunto de horas de servicio después de la diez de la noche hasta el filo de la mañana. Era difícil convencer a las autoridades que Cali era una ciudad de veinticuatro horas en lugar de un pueblito de provincia que enrollaba las calles antes de las ocho de la noche. Estaba también la percepción del cabaret como un lugar muy tabú bordeando en casa de citas a pesar de atraer clientes de todas clases a lo que muchos consideraban un lugar de entretenimiento para adultos maduros. No se podía mezclar comida con algo al borde del sexo, en la vista de los reguladores de manera contraria a la historia de la gastronomía. Tal vez ellos tenían en mente algo así como el *Jardín de las Delicias Terrenales* de Jerónimo Bosch que algunos habían visto en el Museo del Prado o en libros de historia del arte. Manolo argüía que en el Moulin Mauve había menos actividad sexual que en los bares, cafés y hoteluchos alrededor del entorno de la Galería Central más aún ahora que había sido derribada. Este argumento no progresaba bien en un ambiente en el que la ciudad se empeñaba en implementar una campaña de limpieza física y moral para contrarrestar el pasado nocivo de la droga y sus influencias desmoralizantes. Claro que la actividad de la droga y su legado habían cambiado el eje de la moralidad cívica hacia uno de tolerancia e indiferencia por efecto de la sobrecarga del crimen y la impunidad. Todo lo ilegal se había tornado legal por el simple efecto de cantidad y la ausencia de castigo. El péndulo daba ahora el inevitable golpe hacia atrás. Bajo estos auges moralizadores y planificadores ya se habían desalojado los tugurios del área llamada El Calvario inmediata a la Galería Central que estaba siendo remplazada por galerías satélites en otros sectores. Ese Calvario era un enorme tugurio que albergaba una gran cantidad de delincuentes que se desplazaban a diario hasta el centro de la ciudad y el borde del río para robar de todas maneras y vender droga. Existía un gran plan de revitalización o renovación urbana para el sector extendido hasta el borde del río que eventualmente desalojaría los cafés y ese sinnúmero de hoteluchos de compraventa de favores donde rebaños de mujeres se posaban por el andén como las palomas en el parque esperando alimento. Las medidas cautelares representaban un miedo latente de infectar un sector alrededor del cabaret con una sexualidad en exceso que prolongaría la Zona de Tolerancia más allá de los tres o cinco kilómetros existentes. Claro que se aceptaban bares y la consecuente embriaguez y aún el manoseo a meseras además de las frecuentes riñas. Era normal tener más de cinco mil prostitutas debidamente almacenadas en casas y hoteles y bares entreteniendo el apetito carnal de la población. La Zona de Tolerancia pretendía acorralar ese asunto de sexo en un lugar fijo y controlable. De alguna manera existía una pared de separación que se necesitaba mantener a toda costa. Estaba cimentada en un miedo puritano bastante enquistado en la conciencia tradicional religiosa local y por eso muy difícil de eliminar. Una cosa era un bar con meseras semidesnudas vendiendo sus favores en cubículos detrás de los mostradores y otra cosa era un cabaret con una revista profesional atendiendo seriamente a los clientes sin venta de favores. La consecuente tensión ética en un país católico, apostólico y mojigato producía una conducta torcida sobre una fe abrogada ya por casi un siglo. Sexo y púlpito como mundo, demonio y carne existían en extremos opuestos pero amistosos y mutualmente rentables bajo un guiño social complaciente. Más que medidas reguladoras y restricciones de varias índoles, el gran problema para el Moulin Mauve era uno de capacidad. Apenas podían contener 300 sillas con permiso del jefe de bomberos. Jorge y Manolo habían comprado lotes a ambos lados del cabaré que servían de parqueadero y podían usarse para expansión. Necesitaban construir un edificio espectacular como insignia. Contemplando esto, la mente de Ovidio empezaba a barajar alternativas de diseño. Por sorpresa llegó la hora de cerrar el restaurante y Jorge invitó a Ovidio a ir al cabaré para alimentar su imaginación y producir conceptos para la expansión bajo promesa de recibir un emolumento meritorio. La idea continuaba burbujeando en la mente de Ovidio más allá de una simple caja de ladrillo y se montó en el Triumph TR3 verde que Jorge usaba de vez en cuando para recorrer la avenida. Era un auto clásico fabricado en 1957 que Jorge había comprado en París bajo la influencia romántica de Isadora Duncan y su trágica muerte con la bufanda atrapada en el eje del auto. Se lo trajo a Cali como recuerdo de sus tiempos en París cuando manejaba deliciosamente por los bulevares y caminos rurales absorbiendo el sol y el aire de esa Francia que lo había liberado, aceptado y sostenido. Había un mecánico inglés en Cali que amaba trabajar en el Triumph para mantenerlo como nuevo y deleitar a Jorge. Mas que todo el auto era una expresión triunfal personal tanto como zapatos bien lustrados o pantalones aplanchados rigurosamente.

3

Le Moulin Mauve era un escenario impresionante. Desde lejos se podían ver sus luces de colores proyectadas al cielo. De cerca parecía un escenario de opera grande con una entrada enmarcada por columnas al estilo egipcio como si Cleopatra misma estuviese adentro. Una recepcionista y varios edecanes vestidos con traje de lino blanco y corbata roja llevaban a los clientes a sus mesas con la elegancia de un desfile triunfal. Los meseros llegaban a la mesa ofreciendo una bienvenida de mimosas (coctel de champaña y crema de grosella negra) y pandebono. Estaban vestidos con trajes azul cerúleo, camisas blancas y corbatín rojo. Exudaban una elegancia muy formal como un escuadrón de azulejos. La música fluía a un volumen aceptable que permitía la conversación. Malabaristas y acróbatas en mallas blancas de pies a cabeza entretenían la multitud hasta el momento de la revista. Había en todo un ambiente alegre muy relajado y bastante sobrio con una elegancia muy evidente. Este no era solo un bar para embriagarse sino un sitio para deleitarse. Algo más allá de un simple deseo carnal con licor barato y meseras de virtud liviana.

Jorge le pedía a Ovidio una expresión de su imaginación con conceptos para la expansión del cabaret mientras Manolo hojeaba el cuaderno de notas haciendo comentarios. Escribió algo en una tarjeta y la pasó a un mesero. Al poco tiempo el mesero regresó con un rollo de dibujos de construcción que fueron encomendados con una expectativa tácita de devolverlos en buena condición. Para entonces Jorge había tomado el micrófono sin cable que le permitía caminar por el recinto charlando con los clientes y haciendo chistes con un comentario general sobre política, deportes y la vida diaria. Manolo desapareció al poco rato para preparar la revista que esta noche tenía un tema de sirenas ahogándose en el río Cali buscando un Hada Protectora o un tanque de oxígeno. Era una farsa muy bien ejecutada con parafraseados de las canciones de la *Pequeña Sirena*. Manolo obtuvo muchas carcajadas vestido de sirena perseguido por enfermeras y médicos tratando de salvarle la vida. La audiencia aplaudía y se sumaba al coro de las canciones animada por Jorge y las grandes pantallas detrás del escenario que proyectaban la letra como en un karaoke. Era algo similar a un juego de baloncesto universitario con todo mundo gritando y saltando mientras las animadoras hacían piruetas al borde de la cancha. El espectáculo duraba casi una hora con gran derroche de energía por todos los lados y un buen consumo de líquidos traídos rápidamente por los meseros corriendo en todas direcciones. A final todo parecía regresar a la normalidad luego de un gran aplauso con los acróbatas otra vez en el escenario como si nada hubiese pasado. No era París pero estaba muy cerca.

Ovidio prometió hacer unos esbozos y traerlos al restaurante en unos días. Manolo insistía en saber el monto de un honorario pero Ovidio sostenía que era un placer hacerlos por la naturaleza del tema. Así, Manolo le ofreció alimentación gratuita durante su permanencia en la ciudad. Era lo menos que ellos podían hacer por el trabajo creativo de tan importante diseñador. Ovidio les ofreció entonces ayudar en la supervisión de la construcción para el gran beneplácito de ambos y un brindis más al éxito y la buena fortuna.

Jorge lo llevó al edificio Coltabaco en el Triumph cantando su versión de *"Moi, Je Ne Regrette Rien"* con una voz casi parecida a Piaf. Ya era bien pasada la medianoche y a Ovidio le esperaba una cita con gente menos divertida más tarde en la mañana. No tenía otra cosa para presentarles que un destilado de las ideas ya discutidas. Conceptos para el Moulin Mauve fluían más rápidamente que argumentos para preservación de fuentes hidrológicas y sistemas verdes ante una burocracia bastante recelosa como había sido posible esclarecer luego de leer sobre los esfuerzos frustrados para crear parques y vías verdes en una ciudad aparentemente dominada por el privilegio del tráfico automotor y los caprichos de una élite drogadicta.

Ovidio tomó una ducha larga y caliente que le quitó en gran parte el efecto de la generosidad licorera de Manolo y Jorge. Se despertó temprano como de costumbre para consumir su tazón de café instantáneo con unos pandebonos que Manolo le había puesto en una cajita de cartón biodegradable antes de salir del cabaret.

4

Para sorpresa, todos llegaron a tiempo. Mercedes con sus dos ayudantes, el director de planeación con dos ayudantes y el alcalde con dos escoltas. Parecía que todos viajaban en cortejo como rebaños. Mercedes le entregó el kimono a Ovidio con excusas por las manchas de lápiz de labio y vino rojo más la mugre recogido por vestirlo en un escenario repleto de polvo. Frunciendo la frente en una nota de disgusto, Ovidio tiró el kimono sobre la cama en el otro cuarto. Esperando lo peor siempre se llega más allá inevitablemente. Enseguida, Ovidio los invitó a ver el tablero con un gran diagrama de un esbozo conceptual acerca del proceso para recuperación de las fuentes hidrográficas y conexión de zonas verdes por toda la ciudad. Mostraba una mano con los dedos representando ríos y la ciudad entera en la palma. Todo se arropaba bajo el lema de darle una mano a Cali. Era necesario reducir todo a algo simbólico que capturara la imaginación de una manera sencilla dado que los procesos biológicos de recuperación eran muy complejos y potencialmente controvertidos. Basado en su experiencia, Ovidio hablaba de procesos naturales y legislativos que estaban haciendo efecto en otros lugares como la rehabilitación del río Po en Italia y del río Rin en Alemania. A pesar de que estos ríos eran grandes arterias industriales y comerciales era posible acomodar los procesos a las necesidades y realidades de Santiago de Cali. Ovidio procedió a presentar su propuesta con un primer paso clave:

—El primer objetivo consiste en cuantificar la envergadura del perjuicio biológico y lo que se requiere para subsanarlo. Es necesario usar biólogos y expertos en recursos naturales para definir una estrategia de recuperación que puede causar el desalojo de zonas invadidas y un cese de la minería ilegal, así como la extracción de los escombros.

Todos parecían asentir, aunque el alcalde se preocupaba insistentemente por el impacto social y político.

—¿Qué se puede hace por los desalojados? Hay muchos intereses de beneficencia que los protegen y ayudan. Es necesario que apoyen esto.

El director de planeación argüía que ya había ordenanzas que legislaban la labor de limpieza y recuperación, pero faltaba la voluntad cívica.

—Tenemos ordenanzas para limpieza de lugares y eliminación de hacinamientos. Por falta de coraje y acción oportuna hemos permitido el secuestro del espacio público. Hay que recuperarlo.

—*Todos los mapas señalan las zonas verdes, solo falta ejecutarlas y mantenerlas.*

El alcalde insistía:

—La contaminación de los ríos es evidente, pero se necesitan soluciones para implementar medidas de una manera fácil y no controvertida. Es necesario ejecutar con impacto evidente y rápido pero bondadoso.

Así el alcalde intercalaba su preocupación por vivienda, empleo y pobreza como factores que limitaban la acción de limpieza. Había una tensión evidente entre hacer lo bueno y hacer el bien. Lo bueno era guiado por sentimientos de beneficencia y compasión derivados de una ética cristiana bastante mal interpretada mientras que hacer el bien demandaba una posición de responsabilidad por toda la ciudad. La directora de parques afirmaba que se estaban plantando millares de árboles para purificar el ambiente. Era como usar maquillaje de lujo para cubrir una herida de cáncer epidérmico. Ovidio sonreía y trataba de guiar la discusión a una consideración menos somera de estrategia.

—Es necesario adoptar medidas preventivas con una definición urgente de prioridades. No se puede empezar por el final. Junto con el estudio biológico debería hacerse un esfuerzo para educar a la ciudadanía acerca de los perjuicios de la contaminación sobre el nivel de vida más allá del impacto sobre el agua potable. Plantar árboles es una buena cosa que debe hacerse en conjunto con otras medidas como enseñanza en las escuelas y juntas comunales. Remediar la situación es una labor comprensiva que debe involucrar a todos los residentes. No es posible remediar en unos días los perjuicios causados por 50 años de desidia, ignorancia o maldad.

Así la discusión continuó de manera circular por toda la mañana sin tocar los otros tópicos que Ovidio deseaba considerar. Entre la necesidad insistente de hacer algo y el miedo de las consecuencias al hacerlo se congelaba una tensión que paralizaba cualquier acción positiva. Todo parecía un torbellino asentado sobre la pizarra. Ovidio propuso entonces caminar hasta el río y observar la corriente desde el Puente Ortiz. Fue así que todos marcharon hacia el Puente despertando un poco la curiosidad de transeúntes. Por las lluvias de varios días anteriores, el río estaba crecido y emanaba un olor rancio y ofensivo de despojos sanitarios y hojarasca podrida. Se podían ver en las orillas restos de pañales de papel, bolsas de plástico, botellas plásticas, empaques de cartón, toda clase de basura y peces muertos. El agua fluía en remolinos de espuma contaminada y manchas de aceite y aguas negras. Algunas sabaletas trataban en vano de saltar el dique debajo del Puente como sus antepasados lo habían hecho unos años antes. El agua era muy turbia y posiblemente nociva para la imaginación y espíritu saltador de los peces. No era la visión pastoral de un río urbano donde nadaron los Caleños apenas un siglo antes. El río se había transformado en una cloaca ante la mirada indiferente de todos y el placer de algunos. El esfuerzo por mantener los zapatos brillantes y el vestido impecable no se traducía en el cuidado del río que recibía todos los desechos pensando tal vez que con la basura fuera de vista todo luciría limpio y agradable. Ovidio sugirió entonces caminar las cinco cuadras hasta La Cocina de Tadeo con la oportunidad de observar el Paseo Bolívar y el parque aledaño que una vez había sido el centro social para deambular los Domingos antes del concierto de la banda del ejército. Desocupados y desalojados dormían como bultos de vegetales en las bancas y los setos vivos de otra época semejaban una boca llena de caries y dientes perdidos. Sólo las ceibas centenarias y la estatua de Bolívar permanecían como testigos de las buenas intenciones de otra época. Se veían muestras de abandono o desidia a todo lo largo del trayecto. Tal vez la revitalización de los ríos podría ser una labor muy Herculina y trágica destinada a fallar. Tal vez todo este trajín era un rito funeral en lugar de un renacimiento.

En La Cocina de Tadeo Manolo se alegró en verlos y los instaló en un salón al lado del patio central con su fuente y un bosque periférico de plátanos interespaciados con buddleia, strelitzia y crocosmia. En una esquina del'

patio un árbol de Plumeria Blanca (Frangipani) perfumaba el ambiente mientras sufría con paciencia el ataque de varios picaflores y una pandilla de mariposas ebrias de néctar. El alcalde se sorprendió gratamente por el contexto del restaurante tomando fotos con su celular y pidiendo de antemano una copia del menú para llevar a su despacho. La mesa era larga y ancha acomodando al grupo con amplitud. Una vez sentados todos parecieron olvidar la razón para reunirse y empezaron a divagar sobre historia y anécdotas de la ciudad antigua y los platos del día. Expresiones de deleite se extendieron lo largo y ancho del almuerzo. Fue entonces que Ovidio hizo una comparación entre el esfuerzo para recrear algo autóctono y elegante de la cocina regional con el esfuerzo involucrado en el rescate de los ríos. Había una gran diferencia entre una fritanga callejera y un restaurante con alto sentido gastronómico. Hablar en altos tonos sobre ecología, preservación y rescate de integridad en sistemas naturales era un asunto muy diferente a tomar medidas efectivas para hacerlo de verdad. Conflictos de interés por varios sectores conspiraban contra cualquier medida de cambio por benéfica que pudiese ser. Debería existir un elemento sustantivo de coraje con integridad para ejecutar lo bueno y necesario. Aquí Ovidio le pidió a Jorge que explicara las razones de su retorno y la misión del restaurante. De como sus proveedores eran escogidos por usar prácticas sostenibles que apoyaban productos de alta calidad. De como se reciclaba la basura como compost para servir de abono para vegetales y árboles frutales en lugar de tirarla en el sistema de alcantarillado o el basurero. De como se mantenía un sistema constante de entrenamiento para mejorar salarios, mantener calidad y promover profesionalismo. De como alguien una vez desahuciado y expulsado podía regresar con fuerza y capacidad para crear un punto de orgullo. La Cocina de Tadeo era más que un restaurante. Era un acto de amor por la ciudad y su herencia tanto como consigo mismo. A pesar de haberse enraizado en París, su corazón nunca había salido de Cali. Era este sentimiento de pertenencia que se necesitaba promover en toda la ciudadanía para rescatar la ciudad. Nadie podía vivir como un forastero en una ciudad con una necesidad enorme depositada en todos. Así lo expresó Jorge con emoción y lágrimas en su ojos. Así lo refrendó Ovidio con referencia a la labor pendiente con los ríos y zonas verdes. Todos regresaron en silencio al Edificio de Coltabaco con muchas emociones flotando en sus mentes subrayadas por el sabor latente de ese soufflé de curuba con el cual se había completado el almuerzo. Un segundo paso por el Paseo y el Puente sirvió para reanimar las preocupaciones y afirmar la necesidad urgente de tomar resoluciones.

El resto de la tarde hasta el atardecer sirvió para formular un esbozo comprensivo de acción con más enfoque. Se sugirieron varios eventos educativos y la formación de un equipo de investigaciones ecológicas para determinar la condición real de los ríos. En todo, Ovidio se sentía satisfecho porque parecía existir un consenso general o al menos un deseo de hacer algo.

Cuando todos salieron del cuarto, Mercedes se quedó atrás pidiendo disculpas por la condición del kimono, haciendo promesas de hacerlo lavar.

—Me da mucha pena entregárselo tan sucio. Había mucha gente y polvo en el salón de muestra. Yo lo puedo hacer lavar bien en una tintorería.

Ovidio contuvo su disgusto

—Yo lo llevaré a una lavandería. Mi hermana debe conocer alguna de buena calidad. Todas mis tías han sido modistas y estoy seguro de que ella conoce una buena. Si alguien sabe acerca de lavado de ropas es ella

Mercedes le solicitó también si era posible conseguir otro kimono para ella. Había hecho una búsqueda de Internet pero no encontraba algo de la calidad del de Ovidio. Como conseguir uno sin poder leer japonés era su gran problema.

—Claro, hay un mercado doble. Uno para los japoneses y otro para foráneos. Los nativos buscan ciertas evidencias de calidad, material y diseño que no importan a los foráneos. Yo puedo llamar a mi amigo en Kioto pero el costo puede ser más alto de lo que piensas pagar.

Mercedes insistió con vehemencia y Ovidio aceptó con reticencia.

5

Solo otra vez en su cuarto Ovidio abrió una botella de Cabernet-Sauvignon y saboreó una copa antes de quedarse dormido en el sillón. Con las ventanas abiertas, la brisa fresca de los farallones tenía un aspecto soporífico aumentado por el vino y el trajín del día. Se despertó con el ruido del tráfico matinal en la avenida y cambiándose la ropa salió para su caminata habitual por el centro de la ciudad. Desayunó en una cafetería cercana consumiendo bastante fruta y café como para eliminar ese clima nublado por el vino en su cabeza. Siempre había preferido tomar vino más que aguardiente contrario a la norma local. Sin tratar de mantener una bodega o ser un enólogo, Ovidio acostumbraba a tener unas botellas de vino siempre cerca de él. Por estar en una región tropical prefería los vinos chilenos del valle de Maipo o los españoles de Navarra y Rioja. Unas tres botellas viajaban siempre con él acompañadas de una cajita de madera forrada por dentro con terciopelo rojo que guardaba cuatro copas de vidrio. Como muchos de sus tesoros, era un regalo de un amigo en Pamplona en cuyos viñedos Ovidio había pasado unas semanas recuperándose de un severo esguince en el tobillo cuando bajaba de Roncesvalles a Zubiri en una jornada de su caminata peregrina por el Camino de Santiago. Durante ese tiempo de recuperación Ovidio había ejecutado unos conceptos para el diseño y construcción de una bodega en un área de expansión del viñedo. Allí adquirió un gusto singular por el vino de Rioja y forjó una amistad perdurable con el marqués dueño del viñedo. Eventualmente recuperado, Ovidio pudo continuar su caminata hasta Santiago de Compostela llegando allí un mes más tarde durante la fiesta del patrono de España. La cajita fue enviada a su residencia por correo para evitar más peso en su mochila y desde entonces hacía parte de su equipaje por doquiera que viajase. El vino siempre se podía conseguir localmente si se agotaban sus botellas preferidas. Muchos veían en esto una actitud quisquillosa y tal vez egómana pero considerando la talla, intensidad y contenido de su trabajo se podía ver como cosa natural en una persona tan gran dotada cubriendo un territorio muy extenso. La capacidad creativa tiende a buscar puntos suaves de descanso para contrarrestar la tensión y aspereza de crear. Es algo similar al ritmo de las mareas, sin las cuales el mar perdería su fuerza y la luna su propósito.

De regreso al cuarto, Ovidio decidió llamar a su hermana para encontrar una lavandería donde llevar el kimono. Eufemia le increpó no estar en su casa e insistió en ir a recoger el kimono ella misma y asegurarse de que Ovidio estaba cómodo y bien atendido. La relación de Ovidio con la familia no había sido muy efusiva y se desvaneció bastante luego de la muerte de los padres y la extensa vida fuera del país. Había cercanía de corazón y lejanía de cuerpo. Eufemia vivía en la casa de los abuelos maternos heredada de otros abuelos mucho antes del Siglo XIX Era una casona de dos pisos en la colina de San Antonio al lado oriental de la ciudad donde varias generaciones de la familia habían nacido y crecido. A pesar de todo, Ovidio tenía un cariño especial por Eufemia y le ayudaba a pagar los gastos de la casa con giros periódicos. Ella respetaba siempre esa inclinación de Ovidio por estar solo pero sentía un gran deseo de velar por él ahora que estaba cruzando los 70 años. En esto convergía con los sentimientos de Louisa, la esposa y muchas mujeres atraídas por un cierto magnetismo que emanaba de este hombre de mediana estatura con ojos verdi-marrones penetrantes y traviesos detrás de una mente inquisidora y compleja. Todas querían cuidarlo y velar por su bienestar como a un osito de felpa. Por encima de la mirada inquisidora estaba la voz con una capacidad ampliamente meliflua repleta de amabilidad y conectividad. A través de su vida Ovidio había hecho gran uso de su gran capacidad de expresión oral con la cual le era posible proyectar los productos de su imaginación con gran derroche de matices. Se decía que era una voz acuarelada y seductora. Aún en la escuela primaria era él a quien se le asignaban la declamación de poemas y discursos en las fiestas patrias y sesiones de clausura o celebración. Tenía gran capacidad de memorización y expresión. Con el tiempo, Ovidio se tornó en un orador elocuente y poderoso con gran capacidad para comunicarse efectivamente en diversos contextos e idiomas. No tenía voz de cantante o locutor sino de tono sedoso, persuasivo, y encomiante transmitiendo un verdadero sentimiento que causaba una unión de interés en la audiencia sin tosquedades o controversias. Ya en su práctica profesional lo había demostrado en varios escenarios donde el poder de su persuasión oral aumentaba el efecto de su propuesta gráfica contribuyendo a aceptación y adopción de ideas. En la secundaria había sido famoso por la advertencia de un profesor: *"No lo dejen hablar porque puede convertir el plomo en oro"* Con este don Ovidio había conquistado ese pedazo de mundo que él habitaba profesional y personalmente. La voz transmitía efectivamente el poder del intelecto aumentando la capacidad seductora de la personalidad. No era asunto de buscar favores sexuales sino de proyectar una sensualidad muy agradable y sin motivos ulteriores. Creciendo con los mimos de varias tías, dos abuelas y una madre solícita, Ovidio fluía entre mujeres deleitándose enteramente en feminidad sin esfuerzo de conquista. Las mujeres en su vida eran verdaderamente amigas con algunas siendo fuertes defensores o partidarias. Ninguna fue amante aunque todas lo amaban.

La visita de Eufemia no fue corta. Había mucha información por compartir y quejas por resolver. El kimono servía de excusa para reconectarse. Para Eufemia no había héroe más grande que su hermano que siempre estaba listo para ayudarla sin necesidad de rogar. Soltera, ya en la mitad de sus 50 años se dedicaba al hogar y unos gatos, viviendo feliz en su vecindario rodeada de primas y amistades heredadas de los padres y los abuelos. En un tiempo no muy reciente, la casa estaba bastante averiada y se hicieron planes para derrumbarla; sin embargo, en uno de esos momentos de añoranza por el pasado que seduce a los gobernantes y amantes de arquitectura, se designó como patrimonio histórico junto con el vecindario, ganando fondos gratuitos para restauración. De la fachada para adentro era una casa nueva al estilo tradicional con dos patios grandes envuelta en una corteza del Siglo XIX pintada de blanco imitando el tratamiento antiguo de estuco o mortero de cal. Por un tiempo, Eufemia arrendaba cuartos a visitantes pero había dejado de hacerlo por el trajín de preparar comidas y limpiar alcobas además de cuidar los jardines que dominaban cada patio. Su deseo de complacer a los visitantes la llevaba a preparar excelentes comidas que empezaban con un viaje al mercado y pasar las tardes horneando pandebono o panderos además de tamales y otras delicias como aborrajadas de plátano maduro, natilla o envueltos de choclo. Siempre había vino y sorbetes de frutas tropicales encima de una gran variedad de entremeses. Para los clientes, el costo del cuarto estaba siempre sobre compensado por la alimentación y el trato esmerado. De esta manera el negocio de hospedaje se convertía más en una afición como ese amor por un equipo de balompié local que siempre aparecía a punto de ganar algo sin lograr hacerlo. No se sabe cuántas veces ella había subido de rodillas por las gradas de ese viacrucis que trepaba por la loma hasta la Capilla de San Antonio tratando de interceder por un milagro para ese equipo de sus amores. Un milagro bastante arisco e imposible pero tentador. Con la edad le quedaba menos energía para esa subida y remplazaba la devoción física con una veladora ante la imagen de San Judas Tadeo, Santo Patrono de las Causas Imposibles. Una devoción muy común en la ciudad. Además, los padres de Ovidio y Eufemia se habían casado en la iglesia de San Judas Tadeo a unas cuadras de donde estaba ahora la *Cocina de Tadeo*. Estar en la casa representaba para Ovidio una presencia constante de vecinos y parientes indagando acerca de sus logros con invitaciones a comer o visitar que no consideraban la necesidad por privacidad. Como la casa en el registro de patrimonios, Ovidio era también un patrimonio admirado y amado en exceso. Todo muy contrario a su carácter. La soledad era para él algo muy apetecido y bastante resguardado, más ahora en su edad postrera. Sabiendo de su amor por la guayaba y dado que el árbol del patio en la casa de San Antonio estaba produciendo una gran cosecha, Eufemia le trajo una bolsa de fruta que perfumó el recinto con ese olor dulce y exótico de guayaba madura. Eran guayabas grandes del tamaño de un puño que Ovidio organizó en una pirámide sobre la mesa de trabajo. El color amarillo de cadmio y el olor dulce como de canela le traían avalanchas de recuerdos casi imposibles de asimilar. Eufemia se llevó el kimono prometiendo regresar en unos días. Ovidio sentado en el canapé contemplaba las guayabas y se dejaba arropar por los recuerdos saboreando esa carne rosada de guayaba que hablaba coquetamente de los trópicos

Hacia el anochecer, Ovidio decidió esbozar algunos conceptos para el Moulin Mauve. Usando un bloc de papel de acuarela trazó planos, alzados y cortes de un cabaré de dos pisos con parqueo al lado y palcos alrededor de una platea con un piso de diseño geométrico como el Campidoglio en Roma o la Galleria en Milán. El escenario se proyectaría sobre la platea creando la ilusión de estar flotando como una alfombra mágica. Pantallas de alta definición enmarcarían la boca del escenario. El espacio detrás de bambalinas sería más grande con camerinos más cómodos. El bar tendría dos locales al borde de un pasillo circunvalar donde también habría una tienda de recuerdos al lado del foro de bienvenida. El interior estaría formado por paredes recurvantes y luces flotando del cielorraso. No había líneas rectas en todo el interior. Cada pared tendría la textura de coral con luces incrustadas que darían un aspecto de fantasía con cambios periódicos de color e intensidad. Luces de laser se cruzarían sobre el espacio arriba de los palcos y del escenario al cielorraso. Las fachadas exteriores estarían formadas como crespos gigantescos inspirados por los que salen cuando se cepilla madera. Las fachadas se podrían revestir de metal martillado como escamas o receptores solares para dar una fuente independiente de energía. Luces de laser se proyectarían del techo. Alrededor del entorno se levantaría una pérgola con veraneras a horcajadas sobre un andén de concreto texturizado con vidrio crujido y luces LED insertadas al borde. Ya tarde en la noche, Ovidio terminó sus esfuerzos y acomodó 20 hojas repletas de dibujos sobre la mesa de trabajo para poder organizarlas. Esperaba ir al otro día a buscar una cartulina para hacer un portafolio. Había sido un día muy productivo. Las guayabas parecían sonreír en la penumbra emanando su perfume muy seguras de ser un deleite.

6

Antes de acostarse Ovidio había enviado un mensaje a su amigo en Kioto indagando acerca del kimono que Mercedes quería comprar. Le sorprendió recibir por la mañana un mensaje:

Kimono tradicional de seda blanca gruesa con bordado USD $ 5,000

Kimono de seda blanca gruesa con motivos impresos USD $ 2,500

Kimono de seda blanca sin adornos USD $ 1,000

Transporte USD $ 250 por FedEx o DHL

Seguro USD $250

Kanpai,

Toru

A la mañana siguiente cuando Ovidio estaba a punto de salir para la papelería llegó Mercedes a su puerta de manera inesperada o deseada. No tenía maquillaje y le faltaban sus asistentes. Su vestido estaba arrugado con varias manchas y el pelo desordenado con pedazos de barro. Tenía la cara pálida con un rastro de sangre fluyendo de la nariz y la esquina de un labio.

—Quiero hacer ahora mismo una charla sobre estrategia y las calificaciones de los equipos de pesquisa

La presencia delataba algo diferente. Ovidio contestaba

—Tal vez es mejor hacerlo más tarde. Tengo varias diligencias por hacer esta mañana y no tengo tiempo. Porque no regresas a tu casa, te arreglas y regresas más tarde

Mercedes insistía en quedarse y usar la ducha de Ovidio para clarificar su mente.

La situación era bastante tensa y aparentemente sin salida inmediata dada la condición de Mercedes. Ovidio la dejó ir a la ducha y llamó a Eufemia para que viniese tan pronto como posible para darle protección. Toda su vida profesional estaba marcada por una muralla infranqueable para evitar problemas con mujeres y la apariencia de conflictos sexuales de toda índole. La presencia y condición de Mercedes lo alarmaba pues se sentía indefenso en las condiciones de su estadía y la manera que ella tenía de forzar las situaciones. Afortunadamente un vecino pudo traer a Eufemia en unos minutos todavía vistiendo su delantal de cocina. Para sorpresa de todos, Eufemia conocía a Mercedes cuya casa estaba solo a dos casas de la suya. Bastante enervada, Eufemia le dio un gran regaño a

Mercedes quien había salido de la ducha y se paseaba desnuda por el cuarto tratando de secarse el pelo. Ovidio sentado en el otro cuarto esperaba el desenlace de lo que se podía calificar como una *commedia buffa* al estilo de Pergolesi, Scarlatti o Mozart. Las dos mujeres caminaban por todo el espacio hablando al mismo tiempo sin poder conectarse o entenderse. Exasperada, Eufemia la hizo vestirse y cogiéndola del brazo la sacó del apartamento como un títere para tomar un taxi y llevarla a su casa. Todo pasó muy rápido y Ovidio solo pudo exclamarle a Eufemia que la llamaría más tarde. Paz reinaba otra vez en el dominio de Ovidio. El misterio de Mercedes continuaba sin esclarecer

7

De casualidad Ovidio encontró en la papelería unos pliegos de cartulina pesada de calidad de museo y unas hojas de papel japonés de morera. Compró también tinta china y plumillas de caligrafía. En otro almacén encontró un rollo de cinta de seda dorada. Con estos útiles regresó al estudio y se dedicó a construir un portafolio que adornó en la cubierta con un dibujo en acuarela de la pirámide de guayabas. Usando su mano de caligrafía Itálica escribió una descripción del proyecto en una hoja de su bloc de papel de acuarela y ató todo el conjunto con la cinta dorada. Parecía una obra lista para presentar a un emperador oriental. Alguien como Genghis Khan o Tamerlán. Satisfecho con su esfuerzo salió a media tarde para sentarse en un café, gozar de un tinto y observar gente desde la penumbra que era una de sus actividades favoritas. Su esposa, Louisa testificaba que Ovidio se podía pasar un día entero sentado en una banca dibujando y observando gente. Por estar involucrada en el manejo de una cocina pública para desempleados ella no había podido acompañarlo en este viaje. Su esfuerzo no era tanto una labor de amor como una respuesta a la necesidad por establecer orden y prevenir un fracaso. Por sus grados en economía y administración de negocios en entidades sin afanes de lucro, el obispo le había pedido su intervención para poder salvar una entidad escasa de fondos con una visión inefectiva. Imitando algo iniciado en Bogotá por el padre Rafael García Herreros con su *Banquete del Millón* para recaudar dinero y construir casas para los pobres, Louisa organizó un banquete de sopa de pan y verduras donde los comensales pagaban un mínimo de $100 dólares como contribución a un fondo de recuperación de la cocina. Esperando recaudar no más de unos $10.000 dólares, el evento explotó con el apoyo de bancos y entidades de comercio sumado a la fuerza persuasiva del obispo para recaudar casi un millón de dólares. Este detalle causó mucho revuelo en la ciudad con varios magnates e industriales ofreciendo más contribuciones junto con los gobiernos locales y estatales. Era como si se hubiese descubierto repentinamente la existencia del hambre y la pobreza. Todos se concertaron en elogiar la labor e iniciativa de Louisa como pieza fundamental del gran resultado. En realidad, no hay bien que por mal no venga. Louisa se encontró entonces lejos de la granja y lejos de Ovidio enredada en el manejo de la cocina sin poder viajar a reunirse con Ovidio. No fue posible entonces salvar solamente la cocina sino que a causa del éxito de su iniciativa se desarrolló un movimiento para adaptar un edificio como centro habitacional y agencia de recuperación de habilidades para empleo. Las necesidades almacenadas por falta de fondos, creatividad o iniciativa surgieron al frente de la narrativa ciudadana como una tromba que se llevaba a Louisa hacia lugares insospechados. Las carreras de los que trabajan con entidades sin fines de lucro surgieron igualmente en la esperanza de salarios y posiciones. Ayudar a los pobres se convertía en una nueva vía lucrativa profesional no tan diferente a trabajar en una corporación privada. Claro que Jesus había dicho que los pobres siempre estarían con nosotros (Mt 26:11; Ma 14:7; Ju 12:8) pero él falló en mencionar que no había término a la pobreza y como consecuencia se podrían formar gremios de administradores viviendo de la pobreza de otros sin nunca poder resolver el problema bajo pena de perder los beneficios. Sin intentarlo, Louisa vivía cautiva de estos intereses añorando estar con Ovidio.

Louisa, mujer delgada de casi dos metros de alto, tez pálida como porcelana, ojos azules, unas pocas pecas rojas en las mejillas y cabello cobrizo bastante crespo cayendo como un torrente sobre los hombros se movía como un punto de admiración por los corredores de la beneficencia local promoviendo atención a las condiciones de hambre y falta de refugio perdiendo una gran parte de su libertad y patrimonio personal. Ovidio la apoyaba siempre y cuando ella encontrase solaz y significado en todo. No era asunto de ganar emolumentos o hacer carrera sino de contribuir a una causa muy necesaria con generosidad e inteligencia. Desde los tiempos en la Universidad, Louisa había sido la compañera inseparable de Ovidio compartiendo momentos de triunfo y muchas veces la amargura y frustración de derrotas. Se habían acoplado por respeto y afecto en una entidad conyugal muy efectiva y feliz. Trabajando desde su hogar en una consultoría de administración era posible para Louisa mantener un horario flexible y holgado. Esto hizo posible la educación en casa de los dos hijos con una serie de instrucción adicional en varias materias y afinidades. Con los hijos ya graduados, ejerciendo profesiones y casados, la gran casa familiar en una granja rural se tornó muy grande (digamos espaciosa) aunque repleta de estantería conteniendo la biblioteca de Ovidio y su colección de objetos. Tenía también un gran estudio y un invernadero donde Ovidio mantenía algunas plantas tropicales que lo referenciaban a sus raíces. Era un lugar muy frecuentado por amigos y las visitas de dos nietos casi listos para ingresar a la escuela secundaria. Sentarse en el invernadero para leer bajo el olor de flores y musgo era uno de los grandes placeres al que tanto Ovidio como Louisa se acometían con gran deleite, especialmente durante el invierno cuando el contraste entre el invernadero y los campos cubiertos de nieve era muy marcado. Los nietos forzaban un diálogo muy animado sobre nombres y orígenes de cosas que promovían nuevas exploraciones a territorios una vez transitados durante la infancia de los hijos. Ovidio veía en esto una oportunidad para educación estética con libros bien ilustrados y escritos que se deleitaba en conseguir para ampliar la biblioteca y satisfacer su apetito de lector y artista. Sus tías le habían inculcado un amor por la lectura y el arte que subrayaba toda su vida. Había tanto en Louisa como en Ovidio una convicción sobre ese trio de virtudes básicas predicadas por Tomás Aquino. La afirmación de lo bello, lo verdadero y lo hermoso formaban parte muy integral de su visión y conducta. Sobre esa fundación ética ejecutaban trabajo y vida.

8

Con el portafolio bajo el brazo y unas guayabas en su bolsa, Ovidio caminó hasta La Cocina de Tadeo para entregarlo y discutir su contenido. Jorge se entusiasmó mucho al ver los dibujos y las guayabas. Manolo insistió en saber el teléfono y dirección de Eufemia llamándola inmediatamente para concertar una visita a su patio y comprar frutas. Jorge colgó los dibujos en una pared con tachuelas a manera de exposición. Invitó entonces a todos los comensales y empleados a verlos. Ovidio se sonrojó un poco por esta acción tan inesperada y decidió quedarse parado en una esquina del recinto sorbiendo una bebida. Manolo se paseaba de un extremo al otro de la pared exclamando admiraciones y afirmando que esto era lo más bello que él había visto en su vida. Jorge sonreía como una luna llena. Los comensales y empleados compartían la dicha y alguien sugirió un brindis que causó una estampida hacia el bar. Así, entre tragos de aguardiente y copas de cava catalana se celebró la labor de Ovidio. Era un gran comienzo para lo que engendraba un proceso más complicado. Jorge llevó los dibujos al cabaret y los organizó en una pared del área de bienvenida con la descripción caligráfica de Ovidio. Las preguntas y comentarios no se dieron a esperar. Manolo organizó entonces lo que él llamó una *soireé épatante (Noche Expléndida)* para hacer una presentación formal. Se enviaron invitaciones a varios sectores dentro y fuera de la ciudad con un mes de anticipación.

Manolo visitó a Eufemia y recogió guayabas y grosellas reservando pitayas y curubas para el momento en que empezaran a madurar. Habían también cerezas y guanábanas junto con guayaba coronilla, nísperos, badeas, anones, limones y chirimoyas que deleitaron a Manolo con las posibilidades para postres y batidos. El afán de Eufemia por mantener los árboles frutales plantados por los abuelos se veía premiado ahora por alguien expresando una admiración genuina e irresistible. Por medio de ella se hicieron conexiones a otros patios en el vecindario repletos de fruta. Toda esa loma y área de patrimonio cultural contenía también un patrimonio frutal muy raro de encontrar. Había una gran herencia frutal en esos jardines cultivados por muchas generaciones. No todo era pandebono y café con leche.

Antes de regresar a Cali, Jorge y Camilo tuvieron un café en París llamado *Les Clos Magots* (Los Macacos Ciegos) en una parodia del famoso *Les Deux Magots* (Los Dos Macacos) en el área de Saint Germain des Prés. Allí ofrecían actos de comedia y farsa acompañados por una cocina limitada pero elogiada y un bar bastante competente. Una de la invitaciones a *la soireé épatante* llegó al cónsul honorario de Francia en Cali quien se dio cuenta que Jorge era un graduado de *l'Alliance Française,* el *Cordon Bleu* y la *Universidad Americana de París* con un MBA en Administración Internacional de Negocios mientras que Manolo era también un graduado del *Cordon Bleu.* El cónsul fue entonces al cabaré para tomar fotos del proyecto y ver el acto además de entrevistar a Jorge y Manolo. Todo parecía ser nada más que el interés de un funcionario por algo dentro de su competencia hasta que al cabo de unas semanas les llegó una carta del Ministerio de Cultura y Comunicación en París solicitando información y copia del prospecto financiero. Sin pensar en esto y derivado de discusiones con Jorge y Manolo existía ya un folleto que Ovidio había preparado como era su costumbre para definir parámetros y aproximar la envergadura de posibles costos. Era un folleto de cuatro hojas en papel brillante pesado que presentaba los dibujos con una narrativa acompañados por un cálculo estimado de probable costos. No se había distribuido por el recelo de tanto Jorge como Manolo de pedir ayuda y estar sujetos a críticas que podrían abaratar o alterar el proyecto por razones enteramente financieras o políticas. Sin pensarlo mucho, enviaron varias copias del folleto al ministerio en la calle de San Honorio en París pensando que esto les satisfacería.

El día de la *soireé épatante* llegó y Manolo se dedicó todo el día a preparar entremeses con toda la energía de un repostero haciendo su muestra para un examen de capacidad y aprobación de licencia. Jorge se movía nervioso por el restaurante y decidió salir después del almuerzo a manejar su Triumph por el lado norte de la ciudad y así calmar su ansiedad. Eufemia había sido reclutada para ayudar a Manolo en la cocina y evitar cargar los empleados con más tareas. A media tarde todo lo que tenía estar listo estaba listo y así cargaron la furgoneta y llevaron todo al cabaret. Jorge le compró un vestido formal a Eufemia y la llevó al cabaret donde las maquilladoras y peluqueras la transformaron por encima de lo que ella esperaba. Ovidio casi no podía reconocer a su hermana pero se alegraba por la atención que ella estaba recibiendo. La visita al jardín le había revelado a Manolo el aspecto cocinero de Eufemia que fue entonces reclutada a compartir sus recetas y darle instrucción al elenco de la cocina en procedimientos y técnica que ella había heredado de las abuelas, la madre y las tías. Para Eufemia esto era asunto de mucho orgullo y tremenda dicha. El afecto y admiración de las vecinas se estaba confirmando y muchos fueron a cenar a La Cocina de Tadeo sabiendo que ella era parte del elenco. Nadie podía hacer un champús o unas aborrajadas como Eufemia. En ella se acumulaba la cocina regional con excelencia. Esa noche, Jorge vestido con un esmoquin blanco con sombrero de copa blanco le cantó *"You are the Top"* en lugar de hacer su versión acostumbrada de *"Minnie the Moocher"* al estilo de Cab Calloway en

The Blues Brothers. Detrás de las mejillas sonrojadas, el corazón de Eufemia daba piruetas de gozo.

La recepción estuvo muy colmada, al punto de que se agotaron los entremeses pero nadie se quejó. Jorge presentó los dibujos con proyecciones en las pantallas arriba del escenario. Ovidio describió materiales y tratamientos y el alcalde insistió en tomar el micrófono para expresar sus buenos deseos para la ejecución del proyecto recordándole a la audiencia que su gobierno estaba siempre avanzando el progreso de la ciudad por todos los ángulos. Hacia el final, el Cónsul de Francia pidió la oportunidad para decir unas palabras. Mostrando una carta leyó un mensaje del Ministerio de Cultura y Comunicación de Francia en el que con la colaboración de la Alcaldía de Paris y la automotriz Peugeot le concedían una subvención a Jorge y Manolo por el monto de la construcción expresado en el prospecto financiero. Era una expresión de cordialidad Franco-colombiana hecha posible por el buen nombre establecido por Jorge y Manolo en París y la reconocida prominencia de Ovidio. Había también un reconocimiento a lazos culturales a través de la reinterpretación de un estilo y una institución netamente francesa como era el Moulin Rouge. El asombro y clamor del aplauso duraron varios minutos. Jorge y Manolo lloraban a todo pulmón con muchos del elenco teatral y los meseros tirados en un montón de emoción sobre el escenario. Era un gesto muy inusitado e impresionante. Jorge cantó *La Marselleise* y Manolo distribuyó varias docenas de botellas de cava por todo el recinto. Todos salieron del cabaret asombrados por el gesto y muy impresionados por la magnitud de la obra. Esto era en realidad algo verdaderamente grande. Ovidio bebía cava de una botella y dejaba que unas lágrimas se le deslizaran por las mejillas recordando otras ocasiones tan similares. Eufemia abrazaba a su hermano con orgullo sin saber que otra cosa hacer que deslumbrarse y alegrarse. El Moulin Mauve dejaba de ser una parodia para convertirse en una realidad expandida y respetada. Ovidio llamó a Louisa y charlaron emocionados por bastante tiempo. Los triunfos en la edad postrera eran tan significativos como los de cualquier otra edad. Ovidio hablaba en su celular mientras caminaba por la orilla del río por ese andén que antes tenía pérgolas con veraneras a horcajadas y bancas de cemento pulido donadas por el Club de Leones. Ahora solo mostraba una cerca quebrada y bordes de maleza y escombros de lo que una vez fueron comidas de conveniencia. Gente en automóviles se deslizaba rápidamente por la avenida mostrando la afluencia e indiferencia de estar atrapada entre las ventanillas de vidrio oscurecido. El río trataba de cantar sobre las piedras en la distancia para ocultar su olor a muerte. Algunas ranas intentaban en vano encontrar un tono aceptable para sus coros. Varias sabaletas yacían vencidas sobre la orilla. La luna sonreía pálida detrás de la bruma púrpura grisácea. Esta avenida había conocido horas de triunfo y hermosura en tiempos no muy lejanos y se presentaba ahora como una cenicienta esperando un príncipe encantador y rescatador. Lo esperado debe suceder de manera inesperada.

9

Al cabo de unos días Ovidio recibió una llamada de Amparo Borrero a nombre de Mercedes solicitando una cita para reunirse a continuar la discusión sobre los ríos. Amparo ofrecía disculpas por cualquier malentendido que podría ser atribuido a la presión del trabajo y la intensidad de la expectativa por resultados rápidos y consecuentes. Tanto ella como todos los miembros del equipo que se había reunido en el restaurante deseaban seguir trabajando con él para bien de la ciudad. Habían tenido oportunidad de examinar su obra en la red cibernética y estaban muy impresionados por su dimensión y alcance además del enorme regalo de costo en honorarios que Ovidio representaba. El alcalde en especial estaba demostrando una gran admiración y deseo de ejecutar la obra sugerida y estaba procesando partidas de apoyo financiero por el concejo municipal. Ovidio accedió a reunirse a la media mañana del día siguiente advirtiendo que podría ser una sesión de todo el día.

Amparo se mostró complacida y añadió que traerían entremeses y bebidas más un equipo de video.

Para apersonarse de las condiciones del río Cali, Ovidio decidió caminar por la vega hasta un poco más arriba de Santa Rita tomando notas y fotografías sobre las condiciones del cauce y el entorno. Llamó también a Eufemia para avisarle que iría a la casa luego de concluir su caminata tal vez pasada la media tarde. Era un día soleado y agradable, perfecto para caminar. A falta de lluvia por los días anteriores, el cauce del río estaba bastante disminuido pero se podía observar mejor la condición de la ribera y las causas de contaminación y destrucción. Ovidio recordaba esos tiempos de su niñez cuando lo llevaban al Bosque Municipal tomando ese bus Rojo Estrella de Santa Rita repleto de bañistas y gente de paseo llevando un fiambre para gozar del aire libre y el agua fría que bajaba de los farallones. Era entonces un tiempo inocente en una ciudad pequeña sin ínfulas de grandeza o riqueza o drogas. El río no discriminaba y las sabaletas saludaban a todos con sus característicos saltos sobre las piedras en los remansos y charcos. Había entonces el perfume de gualandayes o chiminangos en flor secundados por irises y azaleas. Una vez al año las jacarandas salpicaban el ambiente con su capullos de púrpura. El aire se llenaba del fragor de torcazas y golondrinas junto con el canto insistente de bichafues y titiribíes. En la memoria distante, este era un paraíso al borde genético de la ciudad, era tal vez su cordón umbilical donde residía el AND que en unos siglos pasados habría podido seducir a Don Sebastián.

El contraste entre la memoria y la realidad sacudía la mente de Ovidio. El río Aguacatal había sido reducido por la minería ilegal a un caño estrecho sin vida en su encaje con el río Cali donde los remansos habían dado paso a un agua turbia fluyendo espesa y gris sobre rocas mohosas. Un olor a podredumbre y heces cubría el entorno y los bosques habían sido talados para permitir acceso a la minería ilegal y a invasiones residenciales sin servicios sanitarios cuyos deshechos flotaban en el río como testimonio de una desidia o displicencia bastante egoísta y crasa. La solución desmedida al problema de vivienda por medio de invasiones era aceptada *de facto* por los líderes sociales y políticos resultando en el asesinato del río sufocado por desechos, escombros y aguas negras. Tugurios construidos de cartón y hojalata pretendían ser lugares de vivienda sin servicios sanitarios o agua potable. El bosque municipal de antaño había sido remplazado por un zoológico rodeado de una zona residencial. Las aguas contaminadas por la limpieza del zoológico, a pesar de su alta misión, se vertían sobre el río con impunidad e indiferencia. La ciudad nunca había recibido el beneficio de planeación. Todo resultaba por improvisación y sentimientos de imitación. Sobre el pie de la ladera se amontonaban los escombros de más arriba flotando eventualmente hacia el río. La diferencia entre la Cloaca Maxima de la Roma Antigua y este rio Cali contemporáneo era simplemente que la de Roma estaba parcialmente cubierta y la de Cali era una herida abierta sin beneficio de vendaje. Ambas se relacionaban con un río y casi el mismo número de habitantes. La de Roma descargaba sobre el Tíber y la de Cali eventualmente descendía sobre el Cauca. Como cosa común ambas tiraban los despojos de la ciudad a un río sin tomar nota del impacto y buscando siempre la manera más barata de desechar basura y aguas negras. Lo importante parecía ser simplemente limpiar el entorno inmediato y enviar los despojos más abajo en la corriente para mantener una apariencia de limpieza. Indudablemente, las desembocaduras se contaminarían también pero eso era asunto para tiempo mucho después. El presente se conjugaba en el modo imperativo que parecía satisfacer a todos. Este maltrato de los ríos era un principio básico de ingeniería y administración municipal que había sobrevivido íntegro por más de 27 siglos. Los acueductos de Roma, luego de prestar sus servicios de distribución de agua potable terminaban en caños que se desaguaban en vertientes del río Tíber junto con toda la podredumbre de la ciudad. Así, la mente y cultura humana habían sido acostumbradas a ver en los ríos no elementos críticos del ciclo de vida sino rutas de conveniencia para eliminar lo indeseable. De esta manera, la condición del río Cali y los otros ríos en la cuenca puede verse como una progresión normal heredada de los romanos. De esta manera la culpa asignada al distante pasado servía para exonerar al presente e ignorar al futuro. El presente siendo siempre inocente por razón de urgencia y necesidad. Las condiciones políticas y sociales de la Roma Antigua no eran tan diferentes a las de Cali a través de los siglos y estos días presentes. Claro que muchos "caleños" se ofenderían por esto pero la ofensa es mayor en su desidia y carácter rumbero nada serio y siempre listo a divertirse sin consideración de consecuencias o límites. Por encima de todo, el sincretismo derivado de un sentimiento de inferioridad había despojado a la sociedad de autenticidad o autoctonía. Se imitaba todo lo extraño y foráneo sin análisis previo o justificación no solo en Cali sino en otros lugares del país. Ovidio veía en esto el mayor obstáculo para la implementación de planes y su eventual culminación en triunfo. Al menos los Romanos tenían un elemento de autoctonía en 600 BC pero Cali estaba indefensa veintisiete siglos después de cara a si misma sin otra cosa propia que un deseo irresistible de no ver o no pensar en consecuencias.

Casi al anochecer Ovidio llegó a la casona en San Antonio bastante cansado y abrumado por el efecto de la caminata. La diferencia pasaba de ser intelectual y emotiva para convertirse en algo palpable, inmediato y urgente. Eufemia había hecho envueltos de choclo para alagar a su hermano. Varios vecinos también se habían congregado felices de poder verlo así como de compartir unos tragos de aguardiente. Para ellos y esta loma, él era un conquistador tanto como esa estatua de Belalcázar varias cuadras más arriba que señalaba al Pacífico. Ovidio señalaba a las estrellas y la posibilidad astral de triunfar en un mundo muy lejano de esta casa colonial. Allí no importaban otros detalles que la memoria de un chiquitín corriendo por las calles, elevando cometas en las faldas de la loma, marchando a la escuela primaria, realizando unos primeros triunfos y siendo amado por todos. Esto era precisamente lo que Ovidio detestaba sin mala intención pero no tenía poder para negar los deseos y el orgullo de su hermana y el vecindario. Su padre le había inculcado una ética de no jactarse y simplemente hacer lo mejor posible encontrando satisfacción en el hacerlo en lugar de la cosa hecha. No era asunto de una modestia falsa sino una regla de conducta que Ovidio había observado por toda su vida aunque se le juzgaba por cosas hechas afirmando que cada cual vive enteramente de las consecuencias de sus actos. Por encima de todo estaba esta noche en un patio colonial con una media tajada de luna aborrajada sobre el firmamento. Los envueltos acompañados por una limonada de guayaba coronilla propiamente estimulada con un tintero de aguardiente agradaban su mente y paladar. Un trio con guitarras y tiples serenaba la concurrencia y una fotografía en sepia de los abuelos montada en un marco de nogal observaba todo desde una pared para crear un enlace de memoria grato y profundo. Llamando a Louisa la hizo escuchar varias canciones del trio y recibir saludos de mucha gente que solo la conocían de distancia como la mujer de Ovidio. Una hembra lejana como un sueño que vivía entera en sus afectos por ser la compañera fiel y hermosa que completaba la vida y la dicha.

Antes de regresar a su cuarto en Coltabaco, Eufemia le contó la historia de Mercedes. Era una chica hermosa que a causa de su belleza había competido en ese reinado de los barrios en un año de gran auge por el Cartel de Cali. Muchas de las candidatas estaban patrocinadas por los sicarios y traficantes que sembraban temor en toda la ciudad. Mercedes fue elegida virreina detrás de una candidata relacionada con uno de los grandes capos. Por la mañana después de la coronación encontraron el cuerpo de la recién elegida Reina de los Barrios en un potrero con polvo de cocaína cubriendo su cara. La chica había sido violada y abusada con ferocidad inusitada. Tenía más puñaladas de las que se podían contar. El reporte del juez de instrucción decía someramente que *"murió de insuficiencia cardíaca por falta de sangre"*. Nadie tomó responsabilidad para ufanarse del crimen como era costumbre entre la sociedad delincuente que usualmente proclamaba sus más viles actos aunque todos sospechaban lo que había pasado. Mercedes fue entonces nombrada reina en medio de la confusión y el dolor. La presión se volvió muy intensa por parte de los capos y sus secuaces que la querían seducir como demostración de poder en una ciudad entonces dominada completamente por su fuerza sicarial y financiera. Para evitar problemas, Mercedes salió rápidamente para Inglaterra donde se enroló en el curso de jardinería de los Jardines Físicos de Chelsea en Londres con unos cursos adicionales en historia del paisajismo europeo. Al cabo de tres años regresó cuando el cartel había sido desbandado y sus capos residían en prisiones estadounidenses. Estudió Economía y Ciencias Políticas en la universidad local y se casó con un panameño que había comprado una de las mejores casas coloniales en San Antonio. Era un tipo muy frugal y silencioso unos veinte años más viejo que Mercedes que manejaba un negocio de inversiones y compraventa de moneda. Cuando explotó el escándalo de las contribuciones del Cartel de Cali para afectar en su favor la elección presidencial fue implicado en el siguiente proceso por corrupción que se hizo contra congresistas, políticos, abogados y traficantes. Se descubrió entonces que era el contabilista y tesorero del Cartel manejando una planilla muy larga de socios, políticos, banqueros, sicarios y parientes. Se le quería enjuiciar en los tribunales pero también no se le querían tomar declaraciones que pudiesen perjudicar al orden establecido por los que devengaban beneficios personales de la situación. En esa tensión y con mucho sigilo se mudó entonces a Panamá con su libro de cuentas dejando a Mercedes en Cali con pocos recursos evidentes en esa casa grande. Al cabo de unos meses ella recibió una remesa del esposo cuyo negocio de cambio había empezado a florecer de nuevo por Panamá y Centro América aunque un retorno a Cali no le era posible por haber sido enjuiciado y condenado en ausencia por soborno y lavado de activos. Ciertamente, no había mucho deseo en traerlo por temor a lo que podría decir y a los que podría implicar con su declaraciones. Una manera de orden había sido restablecida para alivio de todos y un nuevo alcalde había sido elegido quien nombró a Mercedes como directora de parques y el medio ambiente tomando ventaja de su entusiasmo y una simpatía que todavía existía en la ciudad por su pasado como reina. Aunque se cuestionaba su estilo de vida, no existía evidencia en su contra y Mercedes despachaba sus funciones con entusiasmo y eficacia logrando remover escombros de varios parques y reparar otros que habían sido invadidos bajo el liderato de políticos, especuladores y latifundistas ganando estipendios y otros favores. Una cierta porción de la población veía a los parques como terrenos públicos que podían ser apropiados para uso como vivienda para desposeídos. En esto seguían la tradición de expropiaciones nacidas de las guerras civiles en el Siglo XIX e inicios del XX. Existía también el asunto grave del vandalismo aceptado como expresión sociopolítica y artística que desfiguraba instalaciones y cortaba árboles como actos populares reflectivos de una enajenación justificada. Mercedes había logrado suprimir gran parte de las acciones vandálicas con el uso de guardias y sanciones judiciales. Esto demandaba bastante energía y el mantenimiento de una cabeza calma ante el empuje agraviante de juntas comunales, asociaciones, gremios y políticos que veían en estas demostraciones nada más que elementos saludables de la efervescencia urbana y votos favorables al por mayor. Se hablaba del *graffiti* como arte y del vandalismo como una expresión existencial. Ser "grafitero" era un don artístico merecedor de admiración. La invasión de tierras se veía nada más que como una reacción al control ejercitado por la élites para desposeer a los pobres sin voz o recursos. Se correlacionaba así con el constante esfuerzo nacional por implementar una reforma agraria. Nadie era responsable por nada y nada no tenía responsabilidad asociada. La ciudad operaba en una especie de socialismo existencial tropical no diferente al ánimo del saqueo en la Navidad de 1877 luego de esa escaramuza nacional por control de la educación entre el clero y el orden laico. En medio de esto, Mercedes soñaba con esos parques de Londres y París acomodando multitudes con orden y suficiencia. El Paseo Bolívar podría ser una versión local del Jardín de las Tullerías con un esfuerzo concertado por limpieza y recuperación. Las avenidas podrían convertirse en bulevares con más énfasis peatonal en lugar de cañerías vehiculares. Cada río podría ser un eje ecológico sirviendo de conector de vida y esparcimiento para toda la ciudad. Ciertamente, la ciudad entera necesitaba una dosis fuerte de civismo y consecuente limpieza guiada por un sueño potente y realizable. En medio del egoísmo individual, los beneficios colectivos no se podían apreciar racionalmente. Con la deshilvanación de los grupos traficantes, la mayor parte de la ciudad operaba como rebaños de lobos o coyotes buscando carroña, devorándose a si mismos sin piedad. El lema en el escudo patrio debería convertirse en una realidad palpable: LIBERTAD Y ORDEN. No solo en himnos y papeles oficiales sino en la vida misma de cada ciudadano. Mercedes probablemente soñaba con esto en su casa grande al pie de la loma con las veraneras bullendo sobre los muros. Soñaba con una mejor realidad que Ovidio podría facilitar por razón de prominencia y capacidad.

Por ser una noche cálida, Ovidio decidió caminar de regreso a su cuarto bajando por la carrera 5a hasta la Plaza de Caycedo y de allí a Coltabaco. Era una jornada de unas quince cuadras repleta de fantasmas que refrescaban la mente y afirmaban el afecto. Esta era su ciudad a pesar de todo. Estropeada y violada, la ciudad se colgaba ferozmente de su memoria apretando la mente en sus garras, previniendo un escape total. Ciudad celosa y puta, Irredimible y virgen. Rapaz y tímida. Parroquial y cosmopolita. Los fantasmas danzaban a lo largo de esas 15 cuadras exhortando los recuerdos, forzando la memoria y afirmando la realidad. Pasaba por lo que una vez fuera el local de su escuela primaria con la tienda de golosinas al lado. Por el zaguán de entrada se podía ver esa asta donde flotaba la bandera cada mañana recibiendo el juramento de toda la escuela con la mano derecha sobre el corazón buscando una conexión metafísica más allá de las nubes o al menos por encima del gualanday en el patio de atrás. Todavía se podía escuchar el eco de estudiantes correteando por la calle discutiendo los eventos de su día. Una vez pasando la calle 5a totalmente ampliada y desvinculada del vecindario en favor de un mejor flujo automotor, llegaba a la calle 7a donde la plazoleta del Teatro Municipal le recordaba esos días y noches cuando con ojos encantados pudo ver al Ballet Real de Londres con Margot Fonteyn y Rudolf Nureyev danzando *El Lago de los Cisnes*. También había visto allí a Jorge Luis Borges hablando desde la bruma de su ceguera sobre entereza y dedicación al arte. Recordaba a los Ballets Rusos de Montecarlo y a varios ballets locales trazando espacios como libélulas ebrias con *adagios, arabesques* y *grand jetés* que llegaban coqueteando hasta el borde de su palco de tercera. Allí presenció los esfuerzos del Teatro Experimental de Cali enamorado de la presencia y energía de Fanny Mickey y se deleitó con la mudez de Marcel Marceau. En la otra esquina quedaba el fantasma de esa Biblioteca del Centenario donde preparó sus reportes de historia y geografía para la escuela secundaria. Más adelante, cerca de la calle 9a se levantaba el recuerdo de la Lonchería Pieper con sus hamburguesas ungidas de mostaza gris y rábano picante. El Convento de San Francisco saltaba enseguida a recordarle esas mañanas de monaguillo cuando ayudaba en cuatro misas a veinte centavos cada una para pagar por la entrada al cine dominical. A mano izquierda quedaba la sede de uno de los periódicos guardando el misterio antiguo del linotipo y las letras de metal. De la calle 10 en adelante estaba el centro con la catedral y el Parque de Caycedo y los locales comerciales. Las vitrinas todavía tentaban con ofertas de mercancía y otras ilusiones. Sentía esos pasos del pasado aún palpitando sobre los andenes y las sombras de sus recuerdos pegadas a las fachadas como anuncios de fallecimientos o corridas de toros. Quedaban todavía varias fachadas cubiertas de esas lozas pulidas como espejos donde las imágenes se duplicaban y desvanecían como fantasmas. La ciudad real y la ciudad de sus recuerdos se mezclaban en una gran memoria tan correcta como la sombra de las palmas o el vuelo concéntrico de las golondrinas. Así cruzaba el Parque de Caycedo en diagonal hasta la carrera 4a para subir entonces por la calle 12 pasando por el Teatro Jorge Isaacs con esas memorias de abrazos adolescentes febriles en los balcones hasta llegar al edificio de Coltabaco.

10

Mercedes llegó prontamente a las 9 con Amparo y Maruja. Todas vestidas como colegialas con falditas plegadas a medio muslo y blusas blancas con cuellos redondos. Luego de los besos rituales de bienvenida en la mejilla se sentaron a discutir los planes sobre la mesa y la pizarra. Ovidio le pasó a Mercedes un papel con los precios de kimonos. Ella sonrió y puso el papel en su bolsa. La discusión se centró por la mañana en el asunto de educación popular ambiental y la mejor manera de hacerlo. Se acordó que un video de cada vertiente acompañado de un análisis de perjuicios sería un elemento clave para llamar la atención al público y generar una concienciación de los problemas que ya se había iniciado con reportes ocasionales por los periódicos. Se necesitaba una acción más intensa y constante. El video sería presentado en las escuelas y, por sugerencia de Ovidio, en casetas diseñadas especialmente para ser instaladas en varios vecindarios. Se podría hacer esto con el patrocinio de varias entidades privadas y equiparlas con recogedores de energía solar. También se podría generar atención a través de la prensa impresa y radial junto con la publicación de un folleto-libro distribuido gratuitamente. Subsecuentemente, se harían mítines en las diferentes comunas sobre la base de la información diseminada. El objetivo era simplemente conducir una campaña de conciencia al estilo político. Había que elegir a los ríos y el medio ambiente. El problema básico era ignorancia y desidia ambiental. Los caleños no sabían lo que tenían en su entorno y lo que esto significaba para su calidad de vida. Era necesario instruirlos para poder obtener resultados positivos.

De acuerdo con el esbozo, cada vertiente tendría un equipo de pesquisa con Ovidio y Mercedes sirviendo como coordinadores generales. Los equipos de pesquisa estarían conformados por un biólogo con experiencia en aguas, suelos y paisaje, un ingeniero especializado en el medio ambiente, un arquitecto o paisajista, un historiador, un economista, los concejales del área en la vertiente, un párroco del área y un artista gráfico apoyado por un camarógrafo de video. Adjuntos a cada equipo podrían ser periodistas y particulares con conocimientos específicos del área. Era necesario conformar equipos que se enraizaran en la comunidad con suficiente veracidad y convicción para ser efectivos. Hacia el mediodía llegó el alcalde con un equipo de asesores que refrendaron las conclusiones de la discusión. El alcalde autorizó a Mercedes a conformar los siete equipos usando los procesos de rigor. Tan rápido como llegaron se fueron.

Al poco rato llegó Eufemia con un almuerzo de mazamorra, panela raspada, patacones, ensalada de frutas y un batido de mango. Parece que Mercedes la había contratado para hacer el almuerzo por razón de ser vecina y haberle prestado una ayuda muy generosa y gentil en ese día de su problema. Eufemia no le había delatado a nadie los pormenores y razones ya que el asunto era cosa privada y solo Mercedes podía exponerlo a su gusto a quien gustara.

Durante el almuerzo Mercedes le indicó a Ovidio que deseaba el kimono de la más alta calidad y le traería el dinero luego en la noche. Ovidio le contestó que él podía pagarlo con su tarjeta de crédito para que ella le reembolsara luego. Así quedaron. El Japón estaba unas 14 horas más adelante de Cali pero Ovidio le enviaría un mensaje a su amigo para iniciar el negocio. Tal vez también llamarlo a las 6 de la tarde cuando serían las 8 de la mañana del día siguiente en Kioto. La altura de la persona no importaba puesto que el kimono se podía acortar con los cinturones. El amigo de Ovidio era un monje sintoísta que coordinaba varios monasterios en el área sur del Japón. Era una especie de director regional o aún mejor un secretario general. Es suficiente decir que estaba radicado en el santuario de Fushimi-Inari Taisha al pie de la montaña Inari y viajaba promoviendo las creencias de sintoísmo, así como también coordinando el trabajo de los varios monjes en los monasterios. El santuario de su residencia principal era el Fushimi-Inaru-taisha que estaba dedicado a la diosa Inari protectora de la cosecha de arroz y se distinguía por las puertas tori de color bermellón unidas una contra la otra que formaban verdaderos túneles sobre los caminos de peregrinaje al lugar santo. Su influencia sobre Ovidio había sido muy grande aunque llegaba lejos de convertirlo no porque Ovidio estuviese ligado a otra fe sino porque insistía en mantenerse desligado. *"Soy un hombre con fe que no puede darse el lujo de expresarla o vivir con ella",* había dicho en varias ocasiones

Por el resto de la tarde el grupo se dedicó a conformar los equipos de pesquisa. Ovidio conocía a pocos profesionales en la ciudad pero estaba interesado en saber quiénes eran y cuál sería su contribución. Maruja sugirió añadir estudiantes de postgrado a los equipos. Mercedes, Amparo y Maruja harían llamadas para definir interés y enrolar miembros. Los emolumentos ya estaban fijados por las reglas administrativas de rigor. Solo faltaban las confirmaciones de los candidatos para organizar una reunión de orientación en el recinto del concejo municipal. Ovidio sugirió que todos los miembros de los equipos necesitaban firmar un contrato o acuerdo subscribiéndose a los propósitos del trabajo para prevenir desvaríos, conflictos y problemas de interpretación. La tarea no podría durar más de cuatro semanas para recoger y evaluar datos con dos semanas adicionales para preparar conceptos preliminares. De allí se iniciaría la labor de educación por varios meses. Sería un paso de trabajo bastante intenso pero necesario para ser efectivo. Así que para el atardecer, las listas estaban preparadas y varios miembros enrolados con expresiones de placer por ser llamados. La buena voluntad recibida animaba a las tres mujeres y Ovidio quienes empezaban a vislumbrar el triunfo inicial del proyecto. Era tiempo de abrir una botella de vino y celebrar un primer triunfo. Ovidio llamó a su amigo en el Japón y pudo confirmar la compra y el envío del kimono. Mercedas daba brinquitos de dicha y se abrazaba con Amparo y Maruja. De alguna manera, el kimono era un objeto de gran deseo en lugar de una compra caprichosa. Con el tiempo Ovidio entendería.

Antes de terminar la reunión Ovidio sugirió que se llevara a cabo una consideración para programar un enlace con varias organizaciones mundiales que celebraban congresos y exhibiciones por todo el mundo sobre el tema de conservación y purificación de los recursos acuáticos. Ya se habían hecho innumerables esfuerzos locales guardados muy celosamente por la convicción de no perder derechos de propiedad o el temor de ser criticados con saña y envidia. Tal vez se podrían explorar vínculos con el *Programa Mundial para Evaluación del Agua* de las Naciones Unidas con el fin de obtener recursos y apoyo. Atraer un congreso mundial sobre el agua con sede en Cali sería un tremendo beneficio para la ciudad y podría servir como un evento de envergadura bastante definidor en el cual se presentarían el estudio preliminar y las medidas derivadas a la espera de crítica y apoyo. Sería un evento tan grande como los Juegos Pan Americanos de 1971 que transformaron por unos años la ciudad. Ya se habían celebrado varias ediciones del *Foro Mundial sobre el Agua* en lugares como Ciudad de México (donde Ovidio estuvo presente) con una participación extraordinaria de representantes de todo el mundo compartiendo soluciones y apoyo. Los problemas del servicio de acueducto y la contaminación de los ríos era un problema de orden mundial en lugar de un entuerto local. Cali no podía darse el lujo de substraerse de los beneficios de ciencia y tecnología. Ovidio mostró entonces un libro pesado de 412 páginas con el título de *Plan de Manejo: Parque Nacional Natural Farallones de Cali* ejecutado y endorsado por casi ocho páginas de individuos, corporaciones y agencias. Era un documento magnífico en términos políticos pero sin uso práctico en términos ecológicos más allá de consideraciones académicas. Era en realidad un punto de despegue para una acción futura y enfocada en resultados positivos. Mercedes dijo que el reporte había servido para definir el problema involucrando a todos los "propietarios". Ahora sería muy bueno presentarlo como el fondo claro y firme sobre el cual impulsar esa nueva o refinada idea esbozada por Ovidio. El alcalde podría asumir las conclusiones del reporte como un reto a tomar que servía para refrendar el excelente trabajo efectuado por el *Plan de Manejo* con su inherente idea de acción subsecuente. Todo sería un asunto de estrategia y voluntad política y económica. Era obvio que se necesitaba más agilidad y menos ponderación. El fracaso de los ríos ya no podía esperar un nuevo ciclo de compromisos y negociaciones proteccionistas. Por estar presentes en el *Plan de Manejo* se podría deducir que todos los integrantes estaban de acuerdo con las generalidades pero se necesitaba formar un acuerdo efectivo e inmediato sobre los particulares con amplia confianza por todos. Darle una copia del *Plan de*

Manejo a cada equipo sería una buena idea para evitar llover sobre mojado o hablar en círculos. Tal vez Mercedes podría obtener las copias. El argumento quedó suspendido en el aire flotando en cámara lenta. Nadie reaccionó con entusiasmo como si el tema fuese tabú o sobreentendido. Las tres mujeres salieron no sin antes prometer una reunión en dos días para recompilarlo todo. Para Ovidio todo era un simple asunto de sacarle punta a los lápices pero parecía que primero había que fabricar los lápices. Tal vez el silencio era una señal de falta de interés por un esfuerzo comprensivo y dinámico o un objetivo muy por encima de la capacidad visual presente. Su falta de familiaridad con el manoseo típico de acciones de gobierno en la ciudad era evidente y bastante frustrante. Durante su vida profesional, Ovidio había seguido una práctica de honestidad directa sin tapujos y cambalaches. Era un profesional neto dedicado a obtener resultados netos. Parecía que ahora todo se convertiría en una marcha a través de sombras y laberintos insospechados como esas páginas de créditos al principio del reporte. Eran afirmaciones o meramente posiciones? Por la superficie se encontraba mucha charla positiva y a todas luces sincera acerca de la condición de las cuencas hídricas pero nada concreto se realizaba ante los diferentes diques erigidos debajo de la superficie por intereses creados demandando voz decisiva y usufructos en toda decisión tomada o esbozada. Cada paso tenía que ser aprobado por un paso anterior y la consideración deliberada de uno posterior. Parece que se bailaba entonces con los pies atados sobre una superficie minada. Sería esta la oportunidad de regresar a casa, jubilarse completamente y pasar el tiempo llevando una vejez plácida en su jardín y biblioteca bajo la sombra de Louisa. Una botella de vino de Navarra se abrió para rescatarle el pensamiento al filo del ocaso antes de que los arreboles vespertinos se deslizaran hacia el Pacífico detrás de los farallones. El misterio de la noche no era tal vez tan grande como la realidad del día.

11

Envuelto en la bruma del vino, Ovidio recibió una llamada de Manolo invitándolo a viajar a París con él y Jorge para concretizar el asunto de la financiación del Moulin Mauve por el ministerio y la alcaldía. La automotriz ya había consignado su ayuda a la alcaldía y el ministerio. Sería un viaje corto de cinco a seis días con un día dedicado a los asuntos oficiales ante el ministerio y la alcaldía dejando los otros días para turistear. Tenían una cita para dentro de cinco días. Necesitaban llevar varias copias del prospecto con un contrato de servicios con Ovidio como coordinador general. Pensaban salir en dos días si Ovidio estaba disponible. Así llegarían a tiempo para recuperarse y estar alertas durante la reunión. Con mucho entusiasmo Ovidio accedió a la invitación pensando que París sería un buen lugar para alejarse de Cali y la maraña del estudio hídrico cuyos problemas ya vislumbraba por experiencia más que por certeza. Pensándolo un poco más decidió invitar a Eufemia para darle una breve experiencia de viaje a lo que sería mitad de primavera en París. La llamó y luego de la sorpresa y sus temores por no tener ropa apropiada, la convenció prometiéndole llevarla de compras inmediatamente al llegar a París. Jorge y Manolo prometieron acompañarla para buscar gangas y ofrecerle opinión. La gran tienda Colette quedaba en la calle de San Honorio cerca del Ministerio de Cultura y todos se hospedarían en el Hotel Le Relais Saint Honoré (La Posada de San Honorio) a un tiro de piedra de Las Tullerías y el Museo Louvre. Prometía ser un viaje fabuloso e intenso. Eufemia no tardó mucho en imaginar un itinerario haciendo búsquedas en su computador y elaborando deseos en su mente. Ella nunca había salido de Cali ni siquiera fuera del departamento. Confiaba totalmente en Ovidio, Jorge y Manolo. Ellos le servirían de guías y traductores.

Llamando a Mercedes un poco más tarde, Ovidio le anunció su viaje y el deseo de reunirse como prometido por la mañana antes de viajar ya que el vuelo no saldría hasta cerca del anochecer. Mercedes le contó que había obtenido las copias del *Plan de Manejo* y varios de los participantes estaban también en la lista de equipos lo que podría ser un enlace muy útil para la gestión. En una nota separada, Mercedes le solicitó reunirse con ella esa misma noche o por la mañana para discutir un asunto personal de grave importancia. Así llegó ella casi a medianoche para charlar con un Ovidio bastante inquietado. Ya sentada con un vaso de vino en mano, Mercedes le relató como su exmarido vivía en Panamá luego de ser involucrado en un proceso por corrupción y lavado de activos. Era ahora el gerente general de un gran consorcio de cambio y procesamiento de fondos en empresas de papel que operaban en los llamados "paraísos fiscales". Tenía ciudadanía panameña que le permitía evitar ser extraditado a Colombia. Sus actividades en Cali habían estado ligadas a los asuntos financieros del Cartel de Cali sin conocimiento de ella; sin embargo, el Procurador Nacional y la DEA la estaban observando muy de cerca a fin de encontrar una conexión buscando la oportunidad de atraerlo a Cali para efectuar un arresto. Lo que nadie sabía era que ella se había divorciado en Panamá unos meses atrás por consentimiento mutuo que la desligaba de cualquier actividad de su exmarido. El divorcio no era muy conocido en Cali por asuntos religiosos, culturales y de seguridad personal. Por efecto del divorcio le quedó la casa en San Antonio y una cuenta bastante generosa en un banco de las Islas Caimán aumentada por sus propios fondos. Por asunto de impuestos y la vigilancia de la DEA evitaba tener dinero en los Estados Unidos. En las Caimán solo tenía que llamar con su clave de cuenta para pedir dinero que le llegaba muy convenientemente por mensajero privado. Sus gastos no eran cuantiosos o extravagantes y así no levantaba sospechas. En el piso de su casa tenía una caja fuerte legada por su exmarido para guardar efectivo en pesos y dólares. Varios secuaces estaban convencidos que su dinero era parte de una caleta perteneciente a ellos encomendada a su exmarido. Ella no podía convencerlos de que las sumas en las Islas Caimán eran parte de su renta y patrimonio. Que cualquier suma que ellos deseaban debería ser buscada en Panamá. Así la cogieron una noche cuando llegaba a su casa y trataron de hacerla confesar el paradero de la caleta forzándola a inhalar cocaína, la abofetearon y amenazaron con violarla aunque temerosos por las consecuencias dado el rango de su exmarido en lo que quedaba del Cartel de Cali donde estos actos se pagaban con la muerte. Finalmente se frustraron y la dejaron aturdida en una escombrera en las faldas del Cerro de las Tres Cruces cuando se dieron cuenta de que ella no sabía nada en realidad y podría estar bajo vigilancia. Un detective que por coincidencia la estaba vigilando a distancia la encontró y llevó tan estropeada como estaba hasta el edificio Coltabaco donde se apareció frente a Ovidio en esa mañana sorpresiva. Ella le contó el incidente a su exmarido y no se sorprendió al saber unas semanas después que los cuerpos de varios secuaces y sicarios habían sido encontrados abaleados en unos pastizales cerca de Palmira. La sombra del cartel todavía cubría el territorio. Se sentía segura sabiendo que conservaba un aura de protección pero todavía le inquietaba el saber que Cali aún tenía una resaca de secuaces tratando de encontrar caletas que los capos habrían podido esconder por toda la ciudad. Era una búsqueda intrépida por un nuevo El Dorado con mucha sangre en el esfuerzo. Ella todavía era vista como ligada al Cartel de alguna manera y por ende guardiana de secretos. El dinero en el banco de las Islas Caimán era netamente suyo. Ganado en el concurso de belleza y en actividades de anfitriona con clientes en el Caribe y Europa. Era una actividad muy común en reinas de belleza por toda Latinoamérica que surgían de las clases medias a escenarios de lujo y alto costo. Estar entre las mujeres más bellas del mundo demandaba bastante costos en mantenimiento y podía generar ganancias secretas que se ocultaban bajo cortinas de negocios y fundaciones de beneficencia. El trajín de mantener la imagen era intenso y la demanda por fondos nunca cesaba. Había ya ex-reinas cuarentonas con gran habilidad para obtener grandes emolumentos por un número bajo de relaciones y quienes también recomendaban a otras en la manera de mentoras. Durante su estadía en Inglaterra Mercedes tuvo oportunidad de ser consorte en los círculos de la nobleza y desarrolló unas habilidades muy apetecidas para satisfacer miembros de la familia real y de la Cámara de los Lores además de árabes de varios rangos. Sus precios eran bastante elevados y le pagaban en Libras Esterlinas situadas en ese banco de las Islas Caimán. Era bueno saber que en Londres Mercedes tuvo la suerte de caer bajo el cuidado de un Conde cincuentón que la llevó a su castillo cerca de Winchester en Hampshire al sur de Londres donde la instruyó en lo que se pueden llamar "artes sexuales" como preludio a una subasta privada por sus virginidades. Allí aprendió a mantener su placer por encima de todo acto y solo hacerlo por voluntad propia y libre. El conde la rodeó de cuidados para todo el cuerpo con extensos masajes, programas de ejercicio y una lectura rigurosa del "Kama Sutra" como un tratado de sicología sexual[2] en lugar de un manual de prácticas

---

[2] La tradución original del Sáncrito por Sir Richard Burton reflejaba una versión masculinizada envuelta en lenguage bastante casto o circunspecto por causa de la cultura dominante en la época. La reina Victoria regía un

y posiciones. Se instruyó también en otros clásicos de la literatura universal con la habilidad de citarlos de manera apropiada. Aprendió a hablar con acento inglés y a caminar con la elegancia de una bailarina clásica. La hizo practicar Tai-Chi para mantener figura, balance y elasticidad. Este aprendizaje duró un poco más de un año junto con sus estudios en el Jardín Físico de Chelsea. El conde nunca le demandó servicios sexuales pero celebró un gran baile donde se subastaron sus tres virginidades. Vestida en un traje blanco de organza y seda ceñido al torso, Mercedes fue escoltada por el conde al piso de baile donde fluyó en valses entre varios consortes potenciales. Hacia el fin de la velada se abrió un bombo para revelar las propuestas. Un Jeque Egipcio ofreció dos millones de Libras y Mercedes subió con él hacia las recámaras del segundo piso del Castillo con bastante trepidación. El Jeque se portó de manera muy elegante y graciosa dejándola actuar a su propia manera sin asperezas. Era un hombre de grandes atributos con mucha experiencia y fragosidad que la hizo sentirse deseada con amplios toques de ternura y pasión. Su gozo fue enorme con varios actos que terminaron por debilitar al Jeque y erotizar cada vez más a Mercedes quien allí descubrió varias cualidades personales muy especiales y un hambre sensual difícil de saciar. El Conde actuó como

---

pais sumido en una costra de puritanismo ocultando deseos cuidadosamente enfrenados. No era que los hindúes antiguos practicaran sexo en todas esas posiciones sino que la obra reflejaba puntos de vista filosóficos sobre relaciones humanas. Más que un libro sobre técnica era un tratado sobre conducta. Ha sido más facil enfocarse sobre tecnología en tiempos de poca creatividad que sobre una ética de libertad y responsabilidad mutua sin afán de dominio.

su consejero y maestro por tres años hasta su desafortunada muerte en un accidente de equitación al ser lanzado de su caballo intentando un salto. El mayordomo del conde tomó control de las actividades hasta que un grupo de sirio-libaneses se entrometió a la fuerza para ganar control de todo el establo de reinas de belleza. Por debajo de los conflictos del mundo, la demanda por placer y mujeres hermosas no cesaba de crecer y bandas criminales habían decidido ser parte del negocio sin la gracia de los condes y otros aristócratas que lo habían iniciado y sostenido por décadas. Existía una demanda que era satisfecha con las crecientes promociones de reinados de belleza por todo el mundo además del narcicismo exaltado que dominaba la cultura en el siglo XX y principios del XXI. Por efectos de publicidad y promoción cultural, toda mujer era vista como reina y se codificaba así en una sociedad profundamente masculina dentro de la cual eran objetos de placer más que de respeto y valor en términos equitativos. Muchas no tenían gran inteligencia o creatividad sexual y sus emolumentos eran bajos y temporales. Nada de esto le importaba a Mercedes quien seguía devengando sus tarifas como una estrella sin igual. Muchos príncipes y jeques árabes la codiciaban pero ella solo los atendía en Londres a pesar de las súplicas por viajar a El Líbano o El Cairo más cerca de las residencias de esos clientes musulmanes acaudalados o bien necesitados. Su hotel favorito era el Savoy en Covent Gardens cerca de la Plaza de Trafalgar donde ella hacía corte dos o tres veces al año por una semana cada vez. En esos círculos la llamaban "La Mariposa Reina" y Mercedes muy diestramente se quitó la falda para mostrarle a Ovidio un tatuaje de alas de mariposa "Monarca" de casi 8 centímetros cuadrados en cada nalga dibujadas en negro y naranja conectadas en la coxis más una pequeña abeja obrera en un amarillo casi fluorescente arriba de su Monte de Venus bien afeitado que le daba un aspecto de niña pre-adolescente confesando de paso que nunca vestía pantaloncitos o sostenes porque deseaba sentirse libre y coqueta al caminar. Era tal vez un esfuerzo para representar una inocencia perdida o seguir una moda. La mariposa "Monarca" en las nalgas tenía el nombre científico en letras itálicas inscrito arriba hacia la cintura (*Danaus plexippes*) y la abeja obrera lo tenía (*Apis mellifera*) en letras más pequeñas un poco debajo del ombligo. Las alas de la "Monarca" se podían mecer con movimientos glúteos para dar la impresión de estar posada sobre una flor. Ovidio estaba estupefacto sin poder hablar tratando de comprender algo verdaderamente incomprensible. Sufría en realidad de una suspensión de credulidad que rebotaba por toda su mente sin hacer sentido. Aunque la había visto desnuda brevemente cuando se bañó en su cuarto, el verla ahora ampliaba su percepción de una manera exponencial. Era en realidad una hembra extraordinaria con senos tan grandes como melones. Se podría decir que era despampanante como esas grandes actrices del cine italiano. Tenía una presencia de impacto. Parecía emergida de un lienzo de Goya, Tiziano, Rubens, Velázquez o Manet. Sin pudor o miedo Mercedes se paseaba desnuda por el cuarto mostrando sus pechos firmes con anillitos de acero inoxidable en las tetillas, sus caderas lujuriosas y firmes con todo un cuerpo bien formado y extremadamente apetecible que se movía con la gracia felina de una pantera. Con gran agilidad hizo varias piruetas y se sentó desnuda al lado de Ovidio ofreciéndose delicadamente como una mariposa posándose sobre una flor pero Ovidio rechazó la oferta besándole solo en las tetillas erectas y exprimiendo los nalgas suave y cariñosamente. Fidelidad a Louisa era siempre la primera condición en su mente. *"Ver y no tocar se llama respetar"* estaba inscrito en su mente con todas sus derivaciones. Mercedes permaneció desnuda frotando su cuerpo con una loción de manteca de coco y eventualmente pidiéndole a Ovidio que le frotara la espalda y las caderas en una acción profundamente sexual pero a todas luces imperceptible e inocente aunque la piel es el órgano sexual más extenso. Para entonces ya era casi la madrugada. Mercedes completó su relato confesando que sus asistentes trabajaban también de anfitrionas en funciones privadas por toda la nación. Eran parte de una corriente subterránea como los lagos perdidos de ese mar que fluye bajo las cavernas en el Sahara. Nadie lo puede ver pero se sabe que está allí. Toda la revelación de la noche formaba una tormenta en la mente de Ovidio no por razones éticas o morales sino por el nivel de normalidad con que se revelaban. Mercedes pertenecía a otro planeta, tal vez otra dimensión. En su tiempo esto era un secreto bien guardado aún por los protagonistas pero ahora era un asunto enteramente normal aunque bastante circunspecto. Ciertamente, todo había cambiado en 50 años. Mercedes representaba el fruto de esa ciudad una vez parroquiana y casi monástica que se había filtrado como por un alambique a través de droga, lujuria y matanza desmedida por casi treinta años y se mostraba ahora altiva, libre y segura recobrando una nueva virtud aunque aún parroquiana y aislada en su regionalidad. La desnudez que en esos viejos tiempos era evidencia de lujuria se había transformado en un asunto normal evidenciando un nuevo orden moral y práctico. Consecuentemente se habían eliminado los papeles de seductor y seducida para formar uno solo ambivalente. En esto se argüía una honestidad más fresca y verdadera que trastocaba los andamiajes en la mente de Ovidio quien había crecido en una ciudad bastante parroquial subiendo lentamente de 200,000 a 400,000 habitantes como una gesta cívica admirable y estaba hora sumergido en un torbellino de más de 2 millones de personas deambulando sin rumbo fijo en busca de significado o significancia. Los bordes estaban erosionados irremediablemente. Nadie podría o quería llamarse "caleño" en el sentido tradicional. Todos eran meramente residentes metropolitanos en busca de ganancias exclusivamente personales y muy a menudo egoístas. Esta era una ciudad para negocio y diversión. En realidad, no se puede regresar al hogar como afirmaba Thomas Wolfe. Todo cambia y cesa inexorablemente. Mercedes se vistió, besó intensamente a Ovidio mordiendo suavemente su labio inferior prometiéndole estar lista cuando él lo estuviese y salió como una bailarina desapareciendo etérea entre bambalinas. El vaso de vino quedó casi vacío sobre la mesa reflejando las luces de la ciudad sobre la avenida. Un dulce olor a coco quedaba en el ambiente. Una mente quemada como arroz se pegaba a los parietales en el cráneo formando una costra de emociones y pensamientos. Exhausto, Ovidio bebió el resto del vino y se acostó tratando de ocultarse en la noche para borrar el día.

12

Por la mañana Ovidio llamó a Louisa para relatarle el incidente con Mercedes y darle detalles del viaje a París. Era parte de la comunicación casi diaria que formaba el marco para su relación de casi 45 años. Louisa no se sorprendió con la conducta de Mercedes y llegó hasta entenderla sin justificarla. Para sorpresa, Louisa instó a Ovidio a recibir la oferta de Mercedes como un regalo basado en la felicidad y fidelidad que ellos habían compartido por tantos años. Tomando una fotografía de sus nalgas con su celular la envió a Ovidio quien pudo entonces ver un tatuaje similar al de Mercedes. Louisa le relató como ella había conocido a Mercedes cuando Ovidio daba unas conferencias sobre historia de jardines modernos en Chelsea. Como de costumbre Louisa preparaba diapositivas de fotos y dibujos para apoyar el material narrado de las conferencias. Trabajando en la biblioteca de los Jardines de Chelsea y la de la Universidad de Oxford, Louisa recolectaba imágenes y las convertía en diapositivas. Le fue asignada Mercedes como asistente y así pasaron muchas horas juntas discutiendo su trabajo y su vida. De allí surgió la sororidad de las mariposas Monarca y las abejas obreras pretendiendo hacer algo para protegerlas y promover su multiplicación. Desde esos días, Louisa estaba enterada de los oficios de Mercedes sin ofrecer ni condenación ni elogio. Era en su manera de ver un asunto muy personal y supremamente privado por lo cual no se lo mencionó a Ovidio. Mercedes era un exponente de una nueva moralidad que era algo fácil de concebir pero difícil de explicar. El universo entero estaba sufriendo un cambio radical como durante esa explosión del volcán Krakatoa en 1883. Una corriente de poder femenino fluía muy efectivamente por debajo de las apariencias sociales para promover transformaciones amplias y comunes que transcendían votos y acuerdos formales por líderes políticos y sociales. Era algo que se proyectaba más arriba de las mariposas. En todo, ella se podía ver bien personificada en una mujer más joven y atractiva como ella lo había sido cuando viajaban por Europa acumulando fama y experiencias. Mercedes pertenecía a una nueva generación de mariposas mientras Louisa era parte de las primeras generaciones tal vez nunca caducas pero siempre cautivas de deseo. Así pasaban las Monarcas de generación en generación dando la ilusión de continuidad en tránsito. Ovidio protestaba con argumentos de tiempo pasado, virtudes tradicionales y jornadas felices a través de la vida común. Louisa hablaba del futuro y recordaba así momentos de arrebato delirante bajo los castaños en las Tullerías o en los laberintos de los jardines de Versalles y aún en los balcones de tantas salas de ópera o salones solitarios en museos y catedrales. Momentos de locura en bosques y dunas y arrecifes. Uniones demandadas por el momento sin temor a ser descubiertas. Pura voluptuosidad derrochada con intensidad sin consideración de lugar y tiempo. A través de los años ellos se habían entregado mutualmente y sin frenos como pocos lo habían hecho pero hubiesen deseado hacerlo si los escrúpulos lo hubiesen permitido. Como Mercedes, Louisa nunca vestía pantaloncitos o sostenes, estaba bien afeitada y dejaba que Ovidio le masajeara su intimidad a cualquier momento, aún cuanto viajaban en coche y él manejaba, llevándola a menudo hasta un punto explosivo que solo ellos podían compartir. Amando a Louisa con tanta pasión y entrega había sido posible para Ovidio amar a todas las mujeres del mundo. No era un asunto carnal sino transcendente. No era asunto de sexo sino de una relación muy íntima y significativa construida a través de los años sin bordes o barreras. Mercedes era el astronauta intrépido que había salido de su nave para caminar por el espacio. Louisa y otras estaban felices en la nave pero ciertamente habría otras respondiendo al desafío de caminar fuera de la nave en el espacio más amplio, sin fronteras. Ya no era suficiente estar contenidos en el espacio lejos de la tierra. El espacio era un nuevo punto de partida. Para la manera de ver de Louisa existía una nueva moralidad representada por Mercedes que había sido forjada por la droga y el deseo desenfrenado de divertirse a toda costa para cubrir la realidad y saltar barreras. Cali era uno de los lugares precisos para este desenfreno. Algo similar a ese Síndrome de Estocolmo[3] que se discute mucho en términos de secuestro o rapto consecutivo. Cali era cautiva de si misma, atrapada en una lujuria más allá de lo físico. Ese Cali pachanguero de que se hacía tanta mención era nada más que un telón para cubrir una realidad nihilista, antiética y vana que buscaba expresar una condición humana ignorante de barreras otras que los límites más lejanos de los sentidos. El cambio social y moral en Cali no era exclusivo de la droga, ya venía en juego desde mucho antes pero había sido contenido dentro de límites religiosos y políticos que fueron eliminados por el oleaje poderoso de un postmodernismo práctico simplificado a nivel político y social. Se necesitaba entonces vivir enteramente para el placer del momento en una forma combinada en una licuadora cultural donde nociones de narcisismo, hedonismo y epicureísmo se vertían homogenizadas y traducidas para consumo popular por una sociedad de vida barata y corta. No había tiempo o lugar para la menudencia de discusiones tercas sobre virtudes aristotélicas o cartesianas. Los dictados éticos y morales de la Iglesia Católica estaban caducos excepto en círculos progresivamente más pequeños de feligreses removidos al borde social. Los asesinatos diarios durante el auge de los capos se convirtieron muy pronto en noticia olvidada o ignorada y el monto de muertos solo les importaba a las funerarias por donde secuaces

---

[3] Síndrome de Estocolmo, o la captura de unión, es un fenómeno psicológico en el que los rehenes expresan empatía y simpatía con sentimientos positivos hacia sus captores, a veces hasta el punto de la defensa y la identificación con ellos.

y sicarios se paseaban como contabilistas para confirmar las muertes. El crecimiento de los cementerios reflejaba la expansión de la ciudad hacia las cordilleras y el valle y un nuevo horizonte moral. Un crecimiento que podía tornarse en un sudario territorial o una cubierta de invernadero amparando semillas tiernas. Había las muertes reales y las sociales. Cuerpos sin vida en cementerios y cuerpos sin vida deambulando por las avenidas. Como en un feudo medieval trasladado al Siglo XX, los capos y sus secuaces controlaban todo aspecto de la vida urbana y tal vez también la religiosa. Había un compromiso utilitario *de facto* con el lado oscuro de la Fuerza. No caballeros Jedi en una gesta galante sino solo los ejércitos secuaces de Darth Vader en control. La Estrella de la Muerte controlaba la ciudad en su cuadrigentésima era. Dos generaciones habían perecido bajo este auge y una nueva generación se empecinaba en imitar y recrear lo fallado. El lamento de Allen Ginsberg en *Aullido* (Howl) dado a luz en 1965 se volvió realidad profética en la penumbra de Santiago de Cali veinte años después:

"He visto las mejores mentes de mi generación destruidas por locura, hambrientas desnudas histéricas, arrastrándose sobre las calles negras durante la alborada buscando una dosis inconformistas con cabezas angélicas ardiendo por la vieja conexión celestial al dínamo estelar en la maquinaria de la noche"

En esa noche semi-tropical y drogámona nació Mercedes y muchas como ella bastante después de la huida de Ovidio y un grupo selecto de su generación a lugares de paz y progreso. Como Abraham, se salvaron de la catástrofe de las ciudades de la llanura dejando un rastro de sobrevivientes transformados por el azufre. De esa conflagración con la Divinidad que consumió a Sodoma y Gomorra y Cali junto con las ciudades del Valle. De ese azufre convertido en polvo blanco delirante que asfixió la "Sucursal del Cielo". De ese destino frustrado de Santiago de Cali en la llanura del valle del Cauca consumida por el poder de marihuana y cocaína y muerte. En realidad, Ovidio y otros como él regresaban ahora como viajeros de una jornada sideral de muchos años. Las estrellas les eran más familiares que las calles y los ríos de esa "Capital de la Alegría", cuna del baile interminable de salsa y fiestas desbocadas. Esa ciudad tatuada con mil puñales, abaleada en los callejones y tirada moribunda sobre las escombreras de ríos caducos. Sería posible rescatarla y devolverle el honor? Que hacer? Como hacerlo? Que era el honor? Entre el corazón y la mente de Ovidio relampagueaba un corto circuito quemando tableros y conexiones. Que se podía hacer. Que se debía hacer? No había respuestas apropiadas, solo la memoria de lo que no tuvo que ser. La villa de don Sebastián había crecido más allá de los esperado y mucho menos de lo deseado. Las mariposas entraban al rescate por medios diferentes pero efectivos. Mercedes personificaba una realidad imprevista e insólita que Louisa abrazaba y legaba a Ovidio con gran generosidad.

13

El vuelo a París estuvo calmado, sin sobresaltos. Eufemia insistió en sentarse por la ventanilla para ver el mar pero el avión volaba a más de 12,000 metros de altura y solo se podía ver la oscuridad. Se emocionó por la mañana viendo la ciudad entrando por la ventanilla mientras el avión hacía una espiral grande para bajar hasta el aeropuerto. Tomaron uno de esos buses de Air France que conectan con la Estación de Montparnasse buscando allí un taxi que los llevara en un recorrido preliminar por la calle Garibaldi hacia el río Sena de donde podrían ver la Torre Eiffel a la derecha antes de cruzar el río para coger eventualmente la avenida Kléber detrás de los Jardines del Trocadero hasta el Arco del Triunfo y los Campos Elíseos para bajar por ellos hasta la Plaza de la Concordia y coger la vía Real (Rue Royale) hasta la calle de San Honorio y llegar al hotel. No era el recorrido más directo pero encontraron un taxista impresionado por el dominio del idioma y de la ciudad expresado por Jorge, Manolo y Ovidio además del extra costo de la tarifa. Era una mañana cálida con mucha luz de sol dándole a la ciudad un aura refulgente y fresca aumentada por el toque cristalino del roció matinal. Eufemia estaba transfigurada y muy emocionada. En el hotel compartió un cuarto doble con Ovidio ya que por no hablar el idioma no era aconsejable dejarla hospedarse sola. Con una cama amplia en un lado y un sillón cama en el otro, los dos se acomodaron sin problemas. Jorge y Manolo compartieron una pieza más abajo en el mismo piso. Luego de descansar por un rato salieron a almorzar haciendo planes para una invasión a las tiendas como le habían prometido a Eufemia. En la gran tienda Colette y en las boutiques alrededor pudieron encontrar más de lo que Eufemia deseaba. Jorge le quitó el miedo de ensayar vestidos, zapatos y accesorios. De paso encontraron un salón de belleza sin las pretensiones de costumbre que podía atenderla inmediatamente y Manolo pudo interpretar sus deseos al peluquero. Al final de la tarde regresaron al hotel cargados de bolsas y paquetes como una pandilla que había asaltado el trineo de San Nicolás. La transformación en Eufemia era enorme con un nuevo peinado, maquillaje esmerado y vestidos elegantes, bien proporcionados con colores primaverales. También le compraron una maleta mediana de cuero tallado para el regreso. Eufemia había conquistado su primer día en París con gran soltura. Salieron caminando al anochecer hacia el bulevar San Germán al otro lado del río para tomar unas bebidas en un café y decidir sobre un restaurante para cenar. Decidieron ir al Café Louise por tener una terraza con excelentes vistas del bulevar y una gran facilidad de entrada y atención. Jorge reservó una mesa por celular reconociendo a un viejo amigo trabajando como mayordomo (maître d') que les dio una bienvenida efusiva y amable. A pesar de haberse ido, la ciudad no los abandonaba y permanecía con ellos. Casi a medianoche, Manolo sugirió ir al Moulin Rouge pero ya era muy tarde y decidieron ir al día siguiente para tomar cena y espectáculo. Manolo se hizo cargo de hacer reservaciones por gracia de su propensión a conocer gente y mantener conexiones. El trajín del viaje y las compras junto con la cena los había extenuado y decidieron tomar un taxi para regresar al hotel a pesar de la cercanía. Paris parece muy caminable pero tiende a castigar los pies más que la mente. Debían descansar para estar frescos para la cita en el ministerio al otro día. Eufemia se durmió en el taxi.

La tensión del día siguiente se esfumó con un aviso de bienvenida en la portería del ministerio. Había una pantalla con sus caras y *Bienvenu* escrito a través. En las siguientes imágenes se mostraban dibujos del Moulin Mauve y fotos de La Cocina de Tadeo. Una secretaria los acomodó en una sala de reuniones que muy prontamente se llenó de funcionarios del ministerio y la alcaldía. Un jefe de sección del ministerio se introdujo como coordinador general del proyecto después de lo cual, para ahorrar tiempo, todos pasaron sus tarjetas a Jorge junto con una lista de los presente y pidió a Jorge introducir a su grupo. El programa consistía enteramente de introducir el proyecto de manera formal, firmar unos contratos, proveer un banco base en París para depositar fondos y preparar un programa de fases de construcción. Ovidio había preparado una presentación en PowerPoint que se proyectó en una pantalla con explicaciones orales por él, Jorge y Manolo. En la presentación estaba incluido un video de varios detalles del espectáculo actual en el cabaret. Para sorpresa, otras personas se pararon a las puertas de la sala durante la presentación y junto con los ya sentados aplaudieron con entusiasmo al final. Jorge se emocionó y empezó a cantar *"Sous le Ciel de Paris"* en su mejor imitación de Edith Piaf. Todos le pidieron que cantara toda la canción y Manolo se unió con una voz exquisita que Ovidio no había oído hasta ese momento. Tomó un rato regresar al propósito de la reunión. La alegría del momento era imposible de contener como champagne en su botella al momento de celebrar. Jorge dio el número de su cuenta en Crédit Lyonnais para recibir los depósitos que serían hechos al recibir cada reporte de progreso de construcción. Había un depósito inicial para promover el comienzo de labores. Le correspondió a Ovidio dar su número de cuenta en Bank of America dado que había una partida separada para cubrir sus honorarios a pesar de que había hecho los dibujos *pro bono* y estaba preparado a supervisar la construcción de la misma manera. No había necesidad de alegar. Este era el procedimiento y debería ser seguido. Una secretaria tomó nota de los números de cuenta y procedió a efectuar los depósitos mientras se firmaban los contratos que ya estaban debidamente aprobados por el ministro y el alcalde. Los folletos preparados por Ovidio contenían no solo un cálculo de costos pero también un programa de ejecución; así, el folleto entró a ser parte del contrato para satisfacción de todas las partes. Al fin de la sesión, el ministro entró para dar una bienvenida formal y apretar manos. Con gran sorpresa encontró a un compañero de Universidad en Ovidio. Ambos se habían graduado de la Escuela Nacional Superior de Paisajismo (ENSP) en Versalles y la Escuela Superior de Arquitectura de Jardines y Paisajes (ESAJ) en Paris. Fue un grato encuentro que agrandó el proyecto en la estima del ministro. Jorge le traducía todo a Eufemia que se deleitaba en ser testigo de lo que para ella era una ocasión extraordinaria. Se tomaron fotografías, se apretaron muchas manos y todos se abrazaron con mucho afecto emocionados por ese lejano horizonte tropical donde se levantaría el Moulin Mauve. Posteriormente, Jorge recibió una llamada de la Embajada de Colombia quejándose de no haber sido invitada a la ceremonia. Jorge respondió simplemente que era asunto exclusivo del ministerio y que ellos no tenían que ver con asuntos de protocolo. Para ellos esto era un viaje de negocios a pesar de las emociones.

Saliendo del ministerio con una carpeta llena de papeles firmados y constancias de depósitos bancarios, Ovidio los invitó a almorzar para ir luego a la Librería del Jardín de las Tullerias a ver que títulos nuevos tenían sobre paisaje y jardinería para pasearse después bajo los castaños hasta el Louvre a ver si era posible entrar sin hacer una larga cola. Todo salió a las maravillas. La librería estaba repleta de libros nuevos de interés para Ovidio que decidió ordenar varios para enviarlos por correo a su granja. La administradora lo reconoció como un gran patrón por varias compras hechas en años pasados y decidió no cobrar por el franqueo de correo. De allí cruzaron Las Tullerías hasta la pirámide del Louvre y encontraron poca cola para entrar. Se pasaron la tarde merodeando por las galerías y comprando libros y tarjetas en la tienda. Eufemia se deleitó con los libros guías en español y varias bufandas con imágenes de pinturas en la colección. Lo puso todo en una bolsa con la imagen de Mona Lisa. París la había hechizado totalmente.

Temprano en la mañana, Manolo y Jorge organizaron una visita al Cordon Bleu de donde se habían graduado en pastelería y cocina. Jorge sugirió caminar para ver la ciudad dado que la distancia no era más de cuatro kilómetros que se podía hacer en una hora o un poco más con varias paradas. Además se podría tomar un bus en caso de cansancio. Pasando entre el Gran Palacio y el Pequeño Palacio cruzaron el Puente Alejandro III con sus extravagantes decoraciones doradas al estilo de Art Nouveau ofreciendo estatuas de ninfas y famas que forzaban una remontada a una edad más barroca. Guiados por la curiosidad de Eufemia siguieron de allí a Los Inválidos donde visitaron la tumba de Napoleón para marchar luego a toda prisa para el Cordon Bleu donde llegaron antes del almuerzo. Manolo y Jorge fueron recibidos con mucho entusiasmo y les dieron una gira muy extensa con participación generosa en los productos de las varias cocinas. Parecía que ambos regresaban como héroes conquistadores ofreciendo pormenores de La Cocina de Tadeo y el Moulin Mauve para beneplácito de todos. Para media tarde, Ovidio sugirió ir hasta los Jardines de Luxemburgo a menos de un kilómetro y medio por la vía de Vaugirard que pasaba al lado del gran edificio del Cordon Bleu. A paso menos acelerado gozaron de los jardines que empezaban a florecer en pleno y saliendo luego hacia el bulevar de San Miguel (St. Michel) caminando hacia el río Sena para llegar a la Isla de la Ciudad donde estaban la Santa Capilla y la Iglesia de Nuestra Señora. Desde el bulevar pudieron ver los lugares por los que Ovidio había transitado durante sus años universitarios. Por el trajín del día Eufemia estaba bastante cansada y necesitaba descansar antes de afrontar la noche en el Moulin Rouge. De la isla al hotel quedaba una caminada breve que fue tomada con mucho vigor por todos que estaban tan cansados como Eufemia pero no lo confesaban. Había sido un día muy recargado de emoción. En todo, Ovidio recordaba sus tiempos más jóvenes cuando merodeaba por estos lugares con Louisa. Las horas pasadas en la Iglesia de la Santa Trinidad escuchando a Messiaen tocando el órgano y frotándose mutuamente bajo la media penumbra salpicada de veladoras y el perfume de flores y cera de abejas quemándose con la devoción de los feligreses. No era para ellos un asunto de devoción sino un lugar de encuentro físico y mental con extraordinaria música. Recordaba también las visitas a San Sulpicio cada domingo para los conciertos de órgano por Grunenwald[4] al principio y Roth después

---

[4] Tanto la Iglesia de la Santa Trinidad como San Sulpicio tienen una historia muy larga de protagonismo en la historia de Francia. Cada una tiene un gran órgano muy famoso, construído y reconstruído antes y después de la Revolución. Los organistas de cada órgano han trabajado

en un instrumento centenario pero poderoso y hermoso. Allí concibieron dos hijos cerca de los frescos de Delacroix en esa *Capilla de los Santos Ángeles* al lado de la nave principal cerca de la entrada. A pesar de que la iglesia tenía 21 capillitas, la de los *Santos Ángeles* era más atractiva y recóndita así como más propicia para prácticas sexuales aunque una vez el sacristán los sorprendió en mitad del acto y los había dejado un poco perplejos con un respetuoso *"bonjour"* y una inclinación cordial de su boina que no sirvió para prevenir la consumación. En ese entonces Louise vestía unas faldas amplias y ligeras de la cintura a los tobillos que servían de manto para cubrir cualquier actividad. A través de las estaciones y los lugares, Ovidio y Louisa se mantenían siempre en celo en cualquier continente del planeta.

Luego de una siesta en el hotel y las abluciones de rigor, se inició el viaje al Moulin Rouge. Jorge quería caminar en el ocaso púrpura de París por asuntos

---

hasta su muerte y han sido líderes en estilo, composición y dedicación al avance de la música sagrada. En el caso de San Sulpicio, el Gran Órgano fue re-diseñado por Aristide Cavaillé-Coll sobre el original construído por François-Henri Clicquoit. El sonido y los efectos musicales son extraordinarios y facilitaron el trabajo de subsecuentes organistas cuya lista forma prácticamente un salón de la fama con cada uno enseñando al otro. Jean-Jacques Grunewald fue alumno de Marcel Dupré quien tocó de 1934 a 1971. Previo a Dupré estuvo Charles-Marie Widor de 1870 a 1934. Grunewald lo hizo de 1973 hasta su muerte en 1982. Daniel Roth ha sido el organista principal desde 1985.
En la Santa Trinidad la lista de organistas es encabezada por el gran maestro Oliver Messiaen de 1931 a 1992 quien fue un gran pionero de sonido exquisito y sentimiento casi místico. El órgano fue construído por Cavaillé-Coll antes de la Revolución y reparado despues de la Comuna.

enteramente románticos pero Ovidio arguyó por un taxi para salvar sus pies y un callo recalcitrante. Así resultó que Jorge y Manolo caminaron mientras Eufemia y Ovidio hacían un paseo en taxi demorando su llegada para coincidir con la de Jorge y Manolo. Uno de los mayordomos conocía a Jorge por haber trabajado antes en Les Clos Maggots y los escoltó a una mesa cerca del escenario donde los esperaba una botella de champagne cortesía de la casa. La combinación de buena comida, buen licor y un extraordinario espectáculo les hacía vislumbrar al Moulin Mauve en su eventual forma. Por razones de calidad y tradición, el Moulin Rouge llenaba sus 850 sillas de capacidad cada noche en cada función. Esto no se podía esperar del Moulin Mauve y su capacidad proyectada de 600 a 800 sillas con la expansión. Había un punto crítico en la generación de clientes en una atmósfera de intimidad que tal vez no excedía 800 sillas. En una ciudad como Santiago de Cali sería posible tener una capacidad más alta para reducir el costo de entrada considerando también mantener la calidad del espectáculo. Triunfar en Cali era significantemente diferente que triunfar en París. Solo se podría lograr con trabajo constante a los más altos niveles de calidad. La crema siempre sube por encima de todo pero es prudente empujarla un poco. El Moulin Mauve se construiría sobre la buena forma que ya se había establecido.

De regreso al hotel se hicieron planes para viajar hasta Versalles por la mañana y hacer una merienda en los jardines. Era una jornada de una hora por tren. El tiempo parecía confinar a las lluvias para la noche y los días eran soleados y gentiles. Ovidio se tendió sobre su cama ya exhausto y bastante influido por vino y postres. No tardó mucho en caer dormido mientras Eufemia se quedaba leyendo las guías del Louvre. Como a Ovidio, el cansancio físico y mental eventualmente la infundió de sueño. Al amanecer, Ovidio empezó a despertarse y en la penumbra bajo la luz que se filtraba lentamente por las ventanas podía entrever a Eufemia haciendo ejercicios de yoga. Estaba totalmente desnuda y tenía una abeja obrera en el abdomen similar a la de Mercedes. Cuando ella dio una vuelta pudo ver también las alas de mariposa Monarca en las nalgas. Estaba afeitada en su área vaginal y tenía anillos en las tetillas. Nunca se había imaginado a su hermana de esta manera y decidió fingir sueño por un rato más. Era suficiente saberlo ahora y dejar para otro día cualquier explicación. No se puede entender más de lo necesario, cada día trae sus propias consecuencias y significados.

El día en Versalles fue maravilloso. Ovidio estaba orgulloso de mostrar los estudios donde cursó su maestría y doctorado mientras que Jorge y Manolo ansiaban llevar a Eufemia al Salón de los Espejos en el Palacio para luego visitar los jardines. Compraron emparedados y bebidas en el restaurante y se encaminaron hacia la Orangerie antes de visitar los Bosques y las Fuentes. En la terraza de la Orangerie en medio de naranjos, mandarinos y limoneros, Eufemia encontró un hermoso limonero en flor que se volvió sujeto de muchas fotografías. Había sido traído de Portugal casi 300 años antes y embriagaba el ambiente con el perfume de sus azahares. Como cosa rara todas las fuentes estaban funcionando y el aire parecía lleno de una bruma refrescante y muy exótica como si los dioses estuviesen empapando el ambiente y la gente. Ovidio recordaba las veces que Louisa se había metido a la Fuente de Apolo pretendiendo ser una ninfa montando uno de los caballos del dios. Cómo ella marchaba luego mojada por el borde del Gran Canal esperando secar su falda en la brisa cálida del día. Una vez un guardia la sacó de la fuente, la tendió sobre el césped y pretendió darle respiración artificial apretándole los senos hasta que Ovidio llegó para poner fin al drama. Indignada por el ultraje, Louisa se metió desnuda a la Fuente de Baco sin otro espectador que Ovidio rehusando acompañarla. Así le llegaban también memorias de las horas pasadas copulando en los bosquecillos con el mismo abandono que el rey Louis y sus amigos lo habían hecho en el Siglo XVIII. Se podían imaginar noches de luna llena con varones y doncellas persiguiéndose unos a otros por todo el parque deseando ser atrapados en los lugares más recónditos. Cuantas doncellas no habían perdido sus enaguas y pantalones en estos bosques? La Revolución acabó con todo como un enorme balde de agua fría. Solo quedan memorias y un deseo de satisfacer impulsos debidamente enfrenados aunque algunos rompen la brida de vez en cuando. Versalles contagia su exceso muy sigilosa pero seguramente

El viaje de regreso a París demostró el poder del aire libre, la bruma y el sol. Los cuatro se durmieron hasta que el tren llegó a la estación de Saint Michel-

Notre Dame. Solo quedaba descansar y salir al día siguiente de regreso a Cali.

14

Cali estaba lo mismo que cuando partieron. Nada cambia tan rápido excepto el volumen de carros corriendo como hormigas arrieras por un pastizal. Por asunto de una mejor economía y el crecimiento de la clase media, el automóvil se había convertido en un símbolo de posición y poder en una ciudad diseñada para un tráfico automotor controlado y pequeño. La capacidad de las calles era insuficiente para acomodar la demanda por espacio del volumen y velocidad de la planta automotor. Así se ampliaron las calles y se sacrificaron casas y vecindarios bajo el propósito de mover tráfico más eficazmente y remontar la ciudad hacia la modernidad. Las vías anchas se volvieron barreras para el tránsito peatonal entre vecindarios convirtiendo la ciudad en un archipiélago desconectado y desconcertante. Como en el caso de los zapatos bien lustrados simbolizando *status* estaba el asunto de carros bien lavados demostrando lo mismo que los zapatos. Así se promovía el desarrollo del negocios de lavado en las riberas del río o en áreas baldías cercanas a las redes de distribución del acueducto. Allí se buscaba obtener acceso a las tuberías por varios métodos que evitaban sobre todo pagar la rata requerida. Estas actividades se dejaban operar de manera impune protegidas por concejales, políticos y personas influyentes apoyadas por votos o sobornos o sentimientos exagerados de misericordia. Los planes de revitalización de las fuentes hídricas contemplaban la normalización legal y ecológica de estos negocios para prevenir la expulsión de despojos y aguas contaminadas a los cauces de los ríos. Obviamente, había una gran renuencia a someterse a un nuevo orden y se empezaban a construir pretextos para justificar la ilegalidad y el egoísmo ambiental como procesos normales que apoyaban la continuidad del viejo orden.

Eufemia traía regalos para amigas y primas ansiosas de compartir sus narraciones y ver sus vestidos. La casa de San Antonio se llenó de gente y de alguna parte salieron empanadas y aguardiente más alguien tocando la guitarra y cantando bambucos. Eufemia se había ido por menos de una semana y parecía que venía de mucho lejos. Era la heroína conquistadora de su vecindario. Era tal vez un vínculo a lo desconocido o a lo que se quería conocer. No era tanto la distancia como el cambio cultural. Eufemia narraba con fuerza y detalle su jornada de compras mostrando vestidos y accesorios. Hablaba con tonos rapsódicos sobre la reunión en el ministerio y el espectáculo del Moulin Rouge. Elogiaba las calles con andenes anchos y los jardines sin basura. Le habían impresionado los cruces peatonales repletos de cortesía metrificada. Confesaba su amor por Versalles y las Fuentes deseando bañarse en ellas y sobre todo discutía las cocinas del *Cordon Bleu* con gran lujo de detalles. Parecía que el idioma y la cultura no le habían dado problemas. El francés era solo necesario para los franceses y los que quieren hablar con ellos. Con Ovidio, Jorge y Manolo ella nunca necesitó cruzar el puente de la lengua. Ese Puente como el de Alejandro III repleto de adornos y complejidades. Ovidio vino por un rato pero estaba olvidado en medio del regocijo por Eufemia. Su peinado era "de París" junto con el maquillaje. Tenía un aroma de Chanel Número Cinco que le daba un olor elegante sin ofender el olfato. El uso de perfume había cambiado mucho y ya no se hacía en grandes cantidades. Tal vez el costo de perfumes originales prevenía el malgasto. Había que llegar muy cerca de ella para percibirlo. Todos hablaban de una transformación radical pero Eufemia era la misma de siempre aunque en la mente de Ovidio el asunto de las alas de mariposa seguía volando como un mosquito insistente difícil de olvidar.

Cuando Ovidio regresó al edificio de Coltabaco encontró un paquete del Japón dejado en la portería. Lo recogió y lo llevó a su cuarto sabiendo que era el kimono para Mercedes. La llamó pero solo hubo un mensaje de que respondería después. Bastante exhausto por el viaje decidió acostarse luego de hablar con Louisa y contarle la estadía en París y el regreso.

15

Era un día nublado con llovizna y Ovidio caminaba cerca de las fachadas pare evitar mojarse más de lo necesario. Entró en un café a leer el periódico y saborear un tinto pintado con unas gotas de crema. Le sorprendió encontrar una página con varias fotografías de sus planes para Moulin Mauve acompañando una nota sobre los "cuantiosos honorarios" recibidos del gobierno francés a pesar de que "no era un arquitecto profesional debidamente registrado en Colombia". La nota argüía por el empleo de profesionales locales basada en la opinión de un arquitecto local con deseos de ser asociado con el proyecto. Ovidio tomó su celular y llamando al editor del periódico demandó una entrevista para clarificar el asunto. Luego de una conversación clarificadora fue invitado a las oficinas del periódico para ser entrevistado por una de las columnistas que se especializaba en asuntos de arquitectura y diseño. Ovidio caminó las cinco cuadras hasta el periódico y fue muy gratamente recibido por el editor quien ya había efectuado una pesquisa por internet acerca de su obra. Estaba muy sorprendido por tener a alguien de su calibre en la ciudad sin mucha pompa como era de costumbre. El editor lo introdujo a la columnista antes de hacer una cita con Ovidio pera almorzar en La Cocina de Tadeo esa tarde. La columnista se añadió a la invitación para continuar la entrevista más allá de lo que se discutiría enseguida. Se introdujo como Paulina Holguín Rojas ofreciendo una tarjeta con su fotografía. Para Ovidio la columnista tenía un parecido sorprendente a Maruja, la asistente de Mercedes. Sentados en un patio del edificio rodeados de helechos, veraneras y filodendros, se hizo la entrevista que duró hasta el mediodía marchando sobre la vida estudiantil y profesional de Ovidio hasta el presente. Así la columnista se enteró de los varios grados obtenidos por Ovidio tanto en arquitectura como en paisajismo y diseño gráfico en los Estados Unidos, Francia y Alemania. De su doctorado y tributos por varios proyectos. De su trabajo en varios países y su registro profesional en Europa y Estados Unidos con reciprocidad en Colombia, Brasil, México y otros países. A pesar de que el trabajo del Moulin Mauve había sido hecho *pro-bono* por lazos de amistad con Jorge y Manolo, el gobierno de Francia había insistido en ofrecerle un emolumento por ese asunto de igualdad retributiva en todas las actividades profesionales. De paso comentó que el Ministro de Cultura era un compañero de la escuela de postgrado en la Universidad de París en Versalles. Enfatizó también que él no había venido a Cali en busca de trabajo sino de solaz en su ciudad natal y la Oficina de Planeación lo había seducido para ayudar en varios proyectos. Todo el trabajo era gratis y consistía enteramente en traspasar experiencia y visión crítica. De manera especial trabajaba con Mercedes Rodríguez, directora de parques y medio ambiente para concretar la estrategia de recuperación de las fuentes hídricas. La columnista escuchaba fascinada acariciando una rodilla de Ovidio de vez en cuando por énfasis en busca de detalles más íntimos o personales. En medio de todo le increpó al arquitecto del artículo publicado en la mañana de conectarse con él y discutir que contribución de valor podría agregar al proyecto otra que devengar una propina. Por experiencia, Ovidio estaba acostumbrado a ofrecer entrevistas y hablar de su vida de manera general. La opinión expresada en el artículo lo enrabiaba por ser tan parroquiana y mal informada. La columnista vestía uno de esos trajes como camisas largas abotonados al frente que bajaban hasta media pierna con una correa delgada en la cintura. Ovidio no pudo evitar unas vistas fugaces al vientre cuando Paulina cambiaba el cruce de sus piernas. Así pudo eventualmente vislumbrar la falta de pantaloncitos y el dibujo de una abeja obrera que lo estremeció de gran manera. Parecía que toda las mujeres en su camino tenían ese dibujo y tal vez las alas de mariposa también. Aún no lo entendía y ese mosquito zumbando en su mente volaba más intensamente. Le tomaron varias fotos personales además de varias de páginas de su libreta de dibujo que él cargaba siempre consigo. Eran dibujos en tinta de las riberas del río Cali durante su caminata de varias semanas antes con anotaciones sobre condiciones o entorno. Con un abrazo de Paulina terminó la entrevista y salió del edificio. Paulina le había dejado un rastro de Chanel Número Cinco que tanto Louisa como Eufemia usaban como su marca personal. Cómo deseaba que ese mosquito saliera por uno de sus oídos y dejara de zumbar.

En la *Cocina de Tadeo,* Manolo y Jorge estaban trastornados por el artículo en el periódico. Ovidio los calmó y los introdujo a Paulina y el editor. Como plato especial esa tarde, el restaurante tenía una chuleta de cerdo empanizada con tostones de maduro y arroz con frijoles pintos. Sorbiendo un batido de curuba Ovidio se concentró en ese plato preferido mientras el editor y Paulina conversaban con Manolo y Jorge acerca de su vida y logros en París. De vez en cuando Paulina le frotaba la rodilla en un acto que ya empezaba a molestarle. No era tanto miedo sino una violación del espacio personal que Ovidio solía guardar muy celosamente. Al final de la cena, el editor sugirió que había material para llenar el suplemento dominical con una reseña acerca del retorno de los hijos pródigos. Contactarían al editor de cocina para hacer una nota sobre el restaurante y al editor de entretenimiento para una reseña sobre el cabaret. Paulina deseaba tener más fotografías del trabajo de Ovidio y se invitó a acompañarlo hasta su estudio. Manolo le guiñó el ojo susurrándole al oído durante el abrazo de salida algo acerca de tener mucho cuidado con mujeres caleñas.

En el estudio, Paulina tomó fotografías de todos los originales en el portafolio además de dibujos que Ovidio había hecho sobre el río, la ciudad y los farallones. Muy descuidadamente había desabotonado la parte baja de su bata para poder subir a la mesa de trabajo y obtener una mejor distancia para el enfoque de las fotografías. Ovidio pudo entonces confirmar la presencia de la abeja obrera y hacer nota de ella con un comentario que se escapó de su boca al momento de pensarlo por lo cual Paulina se desnudó y mostró sus tetillas perforadas por anillos y para gran sorpresa de Ovidio unas alas de mariposa Monarca en las nalgas. Había en todo la misma facilidad para desnudarse que Mercedes había demostrado. Paulina confesó que era muy íntima amiga de Mercedes y ambas habían elaborado fantasías sobre él. Estaban muy prendadas de su voz y presencia. Si lo hubiese podido hacer, Ovidio habría saltado por la ventana sobre la avenida ante esta sorpresa. El zumbido de ese mosquito se intensificaba en su mente. En el silencio siguiente, Paulina se vistió apresuradamente y al salir le plantó un beso fuerte en los labios susurrando una promesa de verlo otra vez en el futuro. Ovidio se quedó bastante confundido y decidió meterse en la ducha por un largo rato como para lavarse del día. Nunca había sido asaltado de la manera como Mercedes y Paulina lo habían hecho. El ya no era ese varón de su juventud exudando cargas y aires hormonales. Que cualidad podría tener a sus 70 años para causar estas reacciones? La ducha parecía entenderlo todo y lo confortaba deslizándole caliente sobre su cabeza y espaldas. Se frotó energéticamente con el cedazo por todo el cuerpo recordando la memoria perfumada de Paulina que parecía colgarse de su piel. Salió de la ducha para secarse y acostarse pero decidió sentarse por un rato a dibujar la vista de la avenida desde las ventanas. En tinta y lápices de color todo se ve ordenado, limpio y muy romántico. Era no tanto una realidad sino una interpretación que eliminaba los olores y las asperezas cubriendo todo en tonos y texturas agradables. Su cuaderno de notas estaba repleto de estas imágenes mientras su mente archivaba los olores y sentimientos.

16

La mañana llegó más pronto de lo esperado. Ovidio estaba tomando su taza de café instantáneo para evitar salir del estudio. Pensaba pasar el día leyendo varios de los libros que había enviado de París sobre todo los de filosofía del paisaje publicados por la Universidad en Versalles. Esa había sido su disciplina favorita y ya había escrito dos libros y varios artículos en francés más unas pocas reseñas en inglés. En su experiencia, la audiencia americana no gastaba mucho tiempo en asuntos filosóficos por falta de interés y preparación. Pocos leían francés o estaban conectados al diálogo de la disciplina en Francia y Europa. Había una barrera cultural bastante insuperable. El esfuerzo en la práctica americana estaba más enfocado en proceso y apariencia mientras que los académicos se enzarzaban en consideraciones de tenencia y política de género con tendencias marxistas tanto de Karl como de Groucho. Se fingía mucho pero se articulaba poco. Sumergido en su lectura apenas pudo oír las campanillas de su celular. Mercedes llamaba para organizar una reunión con el alcalde y varios concejales. Sería bueno si podría ser esa misma tarde. Ovidio aceptó ir luego del almuerzo.

El despacho del alcalde estaba repleto. Ovidio apenas pudo navegar entre la multitud para llegar hasta el escritorio de una recepcionista e indagar acerca de la reunión. Amparo y Maruja llegaron para conducirlo a un salón más atrás del despacho donde lo esperaba el alcalde junto con Mercedes y tres concejales. Había también una taquígrafa sentada en una esquina con su maquinita lista a copiar la discusión. Esta era una nueva costumbre instituida por el alcalde para evitar problemas de interpretación que plagaban la función gubernamental. Se asignaban opiniones y decisiones sin consideración a veracidad o fuente por motivos políticos o ignorancia. Luego de las introducciones de rigor se empezó a discutir el proceso esbozado por Ovidio para los estudios preliminares consecutivos al *Plan de Manejo* y la propuesta para situar varias casetas informativas por toda la ciudad. Parecía existir un acuerdo general sobre limpieza de los entornos hídricos hasta que los concejales empezaron a indagar acerca del diseño particular de las casetas. Ovidio se acercó a un pizarrón en una de las paredes y dibujó un concepto de caseta con planchas solares para energizar una pantalla que presentaría de forma continua un círculo de información en PowerPoint y Video. Construida con bloques de cemento y vidrio debidamente pintada, la caseta sería atendida por dos universitarios propiamente calificados y guardada de noche por un policía. Se le podía poner una puerta de rejas a la entrada además de una cortina de protección para la pantalla. Sería también posible encontrar patrocinadores y dejarles presentar su propaganda en la pantalla. En cada caseta se podrían distribuir folletos informativos con espacio para propaganda comercial que sirviera para pagar por los gastos de imprenta. Con esto, los concejales se animaron a discutir el proceso de construcción e instalación. Ovidio sugirió que mano de obra local en cada vecindario se podría reclutar para el proyecto que abarcaría tres o cuatro vecindarios o todo un grupo de comunas como estaba marcado en el mapa de planeación. Eventualmente, las casetas podrían formar una red de información y enlace del público con el gobierno municipal y las escuelas. El alcalde opinó que la idea era genial y necesitaba ser explorada más a fondo por el concejo y la oficina de planeación. Mercedes sonreía imaginándose responsable de haber traído a Ovidio hasta este punto. Para Ovidio esto era tan familiar como otros proyectos en su portafolio como el del río Po en Italia, el río Columbia en Oregón y el río Wabash en Indiana. En el laboratorio de la Universidad en Versalles había estudiado la recuperación del río Loire y las ciénagas del río Támesis en Londres. Todo le parecía familiar y dejaba que todos hablaran mientras tomaba notas y apuntaba puntos comunes de acuerdo. Todo dicho, el alcalde exhortó a los concejales a aprobar el proyecto, reconocer el regalo de talento y experiencia de Ovidio para su ciudad natal y organizar una comisión para tratar el asunto de las casetas completo con la búsqueda de patrocinadores. Ovidio podría hacer otros esbozos con un cálculo de costos para beneficio del Concejo. Ciertamente, Ovidio no se oponía a la participación de otros profesionales como estaba ya demostrado en los grupos de pesquisa pero debía recibir crédito amplio en lugar de emolumento. Un aplauso indicó el acuerdo de todos y prontamente Mercedes junto con Amparo y Maruja abrazaron a Ovidio dejándole sentir la suavidad de sus cuerpos y el aroma de sus perfumes. El alcalde estrechó su mano lo mismo que los tres concejales. La taquígrafa sonreía tímidamente mientras un fotógrafo capturaba las poses de rigor. Afuera, una tempestad con mucho trueno, relámpago y viento azotaba la ciudad. No era prudente caminar afuera. Al cabo de un rato el sol reapareció y Ovidio decidió correr a su cuarto seguido por Mercedes y sus asistentes que querían ver el kimono. Casi a la cuadra del edificio, la tormenta regresó con más furia empapando a todos como baldazos electrificados de agua fría. Una vez adentro, las mujeres tomaran cuanta toalla Ovidio tenía en su cómoda para secarse el pelo poniendo los vestidos sobre la cama y las sillas. Abrieron un poco las ventanas para dejar entrar el aire y acelerar el secado. Ovidio cambió de ropa y se sentó en una silla vistiendo su kimono recién lavado a ver la tormenta correr en remolinos sobre la avenida, lavando los andenes y cunetas con furia para desplazar la basura. Truenos y relámpagos llenaban el aire con un olor a cortocircuito eléctrico. Por el cuarto las mujeres se paseaban desnudas como esas gacelas en la planicie del Serengeti que mostraban a menudo en *National Geographic*. Todas tenían los mismos tatuajes con cuerpos bastante similares pero Ovidio no se animaba a hacer preguntas deseando que la tormenta pasara lo más pronto posible barriendo con ella este presente tan incómodo y surreal. Al cabo de casi una hora la tormenta terminó y el cielo claro y azul empezó a teñirse de rosa y púrpura por el ocaso. Los vestidos estaban ya bastante secos y las mujeres decidieron vestirse y salir a tomar un taxi. Ovidio suspiró con alivio una vez que los besos sobre las mejillas terminaron. Mercedes le había pasado un sobre que él consideró ser el reembolso por el kimono. El aire quedó perfumado por el vaho de Chanel Número Cinco y era hora de abrir una botella de Cabernet. Era la última que Ovidio tenía y por eso no quiso ofrecer vino a las mujeres. Mas tarde podría ir a comprar más botellas en una tienda de licores en las cercanías. Llamó entonces a Louisa y recordaron juntos una tormenta en esa granja que tuvieron una vez cerca de Emporia al oeste de Kansas. Era un tiempo más joven y aventurero cuando pensaban vivir en el campo cultivando uvas, cabritos de cachemira y gallinas de varias razas. Habían comprado dos parcelas y una tenía solo un granero pues la casa había sido demolida por un tornado. Luego de arar la parcela para eliminar las malezas se habían metido con el tractor en el granero. Con la tormenta inesperada y bastante violenta azotando el área tuvieron que quedarse en el granero con las gallinas por tres días escuchando la radio de transistores que anunciaba la posible ruta de tornados mientras la lluvia y el viento abofeteaban el techo y los lados del granero jugando con los postigos de las ventanas en el pajar. No tenían comida y la casa quedaba a más de medio kilómetro a través del barro en el campo recién arado. Se habían estancado antes en el barro espeso y profundo de los surcos cuando intentaron salir y decidieron quedarse en el granero por parecerles divertido y casi más seguro en vista de los relámpagos que caían a todo momento como latigazos. El granero tenía pararrayos a lo largo del techo. Casi comieron del grano de las gallinas y de un galón de miel de purga pero se satisficieron tendidos sobre las pacas de heno en el pajar cubiertos con lonas de plástico que los hacían sudar bastante pero los mantenían calientes. Recogieron huevos y los comieron crudos dejando que las claras se deslizaran por la lengua al paladar como ostras. Eran entonces jóvenes e invencibles. Una pareja de jóvenes granjeros Menonitas recién casados compró la granja un año después cuando Ovidio fue llamado a enseñar en la Universidad abandonando por unos años la ilusión de una vida de campo con el sueño de los cabritos, las uvas y las gallinas.

17

Decía Rilke en su *Carta A Un Joven Poeta* en 1929 que *"es verdad que con el tiempo todo pasa, también la pena y el amor. . . . no siempre tenemos quince años"* como consejo para elucidar temas de manera significante en lugar de caprichosa o de moda. Para Ovidio las mujeres con sus tatuajes y nueva moral no eran un asunto de consejo o elucidación tampoco podía ver capricho o moda luego de su charla con Louisa. La tensión con Paulina, Mercedes, Maruja y Amparo era más que sobre sexo como un acto casual e independiente y género como una expresión de independencia total. Tenía trazos de otros asuntos que Ovidio no podía vislumbrar aún. Su relación con Louisa era totalmente integrada sin bordes o estantería para emociones y sutilezas por fuera de la relación central. Todo surgía en una corriente común, constante y poderosa. No había parcelación de sentimiento y acto. Fluían juntos como grandes ríos de diversa corriente, tal vez como los dos ríos (Monongahela y Allegheny) que se reúnen en Pittsburgh para formar el río Ohio o esos ríos que fluyen de los Himalayas para formar el Ganges. Con Louisa había un ritmo unificado de vida dentro del cual fluía la corriente sexual. La facilidad de la presencia y las ofertas de otras lo tentaban pero faltaba algo que lo motivara. No había satisfacción aunque abundaba la curiosidad. Tal vez Mick Jagger tenía razón. No se podía alcanzar satisfacción en los nuevos términos ofrecidos por Mercedes y Paulina. No había satisfacción aunque el deseo palpitaba. Mercedes y Paulina eran puramente eventos de momento. Centellas de pasión cruzando los cielos de la noche desapareciendo sobre el horizonte sin dejar rastro. Louisa era un gran planeta más que una centella. Fijo en el firmamento, rotando con calma en su órbita predecible. Podría ser que otras mujeres eran satélites del planeta Louisa y giraban alrededor de ella con Ovidio centrado como un sol. Tal vez eran planetas de otra constelación. La mesera le ofreció otro tinto y un vaso de agua. El bullicio del café y la música lo aislaban en sus pensamientos. Si no tocar se llama respetar, ¿qué constituye un toque? ¿Cuál es la dimensión de ese toque? Sorbiendo lentamente el tinto, Ovidio miraba a su entorno como a una de esas pinturas de las calles de Paris ejecutadas por artistas en un andén. Todas tenían el mismo estilo y tema. Servían solo para decorar moteles o pretender que eran un objeto de arte. Tal vez era así con Mercedes y Paulina y las otras. Meras escenas callejeras comunes y baratas. Pero ¿por qué las mariposas? ¿Qué significado tenían más allá de un impulso preservativo? Así pasó la tarde y seis tintos con tres vasos de agua. Era hora de ir a La

Cocina de Tadeo para disfrutar de la destreza de Manolo.

Para su deleite, Ovidio encontró tamales de cerdo con un acompañamiento de arroz amarillo con zanahoria en crema. Hacía muchos años que no comía tamales vallecaucanos. No era fácil hacerlos pero valía la pena tenerlos. No podía contener su dicha y ordenó dos con gran gula. Los comió con un vino blanco recomendado por Jorge. Como final propio, Jorge le trajo otra vez un Peach Melba como el que había disfrutado la primera vez. La noche no podía ser mejor. El orden del universo estaba restablecido o al menos eso parecía. En unos días se haría una reunión con los contratistas para afirmar el horario e iniciar la construcción del Moulin Mauve que debería tardar seis meses si el tiempo y la mano de obra colaboraban. Se trataría de evitar el cierre y mantenerlo cerrado solo por los períodos más breves. Manolo y Jorge apenas podían contener su emoción. Ya habían recibido muchas preguntas y los portafolios de varias empresas interesadas en el trabajo. Tocaba ahora examinar calificaciones para tomar buenas decisiones.

El suplemento dominical apareció con Jorge y Manolo en la portada. Eran doce páginas con muchas gráficas y fotografías. Paulina había construido una biografía de Ovidio con ilustraciones de sus proyectos y varias opiniones de clientes pasados y profesionales idóneos. Era una pieza bien hecha que lo halagó bastante. El asunto de licencia profesional había sido bien definido con opiniones sobre idoneidad de los ministerios de Trabajo, Interior y Educación más el hecho que Ovidio tenía una tarjeta profesional conferida por el Concejo Nacional De Acreditación basada en la convalidación de sus grados profesionales y experiencia demostrada. No era una credencial que Ovidio mostraba todo el tiempo. La reseña mostraba una foto de la tarjeta. La calidad del espectáculo en el cabaret fue examinada ampliamente junto con la de cocina que recibió un grado de extraordinaria. La Secretaría de Salud finalmente le había conferido el permiso para servir comida durante todas las horas de operación sin restricciones. No se reveló el monto del costo estimado de construcción o el honorario pagado a Ovidio por considerarse asunto privado. Al fin de todo el suplemento halagó mucho y ayudó a presentar al cabaré en una buena luz como centro de entretenimiento artístico tal y como lo intentaban Jorge y Manolo. Ese día hubo mucho jolgorio en el restaurante y el cabaré con Jorge comprando más de cien ejemplares del suplemento y colocando un pedido por cien más en el periódico. Como parte de su primer reporte al ministerio, Ovidio adjuntaría dos ejemplares. En realidad, Calderón de la Barca estaba correcto en afirmar:

"Yo sueño que estoy aquí
de estas prisiones cargado,
y soñé que en otro estado
más lisonjero me vi.
¿Qué es la vida? Un frenesí.
¿Qué es la vida? Una ilusión,

una sombra, una ficción,

y el mayor bien es pequeño:

que toda la vida es sueño,

y los sueños, sueños son."

Tanto en el Siglo XVIII como en el XXI todo parecía salir de la penumbra a la luz en sueños suspendidos al borde de desesperaciones y temores malévolos incapaces de derrotar el espíritu. Solo faltaba construir el sueño.

18

Caminando de regreso a su cuarto. Ovidio recibió una llamada urgente de Eufemia bastante alborotada pidiéndole que subiera a su casa lo más pronto posible. Llegando a la casa en San Antonio pudo ver que la puerta había sido sacada de las bisagras y estaba tirada sobre el andén. Había también varios huecos en el patio con agentes de la policía examinándolos con linternas. Un farol portátil bañaba el patio del frente con una luz intensa. Todo parecía como una colonia de perritos de la pradera que él había visto una vez en Dakota. Eufemia lo recibió sollozando en esos mugidos que no permiten hablar claramente pero dicen mucho. Un oficial le contó que al atardecer habían entrado varios tipos con máscaras llevando barretones y detectores de metal buscando caletas o guacas. Eran parte de esos grupos de secuaces enloquecidos por la búsqueda de dinero escondido por los capos. Habían andado por toda la casa abriendo huecos en los dos patios y escaparon cuando oyeron la sirena de alarma de incendios que Eufemia tenía en la cocina. La confundieron con la de la policía. El daño más grande era la puerta que requeriría una reinstalación especial ya que era de bálsamo (*Myroxylon balsamum*), pesaba muchas libras y necesitaba taladros de gran potencia para hacer huecos de guía para los tornillos de acero que ajustarían las bisagras en el marco de la misma madera. La puerta tenía más de 200 años y había sido cortada de madera fresca de bálsamo que con el tiempo se había secado muy densa y pesada con la consistencia de acero. El bálsamo es de las maderas más pesadas que existen y es muy difícil de trabajar fuera del corte inicial. Todas las columnas y vigas en la casa eran de bálsamo probablemente cortadas muy cerca en un tiempo antes de las sierras mecánicas. Sentada en una silla en una esquina del patio debajo de la plumeria (frangipani) Eufemia se calmaba con la presencia de Ovidio y llamaba a Mercedes para contarle los pormenores y darle una nota de cautela. Por su parte Mercedes había pegado en su puerta la página del periódico con la reseña de los sicarios encontrados muertos en ese pastizal cerca de Palmira. Era como uno de esos avisos de funerarias para anunciar defunciones. Era tal vez un reflejo de la sangre del cordero sobre el portal en el libro del *Éxodo*. Había una fuerza invisible que la protegía y ella no vacilaba en usarla a pesar de no saber exactamente quien era su protector. Dando frente a la colina con la iglesia en su cumbre, esta página era más que un anuncio de defunción pareciéndose más a las tarjeticas devocionales con la imagen del santo invocando protección. La irrupción a la casa de Eufemia a solo tres casas de distancia parecía ser una grave equivocación pues ambas casas parecían ser muy similares por ese asunto de ser tratadas como patrimonio cultural envuelto en cal y estuco. La única diferencia aparente era una placa con el número de dirección. Para sorpresa de Eufemia, al cabo de dos horas llegó una cuadrilla ofreciendo disculpas, colgaron la puerta, pintaron la pared con agua cal y cubrieron los huecos muy eficientemente antes de salir sin dejar rastro. Alguien los había enviado tratando de corregir un error. Ovidio contemplaba estos eventos con curiosidad por parecer tan normales como los capullos de Plumeria y los bichafues cantando en las ramas del granado despertados por la intensidad de las luces. Mercedes se había quejado otra vez a su exmarido en Panamá, pero la prontitud del remedio la sorprendía. Era un acto de urbanidad inesperado e insospechado en medio de una cultura transformada a punta de bala y puñal. Los sicarios ansiosos de fortuna escarbaban por toda la ciudad como gallinas buscando bichos sabiendo que en muy pocos meses una primera ola de capos regresaría de prisiones domésticas y extranjeras para reclamar sus fueros. Había que sacar ventaja de las ausencias antes de que las presencias se restablecieran. El Dorado de la droga debía ser encontrado como cuatrocientos años antes lo habían hecho esos españoles desesperados marchando detrás de Don Sebastián por todo el valle. Al final de cuentas nadie encontró nada de importe personal tanto en el Siglo XVI como en el XXI aunque varias carabelas yacían en el Mar Caribe repletas de oro y joyas que no provenían de estas regiones. El monto de la primera búsqueda estaba consignado en una enorme caja fuerte del Museo del Oro en el Banco de la República en Bogotá. El monto del Nuevo El Dorado estaba oculto en caletas y escondites repartidos por toda la ciudad sin el beneficio de un mapa del tesoro o señales de guía. A causa de los allanamientos cada vez más frecuentes, las autoridades de la policía nacional y el ejército se preparaban para el inminente conflicto con medidas extraordinarias de seguridad. Mercedes estaba incluida entre las viudas y novias abandonadas y era objeto de guardia a la distancia por si acaso. Una carro patrulla merodeaba frecuentemente por su casa mientras serios temores merodeaban por su mente. La ambición de los sicarios y traficantes se expresaba en asaltos, asesinatos, secuestros extorsivos y violaciones sin castigo. Mercedes confiaba en ese protector que tal vez tenía santuario en Panamá. La caja fuerte de Eufemia estaba en su alcoba fuera del alcance práctico y mental de los buscadores de Tesoro. La de Mercedes estaba en su patio trasero bien oculta bajo baldosines a ojos indiscretos

Por diseño desde la época colonial, los patios de todas las casas en esta área antigua se conectaban con un callejón trasero que una vez sirvió para la entrada de bestias, sirvientes y víveres. En tiempos modernos servía para comunicación interna y parqueadero. Solo los residentes sabían de esto. Así era posible visitarse sin salir a la calle. El ligamento del callejón le daba cierta flexibilidad a lo que parecía ser un bloque osificado en cal y estuco. El Cali colonial y viejo de tan gratos recuerdos no había desaparecido completamente. Existía un ligamento interno, al menos en la parte vieja.

Unos días después de la invasión, Eufemia caminaba por el callejón para asegurarse de la condición de las puertas que daban a la calle. Todas parecían ser hechas de Bálsamo con bisagras grandes de bronce. Como de costumbre, les echó unas gotas de aceite para mantenerlas lubricadas y las abrió varias veces para asegurarse de su funcionamiento. Era una rutina anual que ella decidió hacer en este día a causa de los eventos recientes. Abriendo una puerta encontró una maleta grande que ella asumió ser de uno de los vecinos. La dejó sin abrirla pensando que alguien la recogería más tarde. No hizo tampoco preguntas entre los vecinos. Al cabo de varios meses la curiosidad no pudo contenerse más y con la ayuda de una carretilla llevó la maleta a su casa. Para gran sorpresa la encontró llena de fardos de billetes de cien dólares esmeradamente envueltos en bolsas de plástico. Había varios millones sin indicios de un propietario. Sin saber que hacer, llamó a Mercedes quien vino inmediatamente y sin inmutarse le sugirió depositarla en una cuenta fuera del país no tanto para evitar impuestos y argumentos de posesión como para asegurarse de mantener valor y propiedad. Mercedes sabía cómo hacerlo y antes de la cena ya tenían un plan para alquilar un avión jet pequeño y salir a la aurora haciendo escala en Panamá y de allí a Gran Caimán en un vuelo total de cuatro a cinco horas. La escala en Panamá incluía una visita con el exmarido para hacer una consulta definitiva sobre el contenido de la maleta y así asegurarse de no esperar represalias por desconocidos. Eufemia estaba muy ansiosa mientras Mercedes actuaba como si todo era tan normal como ir a un banco local para cambiar un cheque. En Panamá el exmarido les aseguró que las cosas no son del dueño sino del que las necesita o las encuentra. Una maleta dejada prácticamente a la intemperie podría haber pertenecido a alguien que por muchas razones no regresó a recogerla. Podría haber perecido de causas naturales o artificiales. Imposible saberlo sin hacer una pesquisa más detallada que obviamente despertaría sospechas en el clima actual. Los fardos no tenían marca de propietario al contrario de las caletas de los capos que usualmente llevaban un sello personal como un signo del zodíaco o un apodo. Por su conocimiento de condiciones le parecía que esta maleta pertenecía a alguien relacionado de alguna manera con el cartel o el tráfico que había perecido recientemente en esa matanza continua por control de territorio y negocio criminal en el norte del valle y el lado sur de Cali. Les aseguró que lo mejor era depositarla en las islas y gozarla como un premio de lotería. Había mucho dinero envuelto en fardos por todo el territorio colombiano perteneciente a carteles o bandas guerrilleras. Muchos muertos no volverían a buscarlas y los vivos no sabían dónde encontrarlas. Eran gajes del oficio de traficar en drogas en climas inhóspitos bajo el diluvio de ganancias excesivas. Una libra de cocaína generaba enormes ganancias del orden de millones de dólares una vez cortada y distribuida haciendo del costo de producción y distribución una cosa bastante mínima. Por conflictos de territorio o venganzas, muchos propietarios nunca lograban vivir lo suficiente como para reclamar sus propiedades. Vivían una existencia efímera, bastante vacua, sin mucha esperanza más allá del presente inmediato. La mayoría eran prácticamente analfabetas con una habilidad elemental para negocios o producción. El problema de manejar tanto dinero de ganancias se había vuelto algo más complicado que fabricar la droga. El exmarido hacía una fortuna buscando formas de inversión y canje a un nivel aparentemente legal y seguro en empresas de papel situadas en paraísos fiscales. Sus clientes eran no solo criminales y traficantes sino también líderes políticos ocultando el producto de sus actividades cleptómanas. Los traficantes eran muy adversos al riesgo con su dinero y preferían tenerlo todo a su lado o bajo control personal, aunque confiaban de alguien establecido como persona de confianza en un país propicio como Panamá o alguna isla en el Caribe. No tenían un estilo sibarítico de vida por estar siempre escondidos en las ciudades o en fuga al fondo de las selvas al contrario de los capos de leyenda. Sus placeres eran primitivos en la mayor parte, reducidos a mujeres, licor y conveniencias de comida o entretenimiento bajo el constante temor de ser arrestados o asesinados. En otro tiempo eran los señores del reino pero las realidades políticas y sociales los habían marginado. Pocas comunidades pueden apoyar constante y consistentemente a un imperio criminal paralelo y contrario con el de leyes y orden cívico por más atractivo y acaudalado que pudiese ser. Hay cosas que el dinero no puede comprar.

Mercedes y Eufemia salieron para Gran Caimán como un par de amigas saliendo de compras. Mercedes llamó a su banquero para preparar la llegada. El mar estaba en su mejor punto azul y verde con crespos de olas rodando en la marea. Se podían ver delfines nadando en ese azul tropical donde islitas (cayos) enmarcadas por manglares y arrecifes de coral salpicaban la extensión del agua. Eufemia recordaba el vuelo a París como algo totalmente diferente. Volando más bajo se podía ver más. Antes de darse cuenta estaban aterrizando en la isla. El banquero las recibió en la pista y salieron para las oficinas en George Town. Todo tenía un aspecto muy tropical con derroche de veranera, mandevilla y varios colores de hibiscus. La oficina del banco no era tan grande como Eufemia lo esperaba. Era un lugar sobrio con cuatro oficinas y no mostrador. Parecía más una oficina de un corredor de bienes raíces. El banquero tomó la maleta y empezó a abrir los fardos para meterlos en una contadora. La cuenta llegó a dos millones quinientos mil dólares para gran sorpresa de Eufemia y Mercedes que también notaron que el banquero hablaba español muy fluidamente con un acento cubano. Por conveniencia o práctica nadie hablaba mucho de si mismo incluyendo nombre propio. Lo importante era el dinero y su cantidad. El banquero devengaría una comisión y los clientes tendrían la seguridad de un anonimato. Eufemia con el consejo de Mercedes abrió una cuenta corriente y otra de inversión. Por insinuación del banquero salieron a almorzar mientras les preparaban tarjetas de identidad para la cuenta e imprimían un bloque de cheques. Habían sacado la cuenta a nombre de ambas sacando ventaja de que Mercedes ya tenía una cuenta y así evitaban cumplir con varias reglas fastidiosas promulgadas por los Estados Unidos para controlar la fuga de capitales sin pagar impuestos tanto como las narices ansiosas de varios países en Sur América tratando de encontrar dinero obtenido ilegalmente para engordar sus arcas. Tomaron un taxi para ir al lado Este de la isla y explorar la cocina caimanense. Se deleitaron con una especie de ajiaco de pescado en leche de coco con yuca, fruta de pan y otros vegetales que suplementaron con unos buñuelos de caracola además de batidos de papaya. Caminando por el entorno, admirando el ambiente, Eufemia compró varios caracoles y una collar de corozos multicolores. Mercedes se contentó con una falda larga y una camisola de gasa blanca con bordados de palmeras en hilo blanco. Luego de dos horas regresaron al banco para recoger los documentos. Todo estaba en orden y el banquero las llevó al aeropuerto dándoles un maletín con los cien mil dólares en efectivo en billetes de veinte que Eufemia había pedido. Todo había sido muy eficaz y sin complicaciones. A este punto, Eufemia decidió entonces aprender inglés y un poco de francés para relacionarse mejor con su nuevo universo. Siempre había querido ir al Instituto Colombo-Americano pero nunca había podido azuzar su interés hasta ahora. Lo del francés era más complicado por asunto de la gramática y la pronunciación. Ya habría que ver. Su vejez sería totalmente diferente de su juventud y edad madura. Esa maleta parecía haber caído del cielo o al menos de la cima de San Antonio, Santo Patrón de las Cosas Perdidas.

El viaje de regreso pasó sin problemas. Pararon otra vez en Panamá casi al ocaso. El exmarido le pasó un maletín a Mercedes y se puso de nuevo a su servicio cuando lo necesitaran. Era como una escena de "Casablanca" en esa bruma que resulta del calor local mezclado con el viento frío de la Serranía del Darién. El exmarido inspiraba tanto confianza como temor. Se le percibía un gran poder junto con una gentileza expresada en su voz calmada y baja, casi de susurro. Su sombrero de paja de toquilla con banda negra y su traje de lino con camisa bien almidonada y corbata negra lo remontaban a un lugar folclórico en el Viejo Caribe. Se podía ver que mantenía bastante afecto por Mercedes. Llegando a Cali lograron pasar por aduana sin contratiempos y en la oscuridad entraron a la ciudad satisfechas de haber librado una aventura tan agradable aunque inesperada. El maletín contenía varias joyas de Mercedes y unos fardos de dólares. Eufemia no quiso mirarlos o averiguar sobre ellos. Hay secretos que deben respetarse a pesar del apremio urgente de la curiosidad.

19

Para esclarecer su idea de las casetas mientras los estudios de las cuencas se estancaban por problemas e interferencias de la burocracia gubernamental, Ovidio decidió hacer varias caminatas por la ciudad aumentadas por viajes en el sistema de transporte. Mercedes estaba de viaje a Londres por unos días para cumplir con varias obligaciones. La ciudad de su juventud tenía un sistema de buses de varios colores sirviendo los varios barrios que ahora se había remplazado por un sistema unificado de buses articulados con rutas definidas como un sistema de tranvías que pretendía imitar sistemas de ciudades europeas. Los viejos buses se chatarrizaron a un costo de compra establecido por la nueva entidad y una nueva disciplina de transporte se trataba de imponer sobre la ciudadanía para el placer de unos sectores y el enojo de otros. Todavía existía un grupo añorando por el antiguo sistema muy enfocado en vandalizar e impedir el funcionamiento del nuevo sistema. Por encima de todo quedaban los "colados" que se saltaban las barreras para viajar gratis a una pérdida para el sistema y gran peligro para los individuos. Esto era de esperarse en una sociedad donde la rígida estratificación de clases había creado una cultura de envidia, contrariedad, irresponsabilidad, resentimiento y regateo. Todo mundo esperaba recibir algo gratis y todo político prometía dar algo gratis sin saber de dónde vendría. En el escalafón social cada clase pujaba por recibir más que las otras sin importancia de necesidad. Desear tener era amplia justificación para obtener. Así, las elecciones se convertían en remates al mejor postor con los perdedores imputando a los ganadores en un círculo vicioso que muy a menudo entraba en los tribunales para desahuciar individuos, privarlos de función y condenarlos al exilio político por supuestas ofensas o agravios fabricados de manera legalista. No era un sistema democrático tanto como autoritario, caótico y denigrante, probablemente producto de esa postura Stalinista-Leninista que florece en los trópicos como reto al imperialismo y sirve para definición de independencia que se cuela en el diálogo político y social como ingrediente natural tanto en la derecha como la izquierda. Es una fantasía que sirve de guía para gobernar y administrar sin considerar las consecuencias dado que cualquier fracaso se puede atribuir a los intereses imperialistas y capitalistas que se deleitan en frustrar la voluntad del pueblo. A causa de esta fantasía muchos funcionarios públicos dejan de servir sus puestos para dedicarse a obtener su propio sustento sin obligaciones políticas o emigrar a lugares donde el pan de cada día se pudiese recibir en paz y sin agravios. El resultado es una toma efectiva de las agencias gubernamentales por turbas doctrinarias ineptas sin una visión coherente del futuro o del presente.

Mientras se llevaban a cabo los estudios en cada Cuenca, Ovidio transitaba por la ciudad tratando de ser invisible con una camisa guayabera de manga larga y su Stetson de felpa gris. Siempre llevaba un morralito de lienzo al hombro con su cuaderno de dibujo, lápices, plumas de dibujo y una cámara Pentax que lo acompañaba desde sus tiempos universitarios. Más que un profesional de pergaminos se presentaba como una persona común que se mezclaba bien en el entorno. Por el hecho de vivir mucho tiempo alejado de la ciudad ya había perdido su acento local con sus expresiones idiomáticas, pero se podía comunicar fluidamente en algo que sonaba caribeño o costanero. El acento "caleño" ya se había disuelto del medio a causa de la inmigración interna hacia el final del Siglo XX. Como era de esperarse, su porte erecto y seguro unido a su tez clara proyectaba un cierto nivel de prominencia por lo cual lo llamaban "doctor" como señal de respeto y costumbre. Su piel carecía de esa tonalidad café con leche de tierra tropical. A pesar de haber obtenido el título de doctor académicamente, no le gustaba usarlo pero en Cali no significaba otra cosa que respeto o deferencia. En el ámbito académico era un semi-dios y allí se dejaba manosear y recibir venias reflejantes de la cultura institucional. La academia era el último reducto de la realeza y la lucha empedernida de clases. Para otros, él era sencillamente Don Ovidio lo cual le hacía recordar a su padre y abuelo que siempre fueron llamados "Don" por deferencia a edad, buena voluntad, posición y respeto. Así que en realidad los títulos no significaban algo más allá de costumbres y ritos protocolarios. Con el tiempo todo evoluciona por el asunto entrópico de esa segunda ley de termodinámica que elimina la diferencia entre nobles y plebeyos.

Reintroduciéndose a su ciudad le permitía a Ovidio establecer un nuevo enlace que enfocaba más exactamente los resultados de las pesquisas y le daba argumentos más reales sobre la posición y propósito de las casetas. Él ya había diseñado los folletos finales que estaban a la espera del material de los estudios hídricos. Por medio de Amparo y Maruja un grupo de estudiantes de Ingeniería y Arquitectura en unión con varios estudiantes de Diseño Gráfico lo invitaron a una presentación de conceptos para las casetas. Ovidio aceptó la invitación con mucho agrado tomando la oportunidad para observar la región de Meléndez y el territorio de la Universidad. Esperando ver una serie de planos, se sorprendió al encontrar maquetas a un cuarto de tamaño preparadas muy esmeradamente ofreciendo una buena presencia de diseño y una visión práctica en lugar de especulativa. Varias soluciones combinaban una estación de transporte con el papel informativo sobre las fuentes hídricas ofreciendo abrigo de lluvia y de sol. Otras se perfilaban como monumentos para celebrar el carácter de vecindarios. La sorpresa era muy agradable y con el impulso de Amparo, la sesión de crítica se transformó en un diálogo de diseño como Ovidio acostumbraba hacerlo en su práctica y enseñanza. Ovidio esbozó conceptos adicionales en un tablero y ofreció sugerencias para refinamientos con un estilo dinámico bastante socrático que complacía a los estudiantes. No se proyectaba autoritariamente por encima de ellos sino que trataba de entenderlos y trabajar en común. Lo que se esperaba durar por una o dos horas terminó extendiéndose hasta entrada la noche sin reducción en intensidad. Instada por Maruja, Mercedes, ya de regreso de Londres, apareció a media tarde junto con el Decano de Arquitectura para observar el diálogo y ver las maquetas. En todo, Ovidio confesaba su grata sorpresa por los resultados y encomiaba a los estudiantes por lo que era un enorme logro. El Decano afirmó el buen trabajo ofreciendo facilitar una búsqueda de patrocinadores mientras que Mercedes ofrecía obtener lugares para instalación recomendando hacer una exposición en los salones de la Alcaldía para que cada vecindario escogiera una caseta a su gusto. Todo parecía haber salido mejor de lo esperado. Ovidio tomó fotografías de las maquetas haciendo nota del equipo de diseñadores para escribir una reseña que podría ser transformada en un folleto. Era una obra colectiva con gran despliegue de creatividad que podría impresionar gratamente a la ciudad para promover un buen resultado con la labor de purificación y preservación sirviendo también de vehículos muy apropiados para construir una cadena de comunicación y educación

20

Al cabo de una semana, Mercedes llamó a Ovidio para dejarle saber que la exposición de maquetas en la Alcaldía se llevaría a cabo en tres días con una recepción inicial en la que esperaban que él hiciera la introducción. Sería una muestra con un mes de duración. También se presentaría el estudio de las cuencas. Los folletos diseñados por Ovidio para el estudio y las maquetas estaban siendo impresos. Habían pasado varias demoras de semanas por asunto del tiempo lluvioso y un sinnúmero de estorbos burocráticos. Ya habían pasado más de seis meses desde esa reunión inicial en que se había esbozado una acción urgente con la colaboración de todos. Ovidio sintió una buena sensación de alivio con un poco de pesar por la lentitud. La experiencia había sido bastante frustrante y salpicada por expresiones de celos por varios individuos en la administración municipal protegiendo territorio o demostrando una capacidad inusitada para estorbar o detener progreso. Dada la gravedad y urgencia de la situación le parecía muy raro a Ovidio que estas actitudes tan mezquinas e irresponsables prosperaran en un sistema de gobierno que se ufanaba de su deseo por trabajar para el bien de la ciudad. Juzgando que era mejor callarse en las circunstancias presentes decidió tomar todo como un gran triunfo digno de gran celebración. Llevó su traje de lino azul índigo a la tintorería junto con varias camisas pidiendo almidón fuerte para los collares. Visitó también un almacén de vinos y compró una caja de varios vinos de Rioja para suplir su colección. Saliendo de la vinería se encontró con Maruja quien se ofreció a ayudarle a llevar la caja. Ovidio aceptó la gentileza aunque estaba acostumbrado a llevar cajas sobre su hombro y la distancia era de solo dos cuadras. Cogiendo de manijas cortadas en el cartón a ambos lados pudieron caminar normalmente hasta el edificio. Una vez en su cuarto, Ovidio le ofreció dos botellas a Maruja quien se emocionó por el gesto y le plantó un beso apasionado en los labios frotando su pelvis contra la de Ovidio. Antes de que Ovidio pudiera decir algo, Maruja había salido del cuarto con su paso de bailarina.

No había salido Maruja por mucho rato cuando llegó Eufemia trayendo unos envueltos de choclo y una canastilla de higos maduros. No la había visto desde el incidente con la puerta. Parecía más joven y bella con una voz un poco más dulce y segura. Le recordaba la imagen de su madre en la fotografía en la pared y la de esa prima que fue reina de belleza nacional mucho tiempo antes. Vestía uno de esos trajes camisa que le compró en París y también había visto en Paulina y otras chicas. Se veía bien en ella a pesar de no ser tan joven pero el cuerpo afirmado por la práctica de yoga lo sostenía bien. De alguna manera Eufemia se ejercitaba y conservaba su forma. Andaba en tacones altos que forzaban mover su pecho hacia adelante y sus nalgas hacia arriba por asunto del balance estructural necesario para caminar. Su cara brillaba con poco maquillaje. Era para Ovidio una sorpresa enorme. La hermanita callada y modesta de tanto tiempo se había transformado en toda una dama llevando su edad con soltura y elegancia. Eufemia exudaba feminidad en lugar de domesticidad. El cambio era asombroso como Manolo lo había dicho tantas veces. Ovidio le ofreció un vaso de vino y se sentaron a charlar mientras él consumía unos higos. La higuera plantada por el abuelo producía higos cada vez más grandes y dulces luego de la severa podada que Eufemia le daba cada Navidad. Usaba los verdes para hacer ese dulce de brevas que se servía con arequipe (manjarblanco) y guardaba un gran número en el higüero envueltos en bolsitas de papel para prevenir que las mirlas y los periquitos se las comieran mientras maduraban. Era en realidad una batalla que los gatos ignoraban pero los pájaros insistían en librar cada día. En muy raras ocasiones podía Ovidio disfrutar de esta delicadeza. Higos negros del tamaño de medio puño con su corazón rojo y dulce. Un plato digno de un sultán.

Eufemia hablaba de su aventura con la maleta y el viaje a las Islas Caimán. Ahora tenía fondos para hacer más reparaciones en la casa y construir ese baño que ella tanto deseaba. Le mostró un álbum que ella venía haciendo con ejemplos de baños en varias revistas de diseño interior. Esperaba que Ovidio lo diseñara y ya tenía un albañil y un electricista listos para hacerlo. Una prima de Mercedes tenía un patio de marmolería y baldosas con un almacén de plomería donde conseguir todos los materiales. Si Ovidio no estaba muy ocupado podrían ir en la mañana. El patio estaba por la vieja vía a Yumbo cerca de Menga. Mercedes los podía llevar en su carro. Tal vez sería una buena idea comprar un campero de esos japoneses pequeños. Había espacio en el callejón para parquearlo. Eufemia hablaba rápido y Ovidio escuchaba lento. Finalmente accedió a lo que ella deseaba sin saber que era o porqué. Aún, Ovidio no sabía si era una buena idea ir con Mercedes a un lugar donde podría encontrar otra copia de ella como Paulina, Amparo y Maruja. Por afecto y deferencia a su hermana era talvez necesario tomar el riesgo. Nadie sabe para quien trabaja o porqué.

El viaje a la marmolería y plomería empezó temprano en la mañana con mucha alegría y pandebono caliente recién horneado por Eufemia. Mercedes vestía una faldita corta que le llegaba a medio muslo y Eufemia tenía un vestido de jardinera con un sombrero de paja. Habían recogido a Ovidio en el Parque de los Poetas deslizándose por la avenida hacia la vieja estación de ferrocarril para entrar en la vía a Yumbo pasando por los talleres ferroviarios de Chipichape ahora convertidos en centro comercial. En poco tiempo llegaron a Menga y el patio. Tomasa, la prima de Mercedes los recibió con mucha alegría y charla interminable sobre sus productos, amistades y visitas a tiendas. El patio era un verdadero Mercado Persa de baldosas, baldosines, losas y ladrillo en todos los colores y texturas imaginables. Eufemia escogió varios baldosines y Ovidio le ayudó a escoger baldosas complementarias. El precio no importaba y Tomasa se deleitaba en ofrecer comentario sobre calidad, proveniencia y acabado. Escoger la plomería probó ser un asunto más complicado, aunque la tienda tenía instalaciones modelo. Eufemia no sabía que estilo o acabado escoger. Se fue con Mercedes y Tomasa a un salón llevando muestras para discutir mientras Ovidio empezaba a dibujar un concepto y eventualmente se unió con ellas en el salón. Con muestras de todos los elementos, Ovidio compuso un tablero de muestras y se ordenaron los materiales desde baldosas para el piso hasta mezcla coloreada de argamasa. El baño sería un evento especial con rociadores y atomizadores por todos los lados como una tormenta tropical y una banca para disfrutar las rociadas de varios volúmenes. Habría luz especial, puertas de vidrio tallado y varios niveles de calefacción para el agua conectados a un sistema de energía solar. Por capricho de Eufemia, el baño estaría equipado con neblina caliente para obtener un efecto de sauna. Las mujeres se abrazaban de dicha contemplando los conceptos mientras Ovidio se aseguraba de tener todo el equipo necesario. Trataba de no prestarle atención a Tomasa en su faldita de Lycra Spandex pegada como una segunda piel hasta medio muslo anunciando la ausencia de pantaloncitos. En varios momentos cuando ella se arrodillaba a recoger muestras podía entrever lo que parecían ser alas de mariposa surgiendo un poco sobre la cintura. Por más querer no ver, más veía y parecía que Mercedes estaba percatada de su conflicto. Muy furtivamente ella se aproximó a él y le susurró que Tomasa tenía los mismo tatuajes. Tal vez ella se los podría mostrar en otro salón si Ovidio lo deseaba. La lengua y la mente se le inflamaron y no pudo responder con nada más que una expresión de temor ante la sonrisa no tan inocente de Mercedes. Ese zumbar del mosquito en su mente se hacía más intenso.

21

De regreso a la casa de Eufemia, Ovidio tomó nuevas medidas para el baño y así asegurarse de la capacidad para aceptar el diseño. Eufemia no se contenía de la alegría. Era el primer gran gasto en su nueva riqueza. Mercedes regresó a su casa no sin antes prometer hacer una excursión en otro día para comprar el campero que Eufemia deseaba. Tenía otra prima que trabajaba con un concesionario automotor por Ciudad Jardín al lado sur de la ciudad. Habría que ir a ensayar y ver precios. Patear llantas como se dice. Sin niños para movilizar, Eufemia necesitaba un vehículo ágil y pequeño para desplazarse por la ciudad haciendo visitas al Mercado y al entorno. No necesitaba un sedán o carro grande. Si fuese necesario, un ayudante podía llevarla a cualquier lugar y ella no tendría que manejar al menos que lo deseara. Tenía dos chicas que le ayudaban ocasionalmente con los oficios domésticos. Eran universitarias en la Facultad de Ciencias Domésticas muy interesadas en aprender los secretos de la cocina que Eufemia practicaba. Parte de su tesis de grado era la compilación de un libro de recetas históricas del valle del Cauca. Habían sido recomendadas por Manolo quien también las empleaba en el restaurante. En todo, Eufemia se esmeraba por mantenerse a un nivel sin alardes o apariencias de riqueza para no llamar la atención y por expresión de su carácter. Su vida continuaba normalmente sin altibajos, tal vez más altos que bajos.

La construcción del baño se unió a las demandas de la exposición de maquetas y Ovidio se encontró tan ocupado como cuando tenía una firma de diseño haciendo trabajo en varias ciudades. No era tanto un asunto de hacer labor física sino de supervisar algo un poco fuera de su control. Con 70 años a sus espaldas, Ovidio parecía unos veinte años más joven gracias a un régimen de ejercicio yoga unido al sistema de "tensión dinámica" que aprendió en su juventud en esos estudios de cultura física por correspondencia bajo la guía de Charles Atlas que aparecían en las revistas de tiras cómicas y las páginas deportivas. Los estudiantes habían hecho un esfuerzo singularmente excelente que necesitaba un enfoque decisivo para ser de utilidad al esfuerzo general. Por esto trabajaba muy intensamente en la presentación oral tratando de obtener un mensaje apto y poderoso. No había necesidad de una larga perorata repleta de tecnicidades, necesitaba algo breve y afinado. Así que escribió:

Como nuestros antepasados en 1536 estamos frente a un reto enorme. La fuente de sustento para nuestras vidas es la calidad y cantidad del agua potable. Por más de tres siglos nuestra ciudad fue capaz de depender con toda seguridad de una fuente. Ese río Cali fue fiel y prodigioso. Sus aguas nos dieron bebida y placer. De allí bebimos y en él nadamos y lavamos nuestras ropas. Hoy en día no es así. El río yace agonizando junto con los otros que formaban esa rica cuenca de los farallones. Todos los siete ríos que una vez alegraron y alimentaron nuestra comarca yacen casi muertos víctimas de nuestra desidia y abuso. El cauce sobre el cual ellos convergen esta también muerto. El río Cauca marcha sin oxígeno, espeso y hediondo como un cadáver fluvial hacia el Norte. Ciertamente es una situación lamentable sobre la cual podemos escribir oraciones fúnebres en nuestra mejor tradición poética. Pero no es hora de poesía o peroratas de pena y confusión. Es hora precisa de tomar decisiones francas sin lujo de metáforas fáciles. Todos nosotros estamos a punto de morir de sed en medio de ríos muertos a causa de nuestra ignorancia y banalidad. Abusamos de la riqueza natural pensando solo en una ganancia personal inmediata. Esto no puede continuar. No es asunto de sepultar los ríos y marchar a otro lugar. No necesitamos oficios fúnebres. Necesitamos ejercicios de resurrección. Hay que hacer algo. Todos sabemos las razones y nos sentimos culpables de varias maneras. Todos los dedos nos señalan. Se trata no solo del agua sino de todo el sistema. Todo el entorno que enmarca nuestra vida común. Afortunadamente, hay soluciones posibles pero requieren duros sacrificios. No son soluciones baratas y sin dolor. No son un acto politiquero o una arenga de lucha de clases. Son soluciones con un llamado conjunto a informarse y obrar con sentido común por el bien común. No nos podemos permitir el lujo de egoísmos partidistas o de luchas infructuosas sobre clase y poder. Todos juntos tenemos que trabajar decisivamente e igualmente para recuperar los ríos y sus cauces. En ellos descansa no solo nuestro presente sino la medida entera de nuestro futuro común y personal. Ha llegado la hora de poner los frenos a nuestra desidia. Blanco, negro, gris, verde, rojo o pardo. Rico o pobre. Nativo o foráneo. Los ríos y sus cuencas son nuestro patrimonio y nos llaman hoy a redimirlas. Por medio de esta exposición y estos estudios se tratará de informar y educar a todos para una gesta real y meritoria. Una cruzada de mente y espíritu que nos definirá por todos los tiempos. No podemos fallar. Cada uno de nosotros es parte de la solución. Tenemos que resucitar todo lo muerto al menos que tengamos el deseo de perecer nosotros también. Informémonos entonces y respondamos con coraje sobre el campo de batalla por lo que es nuestro. Esta no es una batalla para espectadores. Es una batalla para protagonistas. En estas casetas se encontrarán soluciones. Es hora de implementarlas. Los ríos no aguantan más.

Ovidio envió el mensaje a Mercedes y Paulina por correo electrónico en busca de comentario. Ambas lo elogiaron y Paulina pensó que se podría imprimir con tinta verde y letras grandes en una sola página del periódico. Su departamento de arte podría hacer los preparativos si había alguien que pagara por la página. Ovidio llamó a Eufemia y entre ambos decidieron pagar por el costo de una página que debería aparecer en el día de la inauguración de la exposición. Solicitar apoyo financiero de la Alcaldía tomaría días de proceso más correcciones por abogados y políticos a lo que era simplemente una expresión hecha de corazón sin temor de contravenciones del lenguaje correcto. Ovidio fue entonces hasta las oficinas del periódico para pagar por la página y tal vez vislumbrar a Paulina cuya marca todavía latía en sus labios.

22

El día de la inauguración de la exposición llegó soleado y refrescado por las brisas de los farallones. El periódico ofrecía una crónica sobre el evento en la alcaldía y una página con el discurso de Ovidio montado sobre una fotografía de los farallones. La página hacía un buen cartel pero como la prueba de la natilla está en el sabor, había que esperar unas horas más para determinar el verdadero efecto. En su columna Paulina discutió el trabajo de pesquisa sobre las fuentes hídricas dando amplio crédito al *Plan de Manejo* y presentando varias fotografías de equipos en el campo recogiendo información y de los estudiantes presentando las maquetas. Mencionó el regalo de capacidad y experiencia que Ovidio estaba haciendo relatando sus raíces locales y jornada profesional por el mundo. El editor escribió un editorial apoyando el proyecto acompañado por opiniones de varios líderes políticos y culturales. Todo parecía presentar buenos augurios al estilo de la Roma Antigua. Las entrañas hablaban bien.

En vista de la gran cantidad de público esperado para el evento, Mercedes decidió mudar las maquetas hasta la plaza de la Alcaldía para evitar una congestión en el salón de exhibición donde se podrían llevar luego del acto. El traslado se hizo rápidamente con la ayuda de los estudiantes cuyo entusiasmo era palpitante. Se instaló una tarima para efecto de presentación y otros asuntos protocolarios. Había un buen destacamento de prensa, televisión y radio junto con una multitud estimada en casi 4.000 personas. Muchos tenían una copia del periódico y leían mientras Ovidio declamaba la introducción con coros de ahhs y uhhs en ciertos momentos. Resultaron varias preguntas que Ovidio y Mercedes manejaron con eficiencia invitando al alcalde a clarificar o ampliar. Estaban principalmente dirigidas al problema de gente que derivaba su sustento del uso ilegal del agua para lavar carros o usar agua en territorios invadidos que no tenían suministro de servicio. Era más que todo un problema político que se había dejado sin solución por varias décadas. Había varias ONGs interesadas en forzar la mano del gobierno para ofrecer vivienda y servicios gratuitos por razones de política sectaria y sentimientos exagerados de bondad y misericordia. El alcalde fue capaz de relacionar la condición de los ríos a la influencia del despojo de escombros y aguas negras por invasiones y minería ilegal junto con el robo de servicio con perforación de las tuberías de distribución para negocios de lavado automotriz. Como decía Ovidio, no era un asunto de color o poder sino de abuso y desidia. Este sería el mayor escollo en el esfuerzo de limpieza de las fuentes hídricas dado que existían intereses bien fundados que no deseaban un cambio en su manera de operar o vivir. La invasiones eran dirigidas y sostenidas por grupos que vendían lotes que no poseían para levantar tugurios y devengar renta bajo la esperanza de los invasores para obtener tierra eventualmente. Se había vuelto casi imposible para los dueños de los terrenos invadidos poder recuperar sus propiedades en procesos siempre emotivos y politizados. Todo un horizonte de molinos de viento se alzaba para atacar a cualquier caballero sin miedo y sin tacha.

23

Con el éxito de la inauguración y los estudios de la Cuenca hídrica debidamente encarrilados, le quedó a Ovidio más tiempo para trabajar en el baño de Eufemia. No era una labor complicada pero su sistema de práctica y las costumbres de los trabajadores divergían mucho y tuvo necesidad de volverse maestro de obra. Sin darse cuenta terminó dando lecciones de plomería, mampostería y albañilería. Los obreros colaboraban muy entusiasmados con este tipo que les traía un nuevo nivel de conocimiento para gran beneficio. Ovidio se sentía muy cómodo en su elemento y pasión que siempre había sido el trato e instalación de materiales. Louisa podría servir de testigo sobre el esfuerzo constante por mejorar la vivienda con nuevos materiales que a menudo le parecía vivir en un taller experimental. Por esta razón, Ovidio podía hablar con autoridad sobre materiales y sus efectos por experiencia propia mientras que otros se satisfacían con meramente especificar materiales y tratamientos de acuerdo con un catálogo. El impacto de sus labores llegó a oídos de Tomasa quien se volvió una visitante constante en las tres semanas que duró la construcción del baño. Finalmente, Ovidio pudo entregarle el nuevo baño a Eufemia quien, fiel a su carácter, hizo una fiesta con empanadas, aguardiente, música y la presencia de

Mercedes, Tomasa, Maruja, Amparo y hasta Paulina junto con Jorge y Manolo más varios vecinos y los obreros. Muchos se metieron a la ducha para ensayar los efectos mientras que otros se maravillaban con los espejos y las luces más los lavamanos y el inodoro rodeados de baldosas y baldosines por piso y paredes en un gran diseño estampado muy cuidadosamente instalado. Más que un baño en el sentido estricto, esta obra era un balneario doméstico. Nunca un baño había recibido tanta atención. Eufemia estaba fuera de sí y Tomasa no dejaba de hacerle promoción a sus productos. Con el paso de la noche y los efectos del aguardiente y probablemente las empanadas y la música se formó el grupo usual de mujeres que se metieron a la ducha para gozar de todos los efectos. Se agotaron las toallas y varias decidieron secarse al aire. Nadie parecía notar esto excepto Ovidio sentado en una esquina del patio bajo el árbol de plumeria. Ya casi no le inquietaba el asunto de las alas de mariposa y la desnudez. Todo se tornaba normal con el tiempo y la repetición. Mucho antes de la ducha colectiva, los vecinos se habían ido con su curiosidad satisfecha. Se habían acabado las empanadas, la música y el aguardiente. Luego se fue el resto, solo quedaron Eufemia y Ovidio en el patio bajo un cuarto menguante navegando en la bruma. Una barca lunar atravesando el mar sideral. Envuelta en una toalla, Eufemia acariciaba la cara de Ovidio ofreciéndole voces de gratitud y cariño. Ovidio se mantenía perplejo tratando de encontrar estrellas fugaces entre la niebla como vehículos para escapar al infinito lejos de este lugar.

Todo había sido construido, pero poco había sido entendido.

24

Mercedes llegó a los cuatro días para llevar a Eufemia al concesionario automotor. Traía unos folletos que empezaron a avivar el interés no solo de Eufemia sino de Amparo que se prestaba para acompañarlas y dar su opinión. Parecía que todo evento requería acción de grupo o al menos las presencia de un acompañante. Llamaron a Ovidio pero él estaba supervisando la construcción de varias casetas a escala normal y no tenía tiempo libre. Atravesando la ciudad de norte a sur llegaron finalmente al concesionario con un lote repleto de autos y motocicletas. Eufemia recordaba un tiempo muy atrás cuando este lote era un ejido con vacas y garzas adonde se iba de paseo y baño o a volar cometas. Ahora era un sitio de negocios y comercio al borde de la ciudad en lo que se llamaba una puerta de entrada anclada al lado de la vieja carretera que bajaba por el sur hacia Jamundí, Santander de Quilichao, Popayán, Pasto e Ipiales hasta el borde con Ecuador. Era un área muy diferente a San Antonio con varios siglos de diferencia y una topografía plana en lugar de montañosa. Se necesitaba mucha imaginación para vislumbrar una unión común entre ambos lugares. Josefa, la prima de Mercedes los esperaba y ya tenía varios modelos listos para mostrar. Josefa era casi una copia de Mercedes con el mismo tipo de cuerpo, cabello castaño encrespado y abundante con una afinidad muy evidente por brazaletes, aretes y anillos con collares de varias clases de pepas y bolitas de joyas semi-preciosas. El martilleo de sus tacones altos sobre las baldosas causaba un repiqueteo leve cuando caminaba y hacía eco alrededor. Tal vez tenía más pelo de lo que la cabeza podía soportar porque parecía explotar en todas direcciones y Josefa lo sacudía como haciendo énfasis de esa manera que las garzas sacuden el cuello para tragarse el pez. Era una mujer extremadamente afable y tal vez exuberante en manera y voz. Invitaba y rechazaba al mismo tiempo. Como las otras mujeres alrededor de Ovidio, parecía favorecer esas falditas cortas y estrechas que trataban de cubrir pero no tapaban. Por solo esto era bueno que Ovidio no fuera parte de esta excursión. Eufemia abrió puertas, ensayó asientos y se imaginó conduciendo algunos, observando los diferentes tableros y deleitándose con la firmeza de los cojines y ese olor a carro nuevo que intoxicaba. A pesar de tener licencia no quería manejar fuera del lote por no conocer bien el entorno. Mercedes y Josefa la llevaron en varios modelos por los alrededores sin que se desarrollara un lazo de afecto por cualquier auto. Nada le placía hasta que vio un campero Toyota de un color llamado "Super Blanco" que acababa de llegar al lote. Se sentó en él y allí mismo decidió comprarlo. Josefa muy complacida, le ofreció un recital de todos los elementos del vehículo. Terminó afirmándole que podía pagar en dólares en efectivo sin necesidad de llenar un formulario sobre proveniencia. Eufemia sacó varios fardos de su bolso y le contó el monto más los impuestos y cuotas de registro para sorpresa de todos. En tiempos recientes las transacciones de compra de automotores estaban muy reguladas con grandes montos por cambio de moneda y requisitos de proveniencia legal debidamente autenticados. La compra de un auto se demoraba entonces por varios días afectando negativamente la agilidad del mercado y fallando en la previsión de usar dinero obtenido ilegalmente. Los magnates de la droga parecían comprar autos impunemente mientras que el resto de la población tenía que hacer una serie de tramas para comprar un auto nuevo con préstamo bancario o moneda corriente en efectivo plenamente justificada como legalmente adquirida. La crema agria de criminalidad se había untado a todos a son de evitar acciones criminales. La vida real era muy diferente a la vida legislada pero siempre se hacía el esfuerzo por intelectualizar lo común y corriente en lugar de meramente lo extraordinario. Ejerciendo control sobre transacciones monetarias se esperaba controlar el flujo de dólares emanados del narcotráfico pero ese flujo era tan grande que nada lo podía controlar. La moneda era en realidad fungible y cualquier intento de control resultaba en medidas más creativas de evasión. La ilusión de tapar el sol con la mano resultaba más frecuentemente en una quemadura que en una tapadura. Josefa recibía los dólares que serían cambiados a pesos en una casa de cambio y lavados junto con formularios debidamente autenticados en papel oficial sellado que ella guardaba en gran cantidad. Lo importante era hacer una venta en lugar de hacer papeleo.

Manejando su nuevo campero con Amparo como pasajera y Mercedes siguiéndolas, Eufemia llegó a su casa, abrió las puertas del callejón y parqueó el campero en lo que había sido una pesebrera detrás de la casa. Planeando de anticipado, lo había limpiado y pintado. Inmediatamente llamó a Ovidio y lo invitó a pasearse por la ciudad y el campo. Mercedes y Amparo se metieron en la ducha jugando como niñas de escuela primaria. Decidieron que el baño necesitaba un secador de cabello y salieron a buscarlo en un almacén de electrodomésticos unas cuadras más abajo de la casa de Mercedes.

Regresando con el secador, Mercedes y Amparo convencieron a Eufemia de meterse en la ducha con ellas y ensayar el sistema de vapor. Las tres sentadas en la banca dejaron que el vapor caliente llenara el recinto y las hiciera sudar copiosamente. Terminaron con una ducha fría y una secada colectiva que animó un deseo de ir a La Cocina de Tadeo para cenar. Las tres mujeres estaban muy cómodas una con las otras como si se hubiesen conocido por un largo tiempo o fuesen hermanas. No era asunto sexual pero más de sororidad. De darse un valor personal más alto marchando en grupo como una manada de lobas orgullosas en lugar de perras tristes asustadas. La sororidad cubría a todas por igual dándole coraje a las débiles y significancia a las fuertes. Todas compartían a pesar de no tener atributos iguales. Había sido algo espontáneo que crecía con el tiempo y terminaba en similitud, pero nunca en esa igualdad dialéctica forzada de las más rábidas feministas porque no era asunto de liberación sino de libertad. Cada una era libre de ser en toda su capacidad ampliada por relación y apoyada por un interés común. Era una libertad sin bordes. La soledad invitaba al fracaso mientras la sororidad elevaba hacia el triunfo. Sea lo que ese triunfo pudiese ser. No podían existir las lobas solas merodeando por supervivencia básica en pastizales y escombreras. La manada llamaba y amparaba sin nociones de dominio. Cada una celebraba su capacidad y afinidad sin temor de no pertenecer. Se daba lo mejor simplemente porque era eso lo que se debía dar y nada más. Mercedes, Amparo, Maruja, Tomasa, Josefa y Paulina no formaban una pandilla pero funcionaban en un círculo de amistad y ayuda mutua con respeto mutuo. El sexo era de género más que de acto consumativo. Algo integral en lugar de asignado. Los hombres tenían su lugar y espacio que no disminuía el lugar y espacio de la mujer. No era asunto de dominio sino de mutualidad. Tan normal como tomar agua o respirar el aire. Así la ducha de Eufemia se convirtió en la dicha de Eufemia celebrada por todas y en especial por Tomasa quien enviaba clientes a experimentar esa maravilla hidráulica que su tienda podía replicar. En esto, Mercedes convenció a Eufemia de regular las visitas ofreciendo lecciones de Hatha Yoga como requisito preliminar y así evitar un flujo desordenado de visitantes. Tomasa percibió una oportunidad en esto y empezó a organizar sus clientes en escuadrones de yogas con sus colchonetas y mallas obteniendo para si misma una licencia de enseñanza junto con la de Eufemia a quien el aspecto pedagógico la atraía enormemente. Sin saberlo, Ovidio había creado una gran oportunidad más allá de un simple baño para su hermana. La vieja casona en San Antonio era patrimonio vivo y dinámico en lugar de vetusto y estático. De alguna manera el patrimonio español se conectaba con la tradición milenaria de la India.

25

Con la participación de varios equipos de albañiles, electricistas, pintores y expertos en comunicaciones se pudieron instalar diez casetas en varios vecindarios. Otras diez serían instaladas cuatro semanas después a causa de demoras con la cortina protectora de las pantallas que se producía fuera del país. Era asunto de aduanas y papeleo por afán de ejercitar niveles de control. Ovidio estaba muy satisfecho con los resultados y tanto el alcalde como el Concejo Municipal mostraban gran entusiasmo por la faena. La ciudad parecía despertarse y buscar maneras de conducir un diálogo como se había intentado. Ajenas y contrarias a este diálogo estaban varias ONGs apoyando la idea de que estas casetas eran un vehículo para espiar sobre el pueblo y amansarlo con falsedades además de ser un plan insidioso para eliminar las viviendas de los desposeídos. Habían intentado hacer varios mítines y demostraciones sin logros efectivos, pero persistían en su lucha apoyados por una fraternidad nacional e internacional de la misma opinión. En su expansión vial para facilitar el flujo de tráfico automotor, la ciudad había creado varios puentes y vías elevadas en los que muy rápidamente se habían convertido los espacios debajo de las calzadas en lugares de hacinamiento para desempleados, vagos y enfermos mentales como resaca de la droga y su tráfico. Con el beneficio de un techo proveído por la estructura se hacinaban multitud de indigentes que usaban el espacio para descansar, dormir, drogarse y esperar la caridad de las numerosas agencias de beneficencia que habían brotado para ejercitar misericordia en estos y otros lugares. A la ciudad llegaban indigentes a diario atraídos por el espejismo de una ciudad próspera de corazón tierno que tenía mucho que dar y a la que se le pedía muy lagrimosamente hacer un sacrificio más para ayudar a los desposeídos o menos favorecidos. Esta cultura de indigencia se tomaba cualquier espacio que existía y arrasaba parques y zonas de protección ecológica como humedales, senderos, reductos y bosques en busca de un lugar para acampar o efectuar labores sanitarias. El flujo era tan grande que no se podía controlar de manera efectiva y las ONGs junto con agencias de caridad se aprovechaban de esto para proclamar una crisis y demandar servicios y atenciones muy por encima de la capacidad real del gobierno y la comunidad. Como la gran mayoría de la población indigente no era local sino foránea sin conciencia cívica otra que mendigar se corría el riesgo de no ser propiamente misericordioso cuando se demandaba cuidado y respeto por los instrumentos de gobierno y civilidad. Se asumía que por ser indigentes, este sector no tenía que ser sujeto a orden y responsabilidad. Eran necesitados repletos de inocencia que merecían toda la ayuda posible para superar su condición. No se concebía que todo era nada más que un asunto de amamantar lobos que eventualmente devorarían la mama una vez que la leche cesara de fluir. Entreverado en todo estaba el asunto del uso de drogas y la seguridad ciudadana por el nivel elevado de criminalidad que estos hacinamientos favorecían. Ovidio observaba esto con gran recelo sabiendo que el éxito del esfuerzo educativo sobre las fuentes hídricas dependía de situaciones normales en lugar de condiciones anómalas sin pertenencia en el diálogo comunitario. Mercedes trataba de convencerlo que un buen trabajo era su propia defensa y así la función educativa de las casetas se remontaría sobre las peores condiciones para promover un renacimiento de la ciudad y sus fuentes. Para ella el futuro era brillante y la bondad triunfaría eventualmente. Sin embargo, la dimensión de tal bondad era indefinible y esquiva.

26

Las obras de Moulin Mauve habían progresado más rápido de lo esperado. El cabaret se había cerrado por tres semanas para permitir el trabajo de finalización. Jorge trabajaba en un nuevo espectáculo para la gran apertura mientras Manolo preparaba un nuevo menú para el cabaret con nuevos uniformes para todos. Así se programó la *Grande Nuit Tropicale (La Gran Noche Tropical)*. Se había empezado a hacer una promoción por radio y el periódico. Invitaciones se habían enviado a varias personalidades locales y extranjeras. Los reportes de Ovidio al ministerio en París habían sido recibidos con beneplácito. El flujo de apoyo financiero llegaba ininterrumpido. Permisos de operación por varios departamentos y secretarías estaban garantizados. Jorge midió a Ovidio para ponerle un traje de luces como un gran matador para ser parte del acto inaugural programado como una variación de la ópera *Carmen* de Bizet. Sin revelarlo, él había puesto pasajes para Louisa como su regalo a Ovidio por sus labores. La brisa de los farallones refrescaba el ambiente y Mercedes había ejecutado una gran labor de limpieza y embellecimiento de la avenida con luces, robles adornados con lucecitas, palmeras y veraneras como en los tiempos pasados. Un nuevo andén incrustado con diodos emisores de luz (LED) se había instalado a ambos lados de la avenida desde el Puente Ortiz hasta el Puente de los Bomberos en la calle 15. Era como caminar sobre cocuyos o luciérnagas. La gente empezaba a pasearse por la avenida como en tiempos pasados a pesar de la hediondez del río que incidentalmente servía para apoyar la labor de limpieza y revitalización. Se había instalado una caseta informativa en el Parque de los Poetas que Ovidio podía ver desde su ventana. Era una estructura modernista con incrustaciones de azulejos, trozos de baldosines y lentejuelas de cristal además de luces de laser imitando el estilo de Antoni Gaudí en su Parc Guell en Barcelona. Ya se había vuelto un gran atractivo con muchos visitantes. Así se formaba un eje con la caseta a un extremo, la Iglesia de la Ermita en el medio y el Moulin Mauve al otro extremo. Claro que se habían desalojado a varios indigentes y recuperado el borde de la avenida como espacio público para peatones. Las agencias de misericordia y hasta el mismo arzobispo no tardaron en expresar su enojo citando el Evangelio y el sentido humano de caridad. El alcalde sencillamente respondió que el espacio público pertenece a todo el público en lugar de a un grupo especial y anómalo. Como era claro que *"los pobres siempre estarían entre nosotros"* no estaba tan claro que debían estar en todas partes destruyendo el medio ambiente. Era una batalla de púlpito a despacho que no tenía vencedores aunque muchas fuentes sugirieron que el arzobispo abriese las puertas de la catedral o ampliara su Centro de Acogida. Los indigentes podrían dormir en las bancas de la catedral ya que la asistencia a misas era mínima y así podían también usar los claustros sanitarios cerca del refectorio. Como siempre, este diálogo entre poderes era interesante pero inconcluso. Nadie daba tregua.

Finalmente, el día de la *Grande Nuit Tropicale* llegó. Por una semana antes del evento Jorge estuvo ensayando a Ovidio y un elenco de gitanas cantando la "Canción del Toreador" para empezar la gala ofreciendo un brindis como Escamillo lo hacía en la ópera ("Votre toast, je peux le render" = "Un brindis os ofrezco"). No era cosa fácil pues Ovidio no estaba en la costumbre de cantar en público aunque tenía una voz de barítono muy agradable pero la constancia y entusiasmo de Jorge logró animarlo y estuvo listo para la gala. La canción era larga y Ovidio pudo memorizarla por su dominio del francés además de ya saber varias estrofas por su amor a la ópera. El recinto estuvo colmado mucho antes de empezar la función con gente estirando los cuellos para admirar el trabajo de renovación. Era una cosa muy bella e impresionante con luces laser tirando por encima del escenario y debajo del cielorraso. Lucecitas de diodos incrustadas en las paredes danzaban en varios colores y la orquesta presentaba el preludio y prólogo de *Carmen* a todo volumen. Las luces se apagaron y acompañado de una escolta con antorchas (linternas) entró Ovidio iluminado por un foco rojizo ofreciendo el brindis para locura de todos los que lo reconocieron en su traje de matador. Al final de la canción una mujer vestida de gitana entró y se tiró a sus brazos como un toro recién estocado. Ovidio no esperaba esto y trataba de actuar una parte que no sabía hasta que se dio cuenta que la mujer era Louisa. Las luces se prendieron y Jorge explicó el incidente para introducir a Ovidio como diseñador del nuevo entorno quien saludaba como un diestro ofreciendo su toro. Cargando a Louisa colgada de su cuello salieron por bambalinas hasta los camerinos donde Manolo los refrescó con jugo de lulo y pudieron hablar y tocar y besar y amar en privado. Al cabo de un rato fueron interrumpidos por Jorge quien los quería llevar al escenario. Resultaba que el ministro había venido de París sin anunciarlo y deseaba ofrecerle a Jorge, Manolo y Ovidio una condecoración al mérito de parte del gobierno de Francia. Estaba también el alcalde de Cali en la audiencia con una proclamación del Concejo Municipal dedicando el día como *Día del Molino Púrpura*. La emoción del momento fluía de los ojos sobre la cara de Ovidio mientras Louisa le frotaba la cara y se mantenía ceñida a él como una serpiente. Finalmente se sentaron en el palco con el ministro y el alcalde gozando de la función y comunicándose con apretones de mano y miradas ya muy experimentadas en ver más allá de lo inmediato. Louisa se veía escultural e imponente en su vestido de gitana muy apretado sobre el cuerpo. Sus senos casi explotaban bajo la presión del corsé y su abundante pelo rojo de cobre surgía como una fuente una vez se quitó la mantilla. Con una tez blanca de porcelana y unas pecas rojizas su cara brillaba con una luz interior como si fuese una linterna China de papel de vejiga.

Todas las miradas parecían enfocarse sobre ella tal vez pensando que sería parte de un acto pero Jorge la introdujo de nuevo como la esposa de Ovidio y contó la historia de su labor con la cocina pública y el albergue para desamparados. Luego de un largo aplauso entraron al escenario Eufemia, Mercedes, Amparo, Maruja, Paulina, Tomasa y Josefa vestidas de gitanas danzando y coreando la *Habanera* (*l'amour est un oiseau rebelle" = "El amor es un ave rebelde"*). Muy pronto Louisa, persuadida por Jorge saltó al escenario y usando su deliciosa voz de mezzo-soprano cantó con gran emoción lo que ella había hecho en ocasiones más jóvenes cuanto era parte del coro de la Opera de Paris. Cantó en francés y repitió en español para deleite de la audiencia. El aplauso fue abrumador como una tormenta tropical resonando en una arboleda. El ministro se vio obligado a tomar el micrófono y explicar otra vez que Louisa había sido parte del coro de la Opera de París cuando Ovidio estudiaba en la Universidad. Todo el cabaré pedía más y con disculpas por falta de preparación Louisa cantó varias canciones de la ópera hasta que se le aflojó la voz y señalando a su garganta se sentó exhausta en el palco. El viaje y el espectáculo le habían extraído casi toda su energía. Jorge no esperaba esto y Manolo se agitaba en la cocina tratando de hacer algo refrescante y tonificante para aliviarle esa tensión inesperada sobre las cuerdas vocales. Finalmente le trajo un batido de mango, miel de abejas, menta y jengibre para reactivarla. Llegando de un clima frío a uno tropical con el cambio tan grande de humedad no podía ser muy benéfico para la garganta, especialmente para una entrenada y cuidada por muchos años. Jorge y el elenco del cabaret terminaron el espectáculo ante una audiencia muy agradecida y apreciativa del esfuerzo y la calidad. El elenco tomó a Jorge sobre los hombros y lo sacaron en triunfo hacia bambalinas. El ministro y el alcalde se tramaron en conversación discutiendo una invitación para el alcalde a visitar los parques públicos de París, Lyon y Burdeos mencionando que Ovidio podría ser un buen guía por su trabajo previo en varios de ellos. Entretanto, Ovidio estaba en otro mundo prendado de su mujer y soñando con el más tarde. Las mujeres vinieron a introducirse a Louisa asombradas que ella ya las conocía por sus charlas con Ovidio y tal vez por ese vínculo de hermandad con Mercedes que se trasladaba a todas. Eufemia solo sabía sonreír con orgullo y afecto. Ovidio le encargó acomodar al ministro en la casa de San Antonio. Él y Louisa subirían en la mañana para recogerlo y darle una gira por la ciudad. Esta noche mágica la colmaba como ninguna otra cosa. El gran amor de su vida había triunfado de manera excepcional. Tal vez como un matador en el ruedo contra seis toros en serie. La memoria de faenas de Arruza, Belmonte, Paco Camino y aún El Cordobés jugaban en su mente repleta del eco de pasodobles triunfales.

Ovidio tomando a Louisa del brazo decidió caminar por el andén de la avenida hasta su cuarto. La jornada traía no solo recuerdos sino realidades imposibles de ocultar. El trabajo de limpieza y embellecimiento de parte de Mercedes y su departamento era extraordinario y merecía encomio pero el río aún estaba muerto con una hediondez penetrante y desconcertante. Ese paseo de otros días cuando Ovidio y Louisa se sentaban en la grama por las noches para ver por encima de ellos a una bandada de cocuyos imitando el cielo estrellado ya no era posible. Algo había violado el sentimiento y destruido la perspectiva. El paraíso había sido violado. Imposible remover completamente el hedor de heces, orina y basura que impregnaba el suelo a pesar de los esfuerzos de las veraneras y los lirios por perfumar el aire. Tomaría mucho tiempo regresar a un pasado más agradable o elevarse a un futuro propicio. Todo dependía de la conjugación y el tiempo. Por ahora a Ovidio solo le concernía el presente indicativo y una gitana pelirroja a su lado afirmando un pasado perfecto.

27

Llegando al cuarto, Ovidio no podía dejar de mirar a la avenida y la tromba de luces que marchaban hacia el Oeste donde estaba el Moulin Mauve. Tenía una cita en la mañana con el ministro para discutir el estudio sobre las fuentes hídricas y darle una gira por la ciudad. El alcalde había enfatizado este proyecto con gran elogio por la labor de Ovidio sin remuneración. Los dos amigos universitarios tenían mucho por conversar. Mientras Ovidio ponderaba estas cosa, Louisa se metió en la ducha y Ovidio se unió a ella. Bañarse juntos había sido uno de sus placeres más constantes. Por esta razón Ovidio había construido un baño en su casa un poco más grande que el de Eufemia donde los dos podían pasar un largo rato recibiendo un lujo de masajes hidráulicos junto con gran estimulación sensual. Louisa se arrodilló frente a Ovidio y tomando su pene en la boca se lo tragó como un ruiseñor se traga una lombriz. Era ese truco de garganta profunda que Louisa había perfeccionado por varios años para placer de Ovidio. En unos minutos, Ovidio se sacudió violentamente y Louisa emitió el pene junto con gran cantidad de ese líquido cremoso que denotaba una conclusión. Luego de tantos meses separados, este momento los reconectaba mientras el chorro de la ducha los bautizaba. Saliendo exhausto de la ducha, Ovidio le brindó una toalla a Louisa antes de ponerse el kimono. Secándose el pelo con la toalla, Louisa se paseaba desnuda por el cuarto contemplando la avenida y las luces. A pesar de los años, tenía una figura esbelta y firme con amplios senos rosados y firmes tan grandes como sus nalgas. Parecía una mujer mucho más joven por cerca de 20 o más años. Su dieta y ejercicio diario contribuían mucho a su condición y figura. Fuera de dos partos no se había enfermado de gravedad o sufrido accidentes. Hacía una rutina larga de Hatha Yoga cada mañana y caminaba cinco o diez millas cada semana. Se mantenía ágil y fuerte además de cuidar su piel con manteca de coco. Nunca se había bronceado y mantenía una piel muy blanca con pecas leves. De vez en cuando tomaba lecciones de danza para aumentar la agilidad de su paso y practicaba su voz con una maestra rumana. Manejaba un negocio desde su casa ofreciendo consulta profesional en asuntos estratégicos de gerencia. Siempre se vestía con faldas largas y generosas muy similares a un estilo Gitano. Caminaba calzada con espadrillas o zapatillas de tacón bajo dada su altura de casi dos metros. Sus blusas eran amplias y trataba de no dar evidencia de sus senos. Era por todas apariencias y medidas una mujer feliz y bien lograda. Para gran sorpresa de Ovidio tenía esos tatuajes que él había visto primero en Mercedes. Ya era la hora de quitarse ese zumbido de mosquito en su mente. Le preguntó directamente y Louisa reclinándose sobre su pecho, le repitió su cometido de largo tiempo acerca de la preservación de abejas polinizadoras y mariposas Monarca agobiadas por bastante tiempo por insecticidas y corte de vegetación que dificultaban su migración de Michigan a México. Era el mismo diálogo que ellos habían tenido luego de esa visita de Mercedes antes del viaje a Paris. De como ella había conocido a Mercedes en Londres y habían concebido la idea de importar las mariposas a Cali para aumentar la capacidad polinizadora de los insectos locales y eventualmente ver como la migración podría extenderse de Michigan a Cali. En este esfuerzo se había formado una sororidad de interés mutuo muy conectada a la biología de las mariposas. Se sabe bien que no es la misma mariposa que hace el viaje migratorio sino cuatro generaciones sucesivas alimentándose y reproduciéndose en Algodoncillo (*Asclepias curassavica*). Las mariposas en su fase de oruga se sustentan solamente con Algodoncillo y es solo en esta planta que ponen sus huevos y mantienen sus pupas. Con este objetivo había obtenido varias fanegadas alrededor de la ciudad junto con varias amigas de Eufemia y Mercedes para plantar Algodoncillo que también se llama "Flor de Sangre" por el color de sus flores. Una vez establecidas las plantas, se importaron pupas de Monarcas para determinar su rata de supervivencia en el ambiente local. Para gran sorpresa, las mariposas se aclimataron bien y se han reproducido al punto de que cada grupo de fanegadas alberga casi un millón de mariposas que se distribuyen por los cultivos a su alrededor, especialmente los de fruta. Por alimentarse solamente de Algodoncillo, las mariposas adquieren desde su etapa de oruga una capacidad venenosa que las protege de pájaros y otros que desean devorarlas. Como complemento, se establecieron también colmenas con millares de abejas que polinizan y sobreviven en áreas libres de glifosato y el cultivo de maíz y soya transgénica. El motivo inicial había sido contrarrestar la pérdida progresiva de mariposas y abejas en Estados Unidos junto con la posibilidad de informar una mejor agricultura en el valle del Cauca. Muchos granjeros habían visto el poder polinizador de las mariposas y las abejas reflejado en mejores cosechas y se habían unido al plan de preservación de las mariposas. Era un plan muy similar al del jardín de Ovidio en su granja que estaba repleto de Algodoncillo en una región del Medio Oeste Norteamericano donde el uso de insecticidas es extremo. Por medio de una campaña de información había sido posible disuadir a varios granjeros del uso de glifosato y plantar Algodoncillo en los bordes de sus granjas para ayudar en la migración de las mariposas. En Cali hasta el momento, el esfuerzo era bien guardado por varias mujeres que llevaban el tatuaje de las alas en las nalgas más un destello de una abeja obrera en el vientre. Era una manera de afirmar la misión y sentirse como un integrante en lugar de un espectador. Ahora todo hacía sentido excepto por esa soroidad expresada tan libremente en un nuevo marco moral. Louisa no quería hablar más y se dirigió a la cama tirando a Ovidio del pene. Ese órgano mágico con el cual ella había gozado por casi 50 años y que una vez por mera curiosidad había medido a 30 centímetros de largo con una circunferencia de 14 centímetros. Era para ella razón de orgullo tener para si sola un hombre tan extremadamente bien dotado. Como el pescador que exhibe su pez más grande, Louisa se ufanaba siempre en sus pensamientos acerca de su gran pez buscando maneras de gozarlo y darle placer. Era como Jonás colgando a su ballena en las paredes de su cráneo en lugar del pez semi-devorado de Hemingway. No tanto una memoria vaga sino un tesoro real para ser usado frecuentemente en todos los lugares. Era la certitud de tenerlo y gozarlo en lugar de la vanagloria de exhibirlo y contemplarlo de lejos. Ovidio la siguió mansamente y luego de una ronda carnal se durmieron abrazados como mellizos en un vientre común.

Al día siguiente Ovidio y Louisa subieron hasta San Antonio a la casa de Eufemia. El ministro había sido tratado con gran esmero gozando de cocina y hospitalidad a un nivel elevado como solo Eufemia lo podía hacer. Se había encantado con la ducha y el pandebono caliente además del chocolate criollo con canela. Estaba esperando saborear un champús que Eufemia estaba preparando. Todavía tenía una memoria fresca del espectáculo de la noche anterior usando adjetivos de encomio en francés y español. Sus padres habían sido Judíos Españoles de la región de Asturias forzados a emigrar durante la Guerra Civil por las huestes Falangistas que unos meses antes habían enviado a los abuelos y unos tíos a campos de concentración en Alemania en ese proceso de depuración racial y política contingente con la Guerra Civil. El ministro se había educado en la Universidad de Burdeos en artes plásticas con estudios avanzados en París y Versalles. Junto con Ovidio había tomado parte en la revuelta estudiantil de 1968 y luego, bajo la presidencia de François Mitterrand, había desempeñado varios cargos en el Ministerio de Cultura eventualmente ascendiendo a su posición actual por esos gajes del oficio y las subsecuentes turbulencias de la política francesa.

Mercedes llegó y abrazó a todos con esos besitos en la mejilla que solo los franceses pueden hacer y recibir sin señales de incomodidad. Tuvo un largo abrazo con Louisa y uno más largo aún con Ovidio. Luego de mucha conversación ligera se montaron en el campero con Ovidio llevándolos en una gira zigzagueante por la ciudad que Mercedes narraba en gran detalle. Merodeando por el vecindario de Santa Teresita y el Cerro de los Cristales al Oeste de la ciudad decidieron subir hasta Cristo Rey para tomar una mejor vista de la ciudad y el valle. La estatua de Cristo con los brazos abiertos mide 20 y pico metros de alto y conmemora el final de la *Guerra de los Mil Días* que sumió al país en la miseria y todavía causaba estragos en la docencia política, social y hasta moral de la nación. Era una ascensión bastante dura por el declive del camino, pero en un día tan claro y soleado la vista desde la cima era verdaderamente impresionante. Por algo se llama a la ciudad como *"La Sultana del Valle"* en referencia a una odalisca tendida sobre el valle tal vez evocando una pintura clásica de alguien como Henri Matisse o Frederick Bridgman. Desde lo alto la ciudad se ve muy verde y virgen forzando por un momento el olvido de ríos muertos y parques destruidos por escombros de toda índole. Por asunto de la posible presencia de guerrilleros de varias bandas, el área era muy resguardada por un destacamento del Batallón de Montaña para prevenir incursiones indeseables. Bajando de Cristo Rey decidieron ir hacia Meléndez y Jamundí al sur para ver unas parcelas plantadas con algodoncillo que Mercedes había iniciado cuatro años antes. El algodoncillo estaba en flor y miles de Monarcas volaban casi ebrias de néctar por todo el lugar. Había una planeta de grama salpicada de amapolas y margaritas azules que invitaba a tenderse y esparcirse. Todo tenía un rastro de Manet con recuerdos de su *Desayuno sobre la Hierba*". Podrían ser capturados en un lienzo de la misma manera. Todo era un sueño Impresionista en un clima tropical cuando sin percibirlo fueron rodeados por un escuadrón de tropas con uniformes verde gris de camuflaje y bandanas rojinegras en el cuello. Eran 10 hombres armados que salieron de una caseta de almacenaje de herramientas situada al borde de la parcela y muy rápidamente procedieron a forzar a todos a poner los brazos atrás y amarrarlos con cintas plásticas. Nadie podía decir algo a causa de la sorpresa y la incertidumbre. Eventualmente otro hombre salió de la caseta caminando hacia el grupo. Se identificó como el "comandante Catatumbo" a cargo de un frente del Ejercito Nacional de Liberación y declaró al grupo como sus cautivos y al campero como propiedad liberada. Eufemia protestó vehemente sin fruto. El comandante esperaba órdenes para determinar donde llevarlos, pero advirtió que sería una marcha larga de varios días a través de la cordillera. Era una situación insólita que nadie esperaba y podría tornarse trágica de manera muy rápida. El ELN era famoso por su crueldad genocida. Ejecutaban más de cinco mil secuestros al año y mataban gente indiscriminadamente sin objetivos claros. De vez en cuando cortaban un oleoducto o quemaban camiones de carga para dar evidencia de su presencia y poder. Eufemia estaba bastante enfadada mientras que Mercedes susurraba con Louisa. Ovidio parecía reconocer al "comandante" pero no estaba cierto y decidió seguir callado. El ministro peroró un rato sobre inmunidad y fuero diplomático sin lograr atraer la atención de la cuadrilla o el "comandante". Finalmente, Eufemia habló y llamó al "comandante" por su nombre propio como Ramiro, hijo de Joaquín y Dolores Peña quien había sido vecino de varios años en San Antonio y había cursado el bachillerato con Ovidio. Le increpó la ayuda que los abuelos le habían dado para sus estudios y el alimento de su familia luego del asesinato de su padre y violación de su madre por secuaces liberales en esa finquita que ellos tenían en La Buitrera arriba en los farallones en la vecindad del río Lilí. De como el abuelo le consiguió cupo en la Universidad y le facilitó una beca académica con sus propios fondos. Ella lo había visto crecer y hasta le compró el vestido y zapatos para la graduación de bachiller. Todo esto le causó mucha ira al comandante quien la abofeteó varias veces tratando de hacerla callar. Viendo a Mercedes en su mini falda y a Louisa con su presencia esbelta, los hombres decidieron tomar ventaja de ellas antes de emprender la jornada a través de la cordillera y las llevaron a la caseta donde muy pronto las desnudaron estableciendo turnos para eventuales encuentros carnales. Ambas mujeres permanecían calmadas y silenciosas. Algunos reconocieron a Mercedes como reina de los barrios años antes aumentado la expectativa de placer. Ovidio protestaba airado mientras Eufemia sollozaba y maldecía a Ramiro con sangre fluyendo de su boca y nariz. Mercedes con voz firme pidió que les dieran privacidad y que solo dos hombres a la vez deberían entrar a la caseta por respeto a su pudor. Louisa confirmó esto que los hombres aceptaron y se fueron dóciles hacia el círculo de cautivos a esperar su turno. Mercedes pidió unos baldes de agua del riachuelo al borde de la planicie para poder lavarse. Antes de cerrar la puerta, Mercedes invitó a los dos primeros que entraron muy excitados. Desde afuera se oían voces como gemidos que eran tomadas por los otros miembros de la cuadrilla como expresiones de placer. Al cabo de unos minutos, Mercedes abrió la puerta y llamó a la pareja siguiente diciendo que los anteriores estaban muy exhaustos y se habían tendido a descansar. Así pasó por los cinco turnos hasta que Ramiro decidió entrar en la caseta y prontamente salió aterrorizado con Louisa y Mercedes marchando detrás de él cargando diez penes como peces ensartados en un anillo de alambre. Los hombres yacían en un montón bañados en sangre quejándose de un intenso dolor. Algunos estaban ya privados de conocimiento. Louisa le bajó los pantalones a Ramiro de un tirón y Mercedes muy prontamente agarró su pene con una mano mientras esgrimía una navaja larga de campaña en la otra. Ramiro gritaba a voz viva y entre sollozos pedía clemencia. Ovidio sugirió dejarlo salvo como lección además del hecho de ser conocido por largo tiempo y haber mostrado tanto desagradecimiento por la beneficencia de los abuelos. A pesar de todo, Eufemia le dio una bofetada que prodigiosamente le quebró la nariz considerando su talla de mujer. Así lo dejaron en la caseta sangrando de la nariz con su cuadrilla gimiendo y tratando de parar el flujo de sangre entre las piernas. Mercedes encontró un clavo en la pared exterior de la caseta y allí colgó el anillo de penes. Tiraron las armas de mano en el riachuelo y se lavaron para empezar el regreso a San Antonio aliviados de salir ilesos de lo que habría podido ser una situación muy dolorosa y posiblemente trágica. En medio de todo, el ministro parecía haber tragado su lengua y tomaba sorbitos de su botella de agua para calmar el pánico. Por toda la ruta nadie dijo nada. El silencio se colgaba espeso sobre todos tratando de ocultar el pasado reciente. No había mucho que decir. En realidad, hay situaciones que no necesitan comentario adicional o aún sub-títulos. Son lo que son y nada más. Se había evitado una situación más complicada y peligrosa que servía como ilustración para el ministro del calibre de los tiempos corrientes en que se trataba de hacer algo positivo por una ciudad violada y salvaje. Esa noche se tomó mucho vino y se comieron varias docenas de empanadas en la casa de San Antonio no tanto como una celebración sino más como un desahogo.

Unos días después del incidente salió una crónica en el periódico acerca de una cuadrilla guerrillera diezmada por una emulación de la hazaña del joven guerrero David en el libro de Samuel cuando él había matado a 200 Filisteos y recogido los prepucios como homenaje al Rey Saúl. La crónica narraba también el suicidio de su comandante enloquecido por el episodio y comentaba sobre la pérdida de "diez valientes guerreros" desmembrados por "mujeres salvajes contra-revolucionarias" de acuerdo con la versión guerrillera. El ELN ofrecía una cuantiosa recompensa por el nombre de las mujeres. Mercedes y Louisa leían esto con mucho regocijo sin revelar los detalles del hecho. Había en todos los cinco una enorme satisfacción por haber sobrevivido lo que hubiese podido ser una situación muy peligrosa gracias a la calma de dos mujeres con coraje e imaginación. El ministro regresó a París y escribió un ensayo sobre una aventura fantástica en la selva tropical que fue publicado en el periódico literario de izquierda *Esprit* como una alegoría de la lucha de clases y la emasculación por las élites del hombre moderno militante y comprometido. Ovidio escribió una carta al editor comentando que la lucha de clases era parecida a un encuentro sexual entre eunucos sin posibilidad de congreso por la simple razón de que estaba basada en intelectualizaciones y climaxes aislados fuera de tiempo agregando que por cincuenta años la izquierda se había mantenido auto estimulada en sus camas sin capacidad real de reproducción o satisfacción mientras el pueblo pulsaba en las calles con el deseo real e intenso de un acto directo y efectivo. Naturalmente esto desató una tormenta de cartas de respuesta e invectivas formulaicas ya caducas que no circularon más allá de la sombra estrecha del periódico y causaron mucha risa entre los sobrevivientes. La vida real no permite la inmersión constante en esa dialéctica de fórmulas raquíticas concebidas en la oscuridad de un café. Louisa y Mercedes leyeron todo con agrado prometiendo a Ovidio que cualquier mordisco que recibiese de su parte sería solo por razón de cariño y placer. Ovidio no entendía todavía si los penes habían sido cortados a navaja o con mordiscos pero no importaba. Todo había terminado satisfactoriamente para ellos y se contentaba con sentarse a leer otras publicaciones. Le apasionaban las tiras cómicas, los editoriales, cartas al editor y los crucigramas resolviendo al menos uno cada día. No había substituto para vivir en paz sin explicaciones o complicaciones existenciales. La revolución podría esperar su turno en la bruma de su café preferido.

28

Todas las casetas habían sido instaladas y se hicieron varias reuniones con juntas comunales que sirvieron para canalizar un gran deseo por iniciar obras de preservación y recuperación de la cuencas hídricas. Mercedas ya había organizado un sistema de restauración del paisaje vegetal plantando centenares de árboles y mucha cubierta vegetal a lo largo de los márgenes de los ríos para prevenir erosión y estabilizar los bordes. Muy pronto se pudieron ver grupos de plantas tomando gran parte de los espacios antes abusados por una gran variedad de usos delincuentes. Además de grupos de algodoncillo se podían ver aglanomeas, liriope, mimosa, tradescantia, amapola, jazmín estrellado, margaritas azules, bromeliadas, rosas, jenjibre, verbasco, grevillea y hasta irises de toda clase y color donde mariposas y libélulas danzaban en gran número. Los bancos de cada río parecían emerger con una nueva cara. Era un deleite caminar a lo largo de los cauces y darse cuenta de como el aroma de las plantas con su flores estaba eliminando el olor a podredumbre que reinaba antes. Había sido una labor muy intensa con la participación de miles de personas durante varios fines de semana. Vecindarios enteros se vertían a la labor de limpieza de escombreras con enorme celo. Se limpiaron hacinamientos y basureros junto con sus ocupantes que fueron guiados por la Secretaría de Bienestar Social y entidades de caridad a varios refugios y centros de acogida aunque faltaba espacio en los asilos mentales. Mercedes estaba muy orgullosa de los logros mientras un rumor empezaba a formarse bajo los auspicios de varias ONGs pretendiendo hablar por los desahuciados y los indigentes. Era época de elecciones y el rumor pronto creció para convertirse en una tormenta de crítica a la falta de lugares para nómadas, desposeídos y varias clases de indigentes que antes habían colmado el espacio público. Se empezó a hablar en algunas aulas y púlpitos en términos grandilocuentes de compasión, caridad y del cuidado al hermano menos favorecido. Aprovechándose del sentimiento, varios políticos se animaron a hacer campaña para restaurar el albergue de indigentes en todo el espacio público con servicios convenientes. Se criticaba el derroche de verdor como un crimen contra la pobreza y un infringimiento de la libertad de personas. Ovidio intuía en esto el principio del fin a sus labores y objetivos por su bien arraigada desconfianza en la clase política para mantener el rumbo racional que ya había dado tantos buenos resultados en la apariencia de la ciudad y la misión de recuperación de las cuencas. Como lo había dicho al principio era un asunto de voluntad política y parecía que esa voluntad empezaba a tambalear y erosionar.

Con el avance de las campañas electorales para alcalde y Concejo Municipal se agudizaron las confrontaciones y el tema del medio ambiente como riqueza innecesaria se agrandó para dominar todo diálogo. La hediondez, la mugre y la basura se volvieron cualidades meritorias de respeto. Así fue citado Ovidio para declarar ante el Concejo Municipal acerca de sus labores. Arguyendo que no tenía contrato con ninguna entidad, Ovidio inicialmente rehusó la cita, pero fue persuadido por el alcalde de ir a exponer sus puntos como lo había hecho esa tarde en la *Cocina de Tadeo*. Tal vez ese podría ser el precio a pagar por el triunfo de la estrategia de recuperación. Fue así que ante una sala repleta de público a favor y en contra Ovidio se paró en el foro agradeciendo primero la oportunidad y luego diciendo con voz firme sin beneficio de algo redactado de antemano:

"Soy nativo de esta ciudad junto con padres, abuelos, bisabuelos y tatarabuelos hasta el siglo dieciséis. Nací en San Antonio, elevé cometas en las colinas, nadé y pesqué en los siete ríos, he subido al Pico de Pance varias veces y nadé en su laguna una vez, me gradué de escuelas públicas locales, serví de monaguillo y cadete bachiller, nunca he dejado de amar a esta ciudad y por toda mi vida la he amado y perseguido con mi mente y mi corazón. Por esta razón regresé hace seis años en busca de un reencuentro en la ausencia de mis padres y parientes más cercanos. Hubo un tiempo en que por razones ajenas a mis deseos no podía viajar aquí sin esperar algo desagradable sobre mi persona. Sufrí mucho entonces como se puede

leer en mis poemas y varias entrevistas. Saliendo de Cali lo hice con dolor, pero con una obligación de no fracasar y llevar siempre en alto esta tierra de cuyo barro fui formado. En todo momento he estado consciente de que cualquier éxito mío era compartido con esta ciudad. Todo lo que soy ha sido hecho por ser nativo de esta ciudad. He sido afortunado en poder obtener un grado muy avanzado de honores académicos y lograr las que se pueden llamar grandes hazañas profesionales. Mi padre insistió en enseñarme que un trabajo debe ser bien hecho sin reticencia y sin ufanarse. Debe hacerse completamente. Que el buen trabajo se presenta puramente en su calidad e integridad sin aspavientos. Así que regresé sin bombos o platillos anunciando mi llegada. No he venido a recoger premios y cartulinas. Vine sencillamente como un hijo a su hogar materno. Vine solo a reconectarme con lo que siempre he sido. Un caleño. Por esto significo una persona repleta de la herencia que ha permitido a esta comarca sobrevivir por más de cuatrocientos años. Por mis venas corre el agua de sus siete ríos y en mis pulmones circula el aire de los farallones. Siempre he estado orgulloso de esto. Al llegar tuve una acogida muy amable del director de planeación para quien mi obra es meritoria y a sus instancias acepté ser su sirviente sin emolumento. Trabajar gratis no es mi costumbre pero lo hago porque amo lo que hago y he sido muy bien remunerado en otros proyectos. Como profesional tengo una obligación de usar mis habilidades para el bien común. No es una opción. Es algo que yo juré hacer varias veces al recibir varios grados. Me eduqué al extremo para poder servir al extremo. Soy de cierta manera un médico urbano buscando curas en lugar de un patólogo disecando el cadáver de ciudades muertas. La misión de mi vida ha sido una de resurrección en lugar de ser un embalsamador.

Cali hoy en día como la Roma del año 476 ha cesado de ser lo que prometió ser. En ese y muchos años anteriores, hordas bárbaras invadieron el imperio que una vez controló el mundo y la cultura del Oeste. Mucho se ha escrito y discutido acerca de las causas y las consecuencias. Es muy sencillo. Los ciudadanos de Roma dejaron de creer en ella y se dedicaron a sus propios placeres olvidando el deber de asimilar los visitantes, enseñándoles su cultura. Ser Romano dejó de ser importante y los bárbaros se tomaron el imperio sin saber que era eso que se habían tomado. Lo que siguió resultó en mil años de oscuridad de toda índole: cultural, política, social, intelectual, artística y aún sexual. No fue hasta el descubrimiento de América que Europa despertó de su estupor. No quiero que esto le pase a Cali. Por alguna razón el pasado es maestro del presente. Como una de las ciudades más antiguas de Hispano-América esta ciudad tiene una cita con un destino más grande que un basurero, varias escombreras o siete ríos muertos. Cali fue fundada en este lugar por ciertas condiciones y esperanzas un poco más altas que la búsqueda de oro. Desde su colina, Don Sebastián de Belalcázar apunta su índice hacia el Pacifico. No por decir que allí está el límite sino para afirmar que hay un destino implícito en ir más allá a ese mar que conecta la mayoría de la humanidad.

En venir aquí se me ofreció la oportunidad de llevar la condición de la ciudad más allá del Plan de Manejo que tengo en mis manos. Este mamotreto de más de 400 páginas representa un estudio muy detallado de las condiciones de la Cuenca y de medidas que pueden ser tomadas para revitalizarla. Tiene al principio más de ocho páginas con apoyo de muchas entidades desde la Presidencia hasta la Alcaldía incluyendo autoridades ecológicas y de bienestar social. Yo tomé el Plan de Manejo y le di el poder de acción como lo he hecho en varias partes del mundo. Era algo similar al estudiante de medicina que estudia anatomía no por saber el nombre de huesos y músculos y sistemas sino para entender el funcionamiento propio del cuerpo y poder intervenir para sanarlo. Hicimos un plan sencillo con objetivos de largo alcance que se han implementado con éxito y compasión. Refinamos el estudio de cada Cuenca con equipos de expertos para mejor identificar sus condiciones y formular medidas de recuperación. Actuamos de manera estrictamente científica animados por el deseo de retornar la ciudad a una condición saludable para todos que permitiera el goce de la vida. Claro que gozo se puede definir de múltiples maneras. Para mí es esencialmente poder vivir en un ambiente sano que promueva una vida sana en paz.

Por experiencia puedo afirmar que pocas ciudades en el mundo tienen los atributos ambientales de esta Santiago de Cali. Es desconcertante ver cómo esos atributos se han destrozado y convertido en hacinamientos sin propósito, escombreras creadas por egoísmo y oportunismo ciego, contaminación basada en lucro personal, abuso de servicios para ganancias ilusorias, descarga ilimitada de heces y orina en los espacios públicos, destrucción del patrimonio verde y por encima de todo una actitud que niega la tradición gallarda de una ciudad entera. Don Joaquín de Caycedo y Cuero ha estado marchando en su plaza y en nuestras mentes por varios siglos demostrando ese espíritu "caleño" de independencia y civismo. En realidad no creo que la condición de los ríos sea lo que deseamos. Tampoco creo que se desea vivir en basura, en inmundicia, en el olor de excremento humano, en una tierra despojada de cubierta verde. Ese plumero de palmas en el Parque de Caycedo es tal vez simbólico de la labor de limpieza constante visualizado hace más de doscientos años. Eso ha sido lo que mis planes buscaban hacer. No sé si eso es lo que ustedes ahora desean hacer. Tengo el privilegio de ser de aquí, pero también de ser amado y esperado en otros lugares. Estoy ligado al universo como canta John Donne en su Meditación 17. Pertenezco profesionalmente al mundo con Cali como mi epicentro, mi corazón. Me duele muy profundamente asistir a la muerte de mi ciudad como hace unos pocos años tuve que asistir a la muerte de mis padres. Hay mucho dolor en las pérdidas que sufrimos. La casa de mis abuelos en San Antonio ha sido designada como patrimonio urbano para demostrar lo que fuimos y tal vez lo que podemos ser con respeto al pasado y confianza en el futuro. Ser caleño es mi patrimonio y lo cargo dondequiera que yo pueda ir o haya ido. Así he trabajado en estos meses. Lo he hecho con orgullo buscando la mejor expresión de mi experiencia y conocimiento. Puede bien ser que ante los ojos de muchos es insuficiente pero es en realidad lo mejor que yo puedo dar. Es tal vez mejor que yo regrese a mi jardín y a mi granja mientras este proceso se termina o continúa. La historia del mundo contiene muchas páginas de ciudades muertas y civilizaciones caducas. Cali tiene que escoger su destino a través de la voluntad popular expresada en este cuerpo. Hace más de cuatrocientos años esa voluntad estaba basada en la imaginación de un solo hombre. Hoy en día resta sobre la voluntad de millares o al menos los 19 concejales alrededor de este foro. Mi voto es por supervivencia en un medio ambiente sano.

Muchas gracia por la oportunidad. Si tienen preguntas estoy listo a contestarlas de mi mejor manera y capacidad".

El alcalde y el presidente del Concejo expresaron su agradeciendo al "Doctor" por su elocuente presentación y proyectaron sobre la pantalla del recinto un video de las obras realizadas en los meses pasados concluyendo con una muestra de proyectos que Ovidio había ejecutado en varios lugares y regiones meritorios de premios y citas extraordinarias que debían darle orgullo a la ciudad entera. Varios concejales y miembros de la audiencia expresaron su apoyo y placer de tener a un hijo local retornando a su tierra con experiencia y voluntad para ayudar de manera gratis. Hubo algunos que lo acusaron de ser un esclavo del imperialismo bajo la influencia de ese gigante estado que en versión insistía en devorar los recursos del país sin compasión además de otros pecados de lesa majestad por no apoyar o expresar principios socialistas en su trabajo. Le increparon que había estudiado fuera del país olvidando lo nativo. Ovidio respondía que su profesión no existía entonces en Colombia y había salido para no perder su vida en el caos que ahogó a la mayoría de sus compañeros de escuela. Por esto había sido apolítico en toda su vida sin deseo de sectarismo. Que su trabajo cubría todos los tonos de la misma manera que un médico trataba a todos los enfermos sin consideración por su posición política o social bajo la gracia del Juramento de Hipócrates. Algunos lo tacharon de elitista y hasta oligarca. A lo cual Louisa intervino para hacer un listado de las becas que Ovidio había ganado por exámenes y trabajo académico de alta nota para patrocinar su educación sin ayuda alguna de sus padres o la ciudad o el gobierno. Añadió como el abuelo de Ovidio había sido despojado de su granja en Dagua por huestes vencedoras en la Guerra de los Mil Días. De como se había refugiado en la casa de sus abuelos en San Antonio para sostener y educar la familia de toda manera. Ovidio era un vástago de esa determinación por no sucumbir. Un grupo de NGOs lo acusó furiosamente de falta de compasión mientras un director de un centro de albergue le increpaba el desalojo de indigentes de los terrenos públicos y consecuente falta de sentido humanitario. Ovidio respondió que el censo más reciente de indigentes llevado a cabo por la Facultad de Bienestar Social de la Universidad demostraba que en los últimos diez años la población indigente había crecido en un 70 por ciento a causa de inmigración proveniente de todos las regiones del país. Era un evento causado por el buen clima y la cantidad de agencias de apoyo y socorro a los desamparados que ofrecía la ciudad. Además, estudios de otra índole habían descubierto la presencia de una gran población de drogadictos y enfermos mentales a causa del abuso de drogas y otras substancias. Había también un alto índice de abuso infantil y conyugal relacionado con las drogas y la pobreza. La población trabajadora no había aumentado en la misma proporción con una rata creciente y muy preocupante de emigración. Muchos de los simpatizantes de estas agencias abuchearon a Ovidio imprecándole que regresara a su granja y dejara de tratar de limpiar la ciudad. Una lluvia de basura cayó sobre el foro y el presidente del Concejo tuvo que acudir a los guardias para restaurar el orden. En medio del caos causado por un grupo beligerante que se movía hacia el foro para tratar de atrapar a Ovidio, un destacamento de guardias lo empujaba fuera del recinto hacia la parte trasera del edificio de donde podía regresar con Louisa al Edificio de Coltabaco sano y salvo pero bastante abrumado por el desenlace. Louisa estaba también aturdida y asombrada por las imprecaciones. Ella fue testigo de las labores de Ovidio en otros lugares y los encomios recibidos por su profesionalismo y efectividad. Una vez en su cuarto lograron alcanzar un poco de calma y decidieron abrir una botella de Cabernet-Sauvignon brindando a las luces de la ciudad flotando por las ventanas ignorantes de su probable irrelevancia. En medio del restablecimiento de su calma personal ayudada por el Sauvignon, llegó Paulina para solicitar sus impresiones seguida casi inmediatamente por Mercedes, Amparo y Maruja que habían estado en las galerías del recinto del Concejo presenciando los eventos. Había suficiente vino para todos y Ovidio le expresó a Paulina que estos incidentes se habían visto más comunes en un ambiente emergente de protesta autocrática intolerante con intenciones de silenciar toda opinión contraria a su demagogia. Era un síntoma de la debilidad de agencias gubernamentales y el énfasis en soluciones fáciles y no controvertidas. El enfermo de cáncer necesita un tratamiento radical en lugar de paños de agua tibia con palabras de compasión exagerada. No es bueno asistir a una muerte anunciada, pero había que hacerlo con entereza esperando ser parte de una solución trascendente y probablemente milagrosa en lugar de una emoción momentánea e infructuosa. Hubo un tiempo en que los males sociales se trataban con arengas en la plaza pública. Esos tiempos ya no existían y no ofrecieron más que una dicha temporal no más grande que el eco de las palabras. Los tiempos corrientes demandaban coraje y soluciones radicales sin anclas en lo conveniente. Era la hora de intervenir con soluciones sistémicas en lugar de aplicar más paños tibios en la expectativa de un milagro.

29

Paulina terminó su reseña desde el cuarto de Ovidio y la envió por correo electrónico al periódico arguyendo acerca de la deuda de gratitud de la ciudad para con Ovidio y el bochornoso espectáculo en el recinto del Concejo que no afirmaba valores "Caleños" de civismo y progreso. Las botellas de vino se fueron vaciando lentamente dejando a todos tendidos en varias posiciones sobre los sillones y la cama. Ovidio estaba encajado sobre la poltrona con Louisa arropada sobre él. Eufemia había asistido a la reunión pero se marchó enfadada cuando el bochorno estaba a punto de empezar. No le agradaba ver a su hermano confrontando los que ella veía como una turba de desagradecidos motivados por fines enteramente políticos. Abriendo su alacena confirmó que tenía suficientes armas y munición para defender su hogar. Luego de esa invasión por la banda de traficantes buscando una caleta de dólares, ella había obtenido varias armas y cajas de municiones por conducto de un vecino que era militar jubilado y afectaba una gran devoción por los abuelos. El mantenía suficientes armas como para equipar un pequeño batallón. Eufemia había subido con él a su finca rural en las cercanías de El Saladito en las faldas de la Cordillera Occidental para practicar tiro y el manejo de armas. Era un área rural de poca población, pero cercana de la ciudad por la Vía al Mar en un viaje de más o menos 40 minutos. La finca colindaba con el "Bosque de Niebla de San Antonio" en el kilómetro 18 de la Via al Mar y ofrecía hermosas oportunidades para ver una gran variedad de aves y gozar de un grato silencio en medio de frío y niebla. Así, en materia de pocos meses Eufemia se había vuelto una experta en el manejo de armas imbuida de una determinación por proteger lo suyo a toda costa.

La mañana llegó y todos empezaron a despertarse bastante agobiados por el vestigio del vino. Louisa se había desnudado y entrado a la ducha. Mercedes la vio y se unió muy pronto a ella. Maruja, Paulina y Amparo quisieron unirse a ellas pero no cabían como lo hacían en la ducha de Eufemia. Ovidio se puso el kimono y contemplaba todo sentado en un sillón. Le parecía una caricatura de un baño japonés con las mujeres bañándose desnudas por un lado y el *daimyo* (señor) en su trono proyectando poder y control. Louisa y Mercedes se secaron el cabello y se sentaron casi encima de Ovidio acariciando la textura del kimono. La voz de Mercedes surgía como una catarata expresando deseos de muchas índoles para la recuperación de la ciudad. Allí revelaron que los cortes infligidos a los hombres en ese encuentro con la guerrilla habían sido logrados usando los dientes en lugar de la navaja que Mercedes solamente encontró en el cinturón del último hombre. Tanto Louisa como Mercedes habían planeado el corte genital como parte de un plan para contrarrestar los planes de la guerrilla para llevarlos cautivos por la cordillera. Ovidio sospechaba esto pero no pudo evitar una expresión de sorpresa y se metió entonces en la ducha mientras las mujeres se deleitaban en hacer comentarios de aprobación y placer. El intercambio de sentimientos e impresiones duró hasta que Ovidio salió de la ducha, se secó y vistió para mudarse a San Antonio. Había llegado la hora de cerrar la oficina y regresar a la granja. Su presencia no era ya necesaria. La misión en este lugar estaba cumplida. Cada mujer tomó una caja de pertenencias para la mudanza y algunos recuerdos para si misma. Caminando en fila por los corredores hacia la calle parecían uno de esos safaris marchando por el corazón de África lejos de la civilización. Eufemia había bajado en el campero y los esperaba en la calle. Mercedes llenó su carro con varias cajas y Maruja llamó a un taxi para llevar el resto. Paulina regresó a su oficina en el periódico y Amparo decidió caminar para ejercitar sus piernas. En el cuarto de Coltabaco solo quedó la pizarra y la mesa de trabajo dando evidencia de una labor de varios años alimentada por el amor de toda una vida. Ovidio había reencontrado su pasado o viceversa. Como el dios Romano Jano podía ver el pasado y el futuro para preocuparse solo por el presente.

30

Eufemia se alegraba de tener a su hermano en casa. Era lo que ella siempre había deseado. Después del desayuno Ovidio decidió subir con Louisa por la loma hasta la Iglesia de San Antonio con intención de ir hasta el Parque del Acueducto detrás de la iglesia recordando esos días cuando estudiaba para exámenes finales entre los chiminangos jóvenes, tendido sobre el trébol y gozando de la presencia embriagante de colegialas en flor pretendiendo no verlo. Era una época cuando la avenida de Circunvalación marcaba el borde occidental de la ciudad cruzando por los Cristales hasta San Fernando. Por allí entraba la Vuelta a Colombia y la antorcha olímpica de los Juegos Nacionales. Al otro lado de la avenida quedaban los farallones siempre vigilantes y bastante inviolados. El río era casi puro entonces y los carboneros y almendros florecían copiosamente. Había un elemento de respeto y maravilla paseando luego por la planta del acueducto y admirando la tecnología de tanques, estanques y tuberías. De aquí fluía esa agua purificada tan deliciosa y fría que se tomaba directamente del grifo para refrescar el cuerpo y la mente. Desde el Mirador de tres pisos de alto en medio de la planta se podía ver la ciudad que trataba de extenderse perezosa reclinada sobre el valle. Desde esa altura era posible enamorarse de la ciudad y alimentar una pasión por esa "Sultana" tan seductora e inocente. Todo era más cercano, más inmediato. Ovidio recordaba la vieja iglesia con su sacristía donde cada sábado por la mañana ayudaba a llenar bolsas de alimentos para los pobres que él y los otros monaguillos distribuían luego por el vecindario. Era algo promovido por fe y la educación cívica de la escuela primaria del vecindario. Se inculcaba entonces un enlace vital con la comunidad que iba más allá de recitar el juramento a la bandera en el patio de la escuela. Todo había progresado lentamente para él desde el remanso de la primaria a una concentración enturbiada de quinto año para caer luego en los torrentes del bachillerato en un sistema que promovía naufragios y ahogados a todo momento. Eran doce años de miedo incremental sin razón aprendiendo a ser racionales probando que un triángulo tenía tres lados y el mundo estaba formado por estados desapareciendo constantemente del mapa. Al final de todo quedaba el reto de la universidad y el asalto en salas de baile a esos pantaloncitos de seda diseñados para probar la capacidad de sueños eróticos con una habilidad más inmediata para alcanzar logros esquivos de placer confesados luego temerosamente en la oscuridad de Iglesias y confesionarios. Todo parecía más sencillo entonces desde los altos de la loma con todos sus fantasmas coqueteando como mariposas con las flores rosadas de los carboneros.

Tendido sobre el trébol con Louisa meciéndose sobre sus caderas cubiertas con esa bata amplia de costumbre, Ovidio contemplaba las nubes escurriéndose hacia el valle y la cordillera tratando de prolongar el momento lo más ancho posible. Había algo primitivo y vital en todo esto que se remontaba por encima de un mero placer de momento a una ligatura musical continuada a través de la vida. Unas mariposas se posaban sobre las flores de trébol a su alrededor y los bichafues daban su concierto de medio día en los chiminangos. Esta loma había sostenido el vuelo de sus cometas y un descenso temerario en cajas de cartón y tablas con balineras sobre las gradas. Unos más osados intentaron ese descenso en bicicleta con resultados catastróficos bajo la mirada compasiva, pero reprobatoria del cura de la iglesia que les daba ungüento de árnica para aliviar los golpes. Allí mismo, en ese momento, decidió regresar a su granja. Tendidos ahora sobre el trébol le llegaban nociones sobre el viaje de regreso y la granja. Nociones de labores y sueños guardados muy dentro de sí que se habían considerado perdidos. Algo muy dentro de sí estaba siendo reconectado. Tal vez no se bebe la vida de un solo sorbo. Debe beberse lentamente como un gato en lugar de rápido como un perro. La loma de San Antonio y las praderas de la granja se comunicaban a través del espacio y la mente. Louisa descansaba sobre el trébol desvanecida sobre el punto alto del placer usando pañuelitos de papel para contener el flujo que Ovidio le había dejado. Mientras tanto, Ovidio conectaba sus sueños por todo el periplo de su vida. Había llegado la hora de regresar a su granja. La jornada de retorno estaba completa.

31

Llegando a la casa de Eufemia fueron sorprendidos por el eco de una enorme explosión seguida por el sonido de tiroteo y el zumbido de cohetes. Desde el patio de Eufemia se podía ver una nube de humo negro surgiendo del vecindario hacia el cielo. No acababan de pensar que podría ser cuando Mercedes apareció por la puerta de atrás vestida solo con una camisola corta anunciando que su casa había sido invadida. Eufemia la arropó en una bata de baño sentándola en una silla del patio para calmarla y poder entender lo que decía entre llanto y alarma. Sucedió que unos sicarios habían tumbado la pared del patio para buscar una caja fuerte, hicieron huecos por todo el patio y colocaron varias cargas de dinamita que desafortunadamente fueron más de lo necesario y explotaron antes de lo previsto causando un gran foramen donde encontraron una caja fuerte. Sintiendo los movimientos de los hombres en su patio, Mercedes había escapado por el callejón hacia la casa de Eufemia. La explosión tumbó el muro que separaba la casa de Mercedes con la de esos vecinos ausentes al lado de la del militar jubilado amigo de Eufemia. En cuestión de minutos, el militar salió armado a enfrentarse con los sicarios. Dos hombres estaban en el suelo aturdidos por la explosión y la parte del muro que les había caído encima mientras que los otros dos trataban de arrastrar la caja fuerte hacia un campero en la calle. Cuando vieron al militar trataron de escapar, pero él destruyó el campero con un lanzacohetes que incendió el vehículo y privó de sentido a los sicarios quienes muy prontamente fueron amarrados con esposas de plástico. Cuando Ovidio, Louisa, Eufemia, y Mercedes llegaron a la escena, el militar estaba esposando a los otros dos hombres que todavía estaban aturdidos. Se identificó como el general Guillermo Alzate Cuevas y ya había llamado a la Policía Nacional. Mercedes estaba incrédula aunque, sin revelarlo a nadie, se sentía agradecida porque su caja fuerte estaba en el patio de atrás y no sabía a quien le pertenecía esta que los sicarios habían encontrado. En un poco tiempo llegaron dos furgonetas del escuadrón antiterrorista de la Policía Nacional repletas de personal en vestido de campaña. Saltaron de los vehículos y se dedicaron a husmear por todo el lugar. El coronel a cargo se identificó a Mercedes y al general preguntando acerca de la combinación de la caja. En ese momento, Mercedes recordó una tarjeta postal que su exmarido le había enviado hacía varios años desde Panamá. Era una foto de un indígena Kuna que ella había colocado en la pared de su estudio con otras fotos y gráficas de su placer. Se acordó que tenía una lista críptica de números que ella no había podido descifrar y nunca le preguntó a su ex por el significado. Fue y la recogió para traerla al coronel. Con cierta prestancia, el coronel tomó la postal y usó los números a manera de una combinación para abrir la caja. Para la sorpresa de todos, la caja se abrió usando la combinación dando a ver varios fardos de dólares envueltos en celofán y varias bolsas con monedas de oro de varios países. Los dólares eran en denominaciones de 100 y 50 con fechas viejas de casi 10 años antes bastante diferentes a las nuevas ediciones. Dos policías fueron asignados a contar los dólares y otros dos a hacer un inventario de las monedas con su peso. El general hacía inventario de los daños pensando que el ejército podría rellenar los huecos y arreglar la pared como un ejercicio de campaña. El coronel pasó el pedido por radio a sus cuarteles esperando respuesta en unas horas mientras adelantaba las investigaciones de rigor. Eufemia arregló unos asientos y una mesa en el patio para ayudar a los policías en sus labores de contabilidad y se llevó a Mercedes hacia la alcoba para que se cambiase de ropas. Ovidio y Louisa se sentaron a un lado de la mesa observando la actividad con mucha curiosidad. Estaba todavía muy fresca en sus memorias el incidente con la guerrilla y este nuevo episodio junto con el previo en el patio de Eufemia se le hacía parecido a una de esas búsquedas de tesoro que hacían en la niñez. Al cabo de un rato Eufemia y Mercedes regresaron con un garrafón de jugo de lulo y vasos para refrescar la tropa. El gesto fue muy bien recibido por el coronel que reconoció a Ovidio y se enredó ofreciendo elogios al "doctor". También reconoció a Mercedes de su época como reina de los barrios. Tuvieron una discusión muy amigable mientras el general merodeaba por todas partes asegurándose que se estaban haciendo bien las cosas. En medio de la discusión el coronel mencionó el hallazgo de diez penes ensartados en un alambre por una cuadrilla de la Policía Nacional. Estaban casi momificados y los tenían en la estantería de la sala de medicina legal como parte de su exhibición permanente. Llamaban mucho la atención de los visitantes y no había causa para investigar su proveniencia aunque siempre existía gran curiosidad por conocer a los responsables. Louisa y Mercedes se miraron complacientes con un leve guiño. Finalmente se terminaron de hacer las cuentas. Había seis millones de dólares en efectivo y unos tres millones en monedas de oro de acuerdo con el peso, aunque la suma podría ser más alta una vez se cotizaran en el mercado. ¿A quien le pertenecía este dinero? Por haber sido hallado en el patio particular de Mercedes sin demanda por parte del gobierno le pertenecía a ella, pero dada la situación de su exmarido como contabilista del Cartel con un juicio en su contra sería necesario definir si era de él o estaba siendo guardada para otros. De todas maneras, el coronel decidió meter todo en dos maletas propiamente marcadas dando el recibo apropiado para Mercedes y llevándolas a sus oficinas en espera de una subsecuente acción judicial. Si no habían objeciones, el dinero le sería devuelto a Mercedes al cabo de seis meses. En cuanto a los sicarios, serían procesados por invasión de propiedad, concierto para delinquir, descarga de explosivos sin licencia, destrucción de propiedad y varios otros actos considerados como terrorismo. La pared y los huecos no podían ser reparados por la policía, pero el general ya había contratado un albañil para el efecto. Mercedes, ya calmada, sonreía en medio de todo dando gracias que nada serio le había pasado a su persona. Eufemia había organizado a Ovidio y Louisa como cuadrilla para poner orden en los patios, barriendo escombros y amontonando los ladrillos de las paredes limpiándolos de argamasa con un palustre. Mercedes consultaba mientras tanto con un cerrajero para reponer la cerradura de la puerta. Afortunadamente no se había sacado la puerta de sus bisagras. Era para entonces la media tarde y el albañil contratado por el general estaba empezando sus labores con una cuadrilla de asistentes. Una mezcladora de concreto y una volqueta de la trituradora de roca habían llegado para llenar los huecos con gravilla y concreto y así devolver la integridad al patio. Todo pasaba muy rápido para satisfacción de Mercedes y el general que no dejaba de hablar de sus tiempos de mando y como se debían hacer bien las cosas. Encomiaba a Eufemia como un ejemplo de mujer de armas tomar. Una verdadera hembra alfa preparada para defender su tierra. Eufemia alzaba su mentón en señal de orgullo dando un rugido cómico por efecto. Ya para el anochecer la pared estaba reparada y repellada en espera de la pintura al día siguiente. La puerta tenía una nueva cerradura y los pisos de los patios estaban aplanados aunque Mercedes quería ponerle baldosas. Para Ovidio el trabajo de reparación se parecía a una escena de cine a alta velocidad. Todo era muy insólito y cómico como actos de Laurel y Hardy. Como en cierto tipo de heridas solo faltaba una cicatrización en la mente de las víctimas. Sería difícil olvidarlo todo en un breve tiempo. El afiche del periódico que Mercedes había pegado a la puerta continuaba pegado anunciando la muerte de varios sicarios que tal vez fueron responsables por la incursión a la casa de Eufemia. No sirvió para disuadir a los que hicieron la explosión pero era bueno tenerlo en caso de que otros llegasen con ideas similares. La búsqueda de caletas era epidémica tanto como la invasión a casas para demandar o secuestrar. La búsqueda por dinero escondido no consideraba linderos. El sicariato abandonado por sus caciques necesitaba practicar sus artes nefastas sin el beneficio de dirección o disciplina y había toda una población que servía de conejillo de Indias para sus experimentos en terror y asalto. La ola de crimen era en realidad un huracán animado por un sistema judicial que había pasado de estar abrumado por números y sobornos. Por suerte o información de alguien habían podido encontrar una caleta en el patio de Mercedes pero no tendrían el coraje para ir a reclamarla a los cuarteles de la Policía. Con su cuenta en las Caimán, Mercedes no necesitaba más dinero o problemas con sicarios hambrientos. Sin embargo el regalo de dinero no le daba escrúpulos y este tesoro hallado en su patio era un gran regalo bajo todas las circunstancias. Solo faltaba esperar con paciencia para recobrarlo. Eventualmente, el exmarido le confesó que esa caja fuerte era de uno de los líderes del cartel que había muerto de cáncer en la cárcel de Miami un poco antes de ser transferido a Colombia. El dinero no tenía dueños porque su familia había sido eliminada por bandas enemigas luego de su captura. Si Mercedes lograba recobrar el contenido, ella sería la dueña.

Caletas con dinero abundan en el país tanto como las fosas comunes incógnitas donde los restos de hombres y mujeres yacen olvidados en la demencia desmemoriada de sus asesinos. El país entero está cubierto con los productos de más de cien años de salvajismo político y droguero. Esta es la herencia de un proyecto de república que ha fallado continuamente a través de dos siglos. Encontrar una caleta o una fosa era una manera de ligarse a la historia.

32

Luego de unos días, Mercedes insistió en ir con Ovidio temprano en la mañana a la marmolería de Tomasa a buscar baldosas para pavimentar el patio. Ovidio había dibujado varios esquemas de contrastes en una geometría rectangular y Mercedes quería ver exactamente los colores y texturas. Tomasa los recibió con mucha amabilidad y les dedicó un lugar en el patio para hacer modelaje de los esquemas. Mercedes no sabía cómo escoger la mejor opción y luego de varias horas moviendo baldosas como piezas de ajedrez y discutiendo opciones de arreglos casi al extremo de la paciencia de Ovidio decidió dejar que él tomara una decisión. Tomasa les indicó que podía entregar el material por la tarde junto con la mezcla de mortero. Ovidio había estimado que el trabajo de instalación tomaría solo un día con la ayuda de Mercedes, Eufemia y Louisa. No había necesidad de emplear un albañil. El trabajo era relativamente fácil y sería una buena distracción. Al lado de la marmolería había una alfarería que Mercedes insistió en visitar para comprar unas materas grandes con buen sentido artesanal para plantar unos espatifilos que le habían regalado. De casualidad llegaron a saber que Tomasa era también dueña de la alfarería por cosas de la vida. Ella la había heredado de su esposo quien había caído víctima de una balacera entre dos bandas de sicarios cuando salía de hacer un depósito en el banco. Tomasa tenía un gran sentido de empresa y no era recelosa a tomar riesgos. Se apersonó del negocio, reorganizó la operación invirtiendo en nuevos hornos y manteniendo las asociaciones existentes sin perder artesanos. El socio de su esposo era un alfarero mexicano que se distinguía por ser un buen artista con todo lo que fuese barro. Con el apoyo de Tomasa obtuvo una base cierta para crear toda clase de grandes urnas y materas con incrustaciones y efectos de color vidriado que muy pronto se volvieron objetos muy deseados para decoración interior y exterior. El surtido de materas y urnas era extraordinario y realmente asombroso. Había hermosos efectos de vidriado que remontaban el producto de mera utilidad a expresión artística de alta calidad. Finalmente, Mercedes pudo escoger cuatro materas grandes que apenas cabían en su carro. Tenían un vidriado azul-púrpura que le daría un nuevo aspecto al patio combinadas con el tono gris-verde del granito en las baldosas. La explosión parecía haber despertado un nuevo espíritu en el patio y en Mercedes.

A pesar de que era un día antes de las elecciones y la mayoría del transporte estaba cerrado, las baldosas llegaron al atardecer. Ansiosa de empezar la instalación, Mercedes arregló unas baldosas en seco para mostrarle a Eufemia el efecto con las materas tal como ensayar zapatos en la tienda. Las dos mujeres decidieron plantar los espatifilos antes de la cena mientras Ovidio y Louisa se dedicaban a marcar líneas con polvo de tiza para guiar la instalación de las baldosas. Esa noche, sentados en el patio de Eufemia se discutieron los planes de Ovidio para regresar a su granja. Todos querían acompañarlo y pasar unos días en un ambiente diferente. Eufemia deseaba tener a Ovidio de visita al menos una vez al año. Nada concreto se definió. Había muchos asuntos por resolver todavía

Dos días más tarde cuando la instalación de las baldosas estaba casi completa, llegó un emisario del alcalde para darles la noticia de que las elecciones habían resultado en un nuevo concejo municipal dominado por varios líderes extremistas que apoyaban el uso del espacio público para todos los necesitados y se oponían bastante fieramente a los esfuerzos por la recuperación de las cuencas. Tenían el apoyo de las ONGs con mensajes caritativos, los latifundistas con terrenos invadidos y los mineros ilegales que trabajaban excavando carbón de los farallones. El alcalde había ganado su reelección por un estrecho margen. Sabiendo que Ovidio había salido del Edificio de Coltabaco, el alcalde deseaba hablar con él para desarrollar la estrategia de continuación del esfuerzo y lo citaba para una reunión al día siguiente a media mañana. Ovidio aceptó aunque estaba perplejo por el resultado del voto para el nuevo concejo. No concebía que hubiese una mayoría en contra de la preservación y purificación de la fuentes hídricas tan vitales para la buena vida urbana. Por todas señas, las casetas habían cumplido una gran labor educativa demostrada por el entusiasmo en los barrios y en las escuelas. No había sido un voto de toda la ciudad pero de reductos partidistas que se agregaban para conformar una mayoría o pluralidad con voces airadas y mentes cegadas. Mucha gente no votó por temor de atropellos y exponerse a la furia de la turba. Los líderes de la oposición al plan de revitalización habían organizado sus partidarios a la manera de tropas de choque que merodeaban por toda la ciudad tratando de amedrentar a los votantes con insultos y amenazas. Era más prudente quedarse en casa que votar por algo bueno y benéfico. Como lo estaba contemplando, ya era hora de regresar a la granja. No significaba esto una retirada avergonzada sino el cumplimiento de una labor bastante ardua y complicada en la resaca de regímenes antisociales metastatizados en una sociedad complaciente e incrementalmente amoral. Una gran tristeza cubría el ambiente. Ovidio concentró su desengaño en la instalación de las baldosas a un paso rápido que le causó callos en las manos y un agudo dolor de espalda que lo dejó rendido sobre una banca al final de la jornada. Mercedes y Louisa barrían la mezcla seca de arena y cemento entre las grietas mientras Eufemia se obsesionaba en licuar frutas y aplanchar con una porra un lomo de cerdo para la cena. Con el trabajo concluido a mitad de la tarde, Ovidio recibió un intenso masaje Rolf de parte de Louisa en la espalda a lo largo de la columna con Mercedes tratando de practicar un poco de reflexología en los pies. Contribuyendo a su bienestar es bueno incluir un vaso de champús[5] que Eufemia había preparado en lugar de hacer solamente un jugo de lulo. Hediondo de alcanfor lo llevaron hasta la ducha donde Louisa y Mercedes se unieron a él para lavarlo energéticamente de pies a cabeza con un estropajo (*Luffa cylindrica*). Con todas estas atenciones, Ovidio pudo sentarse a la mesa y disfrutar de la chuleta empanizada que Eufemia había preparado. Mercedes cantaba los elogios de su patio dando gracias a Dios por ese callejón que la conectaba a Eufemia y le servía de vía protectora. Al final de la cena apareció Tomasa indagando sobre el paradero de Mercedes. Así el grupo marchó por el callejón hasta la casa de Mercedes para deleitarse en admirar el nuevo embaldosinado. Las materas reflejaban la luz de la luna llena y le daban un nuevo tono al ambiente. Un aire frío había descendido de los farallones creando una niebla leve que le daba un aspecto celestial al entorno. Una llovizna fina empezó a caer dándole a las baldosas un brillo extraordinario como de un espejo líquido. Louisa se sorprendió al ver su figura reflejada en el piso mostrando el contenido de su falda. Mercedes y Tomasa se deleitaron caminando y tratando de ver lo que las baldosas veían. La idea de hacer una fuente de baldosas húmedas o espejo de agua como muestrario en su marmolería le vino a Tomasa siempre atenta a oportunidades para mercadeo. Que era este grupo

---

[5] Champus es una bebida típica del valle del Cauca que habitualmente se consume por la tarde con pandebono o empanadas. La bebida usa maiz cocido, lulos, hojas de naranja agria, lulos, piña y azúcar gruesa (panela). Lulos son conocidos en otros lugares como naranjilla (Solanum quitoense) que pertenece al orden de las solanaceas como la papa, el tomate y la berenjena (aubergine). No se cultiva en grandes cantidades pero su jugo es muy apreciado por toda kla region andina.

danzando en la bruma sobre las baldosas mojadas? Era acaso un escuadrón de ángeles desorientados flotando sobre un lago de ónice? Imágenes como estas remontaban a Ovidio hacia sueños y vuelos de imaginación que no eran evidentes para los que no soñaban. Parafraseando a Humboldt en su *"Cosmos"* se podría decir que *"la visión más peligrosa es la de los que nunca han visto"* o como lo dice Melville en *Moby Dick*: *"Para viajar se necesita una bolsa y una bolsa no es más que un pedazo de alfombra si no tienes algo en ella".* Ovidio viajaba con bolsas mentales repletas de ideas y nociones a punto de emerger como capullos de flor o pupas de mariposa. En medio de lo evidente existía una persona tal vez más grande envuelta en sueños esperando traducción o meramente dando placer.

33

El salón de reuniones del alcalde estaba colmado por directores de los varios departamentos con sus asistentes. Ovidio encontró un asiento en una esquina y se sentó escribiendo notas en su cuaderno de dibujo. El alcalde entró con varios miembros de su bancada en el Concejo recibiendo un aplauso a cuenta de las elecciones. Luego de una charla general sobre asuntos administrativos, el alcalde llamó a Ovidio para agradecerle sus servicios y pedirle que lo acompañara al recinto del Concejo sin miedo de ser atacado. En medio de una nutrida audiencia de concejales y miembros de juntas comunales el alcalde leyó un acta que reconocía sus esfuerzos de toda la vida y los tiempos más recientes para el bien y honor de la ciudad confiriéndole la medalla de oro de la *"Orden de Sebastián de Belalcázar"*. La condecoración más alta que la ciudad podía otorgar. El alcalde notó que no le podían dar las llaves de la ciudad porque Ovidio siempre las había tenido y llevado en su corazón. Por rara vez en su vida, Ovidio no podía decir algo. Las palabras se atragantaban en su garganta y en su corazón. Podía vislumbrar a Louisa y Eufemia sentadas en la primera fila con Jorge y Manolo. Poniendo sus manos sobre su corazón dio un gesto de agradecimiento con un chorrito de agua brotando de sus ojos. Louisa acudió a su lado diciendo:

He sido testigo inmediato de la entrega de este hombre por su profesión y su pasión. Lo he visto trabajar incansable en muchas partes pero lo he escuchado siempre hablando con amor y añoranza de su ciudad natal como una verdadera "sucursal del cielo". Esta "Sultana" que ha sido su amante a través de los años. Por eso regresó en estos años dejando su granja y oficina al cuidado de otros. Yo lo he amado con gran pasión por 50 años, pero él ha amado este terruño por toda su vida con mayor pasión. Como Ovidio lo ha dicho muy a menudo: "El Mundo les pertenece a los apasionados". Este hombre es dueño del mundo y de mi ser entero. Sin haber nacido aquí, él me ha hecho caleña. El mundo entero sabe de dónde ha venido y muchos van mejor porque el vino a ellos desde este lugar. Él ha dejado trozos de su pasión por muchos lugares aún aquí. Este honor es causa de una "gloria inmarcesible' como lo dice vuestro himno nacional que nos envuelve cada vez que recordamos a esta ciudad y este lugar. Vuestra gratitud y afecto expresada en esta medalla es un colmo enorme. Podéis ver que sus fuentes hídricas funcionan muy bien y que las vuestras están en buen camino. Muchas gracias, de todo corazón.

Cogiendo a Ovidio de la mano lo llevó a un asiento junto a ella mientras la audiencia aplaudía con gran entusiasmo. Algunos silbaban la *"Canción de los Toreadores"* con un gran coro de olés al final. Ovidio nunca había sido un buen recipiente de honores y elogios. No por falsa modestia pero por ética personal no se deleitaba en premios o menciones honoríficas. Para él todo consistía en un trabajo bien hecho como premio suficiente. Era siempre Louisa quien agradecía por él. Una pared de su oficina en la granja estaba cubierta de menciones y honores recolectados a lo largo de su carrera que Louisa colgaba con orgullo. Era siempre Louisa quien buscaba reconocimiento por la labor de su compañero. La labor de días y noches no se podía cuantificar en premios pero ellos hablaban de utilidad e impacto tanto como justicia y placer. Los premios transcendían y ella era también premiada por proximidad y apoyo. Ovidio se limitaba a sonreír y amar más a esta mujer de porcelana que lo envolvía totalmente. Mercedes junto con Amparo y Maruja lo abrazaron estrechamente tratando tal vez de derretirse en su cuerpo como una loción de afecto y admiración. Ellas y Louisa sabían la trama que el alcalde había forjado para lograr hacer este honor a un hombre que él había llegado a admirar y estimar. Había mucha emoción en todo el recinto con manos dándole espaldarazos congratulatorios o meros estrechazos de mano expresando buena voluntad. Como siempre, Eufemia lloraba en una esquina hablando entre gemidos de todo lo que Ovidio le representaba. Mercedes los invitó a caminar hacia La Cocina de

Tadeo donde encontrarían también al alcalde y al presidente del concejo. Manolo y Jorge habían preparado una recepción especial para este amigo singular. Como con las estaciones, llegaban en cada una la cualidad especial para dar gozo y sentido. Así hay nieve y lluvia y calor y viento. Hojas secas y flores tanto como copos de nieve y calor de sol. Esta era la estación de agradecimiento y Ovidio se deslizaba por ella a bordo de Louisa y el cariño a su alrededor

34

La recepción duró casi toda la tarde. Paulina había venido para hacer una reseña acompañada de un fotógrafo. Con una gran introducción, Manolo presentó como postre platos de aborrajadas basadas en la receta de Eufemia. Se sirvieron luego de un sancocho de gallina complementado con tostones. Se hicieron muchos brindis a varios eventos y personas. Mercedes, Amparo y Maruja dieron largos discursos acerca del placer de trabajar con Ovidio mientras que Paulina tomaba notas deseando muy intensamente besarlo como lo había hecho varias semanas antes. Por razones fuera de su control, Ovidio la obsesionaba no tanto por edad sino por presencia. El representaba no solo una imagen paternal sino un hombre ideal. Un gran macho alfa. Su padre había sido secuestrado de su oficina de abogado trabajando en la Fiscalía y asesinado durante el auge del cartel cuando ella tenía apenas 13 años. Su madre se había suicidado unos pocos años después descorazonada por el fallo de las autoridades en encontrar y castigar a los culpables. Nunca se pudo saber quién y por qué se había hecho el crimen como era común en esa época. Una gran bruma de silencio e impunidad envolvía las acciones criminales que azotaron la ciudad. Los miles que perecieron ante el azote de los capitanes del gran negocio de la droga habían sido olvidados como soldados desconocidos sin el beneficio de una llama eterna ahora que los jefes estaban en cárceles estadounidenses. Solo se sabía que había una lápida con el nombre de un padre en el cementerio y un vacío enorme en el corazón de su hija. Con todo, Paulina le pidió a Ovidio una reunión en la estatua de Belalcázar para fotografiarlo con el contexto de la ciudad. Ella vivía en el séptimo piso de un edificio al lado de la estatua. Ovidio accedió y prometió estar allí por la mañana. Paulina insistió en que viniese solo sin acompañante.

Ovidio caminó las pocas cuadras hasta el monumento. De niño le encantaba subir allí para imaginarse cruzando el Mar Pacífico hacia tierras desconocidas. Por eso había insistido en ir con un grupo de la escuela a un paseo a Buenaventura y regresó desilusionado. La vastedad del mar vista desde Cali era más grande que desde un muelle en Buenaventura. El agua era turbia en lugar de tonos azules como en las fotografías del Caribe en *National Geographic*. Definitivamente, la vista desde Cali era mejor con un cielo más ancho y alto. Paulina lo esperaba al pie del monumento con un fotógrafo. Tomaron varias poses y el fotógrafo salió para otros trabajos. Paulina lo invitó a su condominio para tomar una vista de la ciudad.

Desde allí casi se podría ver el Pacífico. La vista desde el condominio era verdaderamente magnífica. Era como ver a otra ciudad durmiendo en paz sobre el valle ignorando la turbidez de su realidad. Paulina se arrodillo ante Ovidio y le confesó su gran deseo de ser su amante para gran sorpresa de Ovidio quien le manifestó su agrado por el sentimiento pero confesó que a su edad ya no le interesaban las aventuras sexuales o sentimentales. Podrían ser amigos sin expectativas carnales. Ovidio se despidió con un largo abrazo y regresó a la casa para contarle a Louisa lo sucedido. Esta "Sultana del Valle" clamaba por un sultán para poner orden en el *seraglio*. Por todas apariencias, Ovidio era el llamado a serlo.

35

De regreso a la casa, Ovidio encontró a Mercedes alarmada porque en varios vecindarios turbas de indigentes y desalojados bajo la dirección de concejales recién elegidos habían destruido casetas e invadido los parques que habían sido recuperados, cortando árboles y desraizando plantas. Había rumores de una marcha multitudinaria desde los estratos pobres hacia el centro para abocar por el retorno de vivienda en los espacios públicos y el cese de toda operación de revitalización de las cuencas. Ovidio le explicó que esto era consecuencia de la condición tolerante y acomodante de la ciudad por muchos años. Era un resultado clásico de la falta de orden y la institucionalización del crimen como elemento normal de la vida ciudadana. Habría que esperar ver cuán lejos se remontaría este movimiento. Lo peor que podría pasar sería la destrucción total o parcial de la planta residencial y comercial de la ciudad. Ovidio confesaba no estar sorprendido, aunque siempre había mantenido recelos una vez pudo ver cuán grave era la condición del espacio público y la impunidad reinante sobre todas las fases de vida civil demostrada claramente por los allanamientos de residencias y locales por secuaces y sicarios. La ciudad se había inclinado progresivamente sobre el caos y por las más elementales leyes de física estaba pasando por ese punto crítico de balance donde no era posible mantenerse en posición estable cerca de lo vertical. Lo importante era calcular de que manera y cuando caería. Las fuerzas empujando la caída eran superiores a las que trataban de sostenerla. Santiago de Cali afrontaba una transformación radical que nunca figuró en los sueños de Don Sebastián.

Recibiendo información por la radio y su celular, Mercedes llamó a Amparo y Maruja con instrucciones para que todo el personal del Departamento de Parques se resguardara y no arriesgase su vida y persona. Estaban todos libres de salir de sus puestos en caso de peligro por las acciones de turbas. Ya se habían dado casos de agresiones a guardias y trabajadores en los parques y vegas de ríos. Las turbas se movían sin dirección aparente pero con gran efectividad. El alcalde había declarado turbado el orden público y pedido ayuda del Ejército Nacional pero el Concejo había nulificado la acción y efectivamente destituido al alcalde con lo que se podía llamar un "golpe de parlamento". Noticias llegaron de una gran turba que había tomado el Parque de Caycedo y estaba cortando las palmeras centenarias como símbolos del dominio de una élite rica sobre el pueblo pobre. En una escena bastante similar al saqueo de Navidad en 1876 bajo la dirección del caudillo Liberal David Peña al fin de una Guerra Civil por control de la educación. Bandas de partidarios enajenados se desplegaban por todo el centro de la ciudad quebrando vitrinas, invadiendo locales, saqueando y abusando sin control a nombre de ejecutar justicia y afirmar igualdad de acceso a terrenos vacantes y áreas públicas. Como una colonia de hormigas marabuntas desorientadas, las hordas parecían estar en todas partes. Un grupo atacó al periódico por no aparecer lo suficientemente simpatizante con su causa y Paulina corrió hacia San Antonio buscando refugio en la casa de Mercedes. Por la radio se enteraron del linchamiento del alcalde y varios directores de departamento en la plaza de la alcaldía. Un verdadero "Reino de Terror" parecía descender sobre la ciudad. Era similar a un retorno con más intensidad a los días de dominio por los narcotraficantes. Un salvajismo restringido por varios años emergía del vientre de la ciudad como esa bestia en *"Alien, El Octavo Pasajero"* (1979) que se confronta con Sigourney Weaver para defender sus huevos y crías. Mercedes se había salvado del linchamiento por un hábito de quedarse en la ducha por largo tiempo afeitándose el cuerpo y frotándose con manteca de coco en este día particular. Esto la detenía en casa casi hasta el almuerzo y hacía sus gestiones por el celular en lugar de su despacho en la Alcaldía. Maruja y Amparo estaban a su lado transmitiendo órdenes.

Los cuerpos del alcalde y los directores fueron tirados por la turba al río que estaba casi seco. Sus viudas fueron ultrajadas, abusadas y asesinadas cuanto trataban de recuperar los restos. Sacerdotes de la Catedral de San Pedro y el Palacio Arzobispal eventualmente rescataron los cuerpos para darles sepultura mientras recibían ultrajes de la multitud contramarcados por las arengas viciosas de los caudillos. Un gran reino de caos sucumbía la ciudad. Luego del linchamiento del alcalde y sus directores, la turba y sus cabecillas se tomaron la alcaldía quemando varios archivos y tirando papeles por todas partes en señal de rabia y frustración al no encontrar lo que no sabían que deseaban o buscaban. Se culparon a los mapas de Ordenamiento Territorial en el Departamento de Planeación de servir como instrumentos de represión y los quemaron junto con la destrucción de los computadores que sostenían el Sistema de Información Geográfica. Cuando trataron de iniciar una sesión del Concejo para establecer una manera de orden fueron interrumpidos por sectas en la turba que así demostraban su aversión a cualquier forma de gobierno. El Ejército Nacional estableció un perímetro de seguridad alrededor del Centro en un esfuerzo por contener la turba, aunque en la periferia de la ciudad cerca del río Cauca se habían formado grupos de malcontentos y destituidos tratando de organizarse para entrar al Centro de la ciudad guiados por elementos de una banda guerrillera. El caos era el nuevo orden alimentado por agravios fingidos y rencillas aumentadas con levadura política. La brutalidad de doscientos años de conflicto partidista había llegado a una nueva estación de florecimiento. Parecía que los millones de víctimas de guerras y asaltos se levantaban de sus tumbas para ejecutar una repetición de catástrofes y rencillas. La falta de orden era el nuevo orden.

A pesar de unas lloviznas breves y aisladas, la condición de la hierba y los arbustos en las zonas verdes era muy seca. Muchos árboles y palmeras estaban al borde de marchitarse por la sequía. Así no era difícil entender como un fuego iniciado por unos desalojados al pie del cerro de las Tres Cruces para asar un cerdo robado cogió fuerza para tornarse en un incendio forestal de grandes proporciones avanzando hacia la ciudad en varias direcciones empujado por una fuerte brisa para destruir grandes áreas industriales y vecindarios suburbanos desde Menga hasta Chipichape. El cuerpo de bomberos era incapaz de apagar las llamas por falta de equipo. Su presupuesto había sido reducido para dedicar más fondos a bienestar social. Los bomberos de otras localidades no podían llegar a tiempo también por límites del equipo. La ciudad estaba impotente ante el fuego que eventualmente cesó al cabo de unos días al llegar al borde norte del río. Los sobrevivientes andaban perplejos como en un trance tratando de rescatar pertenencias o fabricar refugios con cualquier cosa que se pudiera encontrar. Los estragos fueron incalculables y llegaron a la vecindad de La Cocina de Tadeo y el Paseo Bolívar como lo demostraban luego varias fotografías aéreas. Cenizas volaban por toda la ciudad manchando vestidos y fachadas. Un gran éxodo estaba ocurriendo en la ciudad mientras los restos de las turbas merodeaban ansiosas buscando algo de utilidad para robar o esquilmar. La casona de Jorge y Manolo había perecido en llamas y como a otros, Eufemia les prestaba asilo en su casa. Allí, Jorge y Manolo discutieron el futuro con una larga revista de los efectos del incendio sobre el vecindario al norte del restaurante. A causa de la insurrección habían cerrado el Moulin Mauve para prevenir daños a su personal y al edificio como lo habían experimentado otros a su alrededor. El Triumph había perecido bajo las llamas que destruyeron la casa de Jorge. Pensaban regresar a Francia y querían saber si Eufemia deseaba comprar el restaurante. Ellos tenían fondos suficientes para viajar y tener una buena vida en Paris donde todavía tenían un *Pied-a-Terre* además de fondos de inversión que estaban madurando para ofrecerles una jubilación bien cómoda. Eufemia estaba encantada con la compra del restaurante y podía transferirles el monto de su cuenta en las Caimán a un banco en Francia. Manolo tenía preparados los papeles de compra y todos firmaron con gran placer y una ronda de mimosas. No había otra transacción tan simple y rápida. No abogados o corredores de bienes raíces buscando una comisión, solo tres amigos confiando en cada uno. Dada la destrucción de la alcaldía, la transacción se oficializaría en una notaría todavía funcionando cerca de San Antonio y Santa Rosa. Allí acudieron los tres acompañados de Ovidio y Louisa como testigos. Eventualmente surgiría una oficina de registro de propiedades para efecto de impuestos y validación de títulos. El caos no podría durar por mucho tiempo. No era autosostenible. Esa noción de entropía en la Segunda Ley de Termodinámica se aplicaba también a movimientos sociales y políticos. No hay mal que dure cien años ni cuerpo que lo resista parecía ser la esperanza de una ciudad. Los farallones servían de testigos.

36

De boca de Paulina se pudieron enterar de que los troncos de las palmeras cortadas en la Plaza de Caycedo se habían utilizado para construir una cabaña en medio de la plaza para albergar a destituidos y transeúntes con mobiliario saqueado de los almacenes alrededor. La huestes decían haber recibido inspiración de varias cabañas diseñadas por Ovidio para leñadores en Alaska. La estatua de Don Joaquín Caycedo y Cuero había sido bajada de su pedestal y se destinaba a ser fundida para borrar esa herencia de élites abusadoras del pueblo. Mientras tanto, las mariposas monarca correteaban por las riveras de los ríos polinizando árboles y arbustos restantes. Un manto de mimosa empezaba a extenderse a lo largo de los cauces fijando nitrógeno que transformaba los suelos en un ambiente más hospitalario para otras plantas. Semillas de carboneros y bellotas de roble encontraban en estos suelos una base muy propicia para crecer y eventualmente dominar el ambiente verde. Operaban con un plan natural que sería suficiente al cabo del tiempo. La naturaleza trabaja siempre fiel a sus leyes y límites con gran paciencia y sin consideración por argumentos humanos fuera de lo natural.

Eufemia estaba en la casa de Mercedes consolando a Tomasa cuya marmolería y alfarería habían sido consumidas parcialmente por el fuego. La alfarería tenía un pozo artesiano con una buena dotación de mangueras, pero fue insuficiente ante la furia de las llamas estimuladas por fuertes vientos. Mercedes tomó un fardo de dólares de su caja fuerte y lo puso en manos de Tomasa como una base para renovación de sus negocios. Dentro de la sororidad era lo menos que una hermana podía hacer por otra. No era asunto de dinero o costo sino de afecto y honor.

Casi a la hora de la cena llegaron Amparo y Maruja quienes habían ido primero a la casa de Mercedes y al no encontrarla dedujeron que podría estar en casa de Eufemia. Sus casas habían sufrido mucho daño por el fuego y buscaban refugio. Cada una cargaba una bolsa de pertenencias junto con manchas de humo y carbón por vestidos y cuerpo. Eufemia inmediatamente las llevó a unos cuartos interiores que en otra época sirvieron para albergar a los abuelos y los nietos. En su mejor época la casona en San Antonio contenía cuatro generaciones con alcobas alrededor de cada patio. Las del patio del frente se habían convertido en un gran comedor, la ducha y la gran alcoba de Eufemia que abarcaba dos cuartos. Considerando su apariencia,

Eufemia las invitó a usar la ducha de donde Ovidio y Louisa estaban emergiendo. Tomasa se hospedaba en la casa de Mercedes aunque su casa no había sufrido daño. Era más un asunto de refugio en un sentimiento de sororidad. En cuanto a Jorge y Manolo ya estaban listos para regresar a París dejando el restaurante en manos de Eufemia y los restos de la casa en manos de un amigo interesado en su reconstrucción. El Moulin Mauve había sido cedido gratis al gremio de empleados que esperaba continuar la operación una vez se calmaran los ánimos y surgiera un nuevo público. La turba había cortado las palmeras y árboles del perímetro y quebrado los tubos de neón de la fachada. Pretendieron entrar al edificio pero se frustraron ante la integridad de puertas y ventanas. El cabaret había recibido golpes que no eran fatales y podían ser reparados. Se sabía como pero no cuando. Por el lado sur de la ciudad, una turba había asaltado los concesionarios de automóviles destruyendo varios vehículos, quebrando parabrisas y poniendo fuego a otros. El inventario de Josefa había sido diezmado y ella había sufrido contusiones y cortaduras al tratar de impedir los daños. Llamando a Mercedes en busca de auxilio recibió una invitación para ir a San Antonio y residir allí por un tiempo. El condominio de Josefa en la primera planta de un edificio residencial también había sido víctima de la ira popular con ventanas rotas y una invasión que sacó casi todo lo que no estaba clavado en la pared. Sin surtido automotor y una residencia allanada, Josefa estaba prácticamente en la calle a merced de la bondad de Mercedes. No había llanto que pudiese devolverle la integridad pero había suficiente estima para renovarla. La rapidez y violencia de los eventos había sorprendido a todos aún a las turbas y sus cabecillas. Nadie habría podido pensar que un argumento de misericordia se hubiese podido transformar en asesinato, asonada e incendio. Se había declarado un estado de sitio y el ejército estaba a cargo recogiendo delincuentes y caudillos como un destacamento de control de plagas.

En San Antonio, transformado en un centro accidental de refugio para amigos de Eufemia y Mercedes, nadie tenía mucho apetito pero Eufemia con la ayuda de Louisa confeccionaron varios entremeses que fueron consumidos con generosos vasos de vino por unos y tinteros de aguardiente por otros. Había en todo un ánimo bastante restringido con mucho pesar por los varios eventos. Paulina expresaba el temor que muchos residentes abandonarían la ciudad mientras Eufemia argüía por el espíritu de "caleñidad" para promover una recuperación total. Cali tenía que emerger de las cenizas. Josefa hablaba con mucha ira acerca de la criminalidad y la impunidad que por varios años azotaba los negocios en el lado sur donde todavía se albergaban muchos sicarios y secuaces con sus entornos antisociales. Sería imposible recuperar las pérdidas en las condiciones actuales. Ovidio sorprendió a todos con una invitación para pasar unas semanas en su granja con todos los costos pagados por él y Louisa. Sería una oportunidad para descansar y limpiar la mente. Tomasa fue la primera en aceptar la invitación diciendo que su negocio quedaría en buenas manos durante su ausencia si habría negocio por hacer. Tenía inversiones en Florida y Chicago heredadas de su esposo que le depararían un buen nivel de apoyo financiero. Mercedes también aceptó sin condiciones mientras que Amparo y Maruja se preocupaban por sus estudios. Ovidio propuso que hicieran un proyecto supervisado por él y otros profesores de la Universidad donde Ovidio era Profesor Emérito. Estaba seguro de que podían conformar algo a la satisfacción de la facultad en Cali, más ahora bajo el problema corriente. Paulina no sabía si aceptar o rechazar pensando en su carrera periodística. Josefa expresaba un temor casi idéntico sobre la estabilidad de su estructura financiera. Louisa la consolaba con referencias a su juventud y la capacidad de reinventarse. Ovidio le propuso a Paulina un proyecto de hacer reseñas de un viaje por el Medio Oeste Norteamericano enfatizando proyectos de preservación que su editor podría aceptar con deleite por ser ejemplares para el caso de las fuentes hídricas en Cali que más que nunca eran vitales para la recuperación de la ciudad. Paulina entonces llamó al periódico y encontró que el editor la apoyaba en un momento en que la mayoría del personal estaba saliendo de la ciudad ante el acoso de las turbas y los caudillos forzando al periódico a imprimir ediciones reducidas. Le ofreció credenciales internacionales y un título de corresponsal extranjero. Entusiasmada por la confianza de todos, Josefa se unió al viaje como una oportunidad para adquirir perspectiva y redefinir rumbo. Eufemia aceptaba con gran placer guiada por su gran deseo de ver la granja y pasar un rato con su hermano en algo que ella imaginaba como una creación de toda la vida digna de visitar. Por sugerencia de

Louisa hicieron reservaciones para partir en una semana. Cada uno llevaría no más de una maleta consciente que todos los gastos estaban pagados de antemano y era costumbre de Ovidio y Louisa de viajar con lo mínimo de equipaje. La granja ofrecía un buen respiro para todos además de la ganancia de una mejor perspectiva para evaluar la situación de la ciudad. Era allí donde Ovidio se refugiaba para calmar la mente y encontrar balance.

37

Ovidio habló con el decano de la Facultad de Arquitectura y Paisajismo para organizar el aspecto académico del viaje para Amparo y Maruja. Todo quedó de acuerdo con los "requisitos académicos" transferidas formalmente al cuidado de Ovidio como director de tesis, un papel que él había desempeñado por muchos años tanto en los Estados Unidos como Europa. Amparo y Maruja estaban sorprendidas por la manera tan gentil y efectiva que Ovidio había usado en sus conversaciones con el decano ya que en muchas ocasiones preliminares ellas no habían podido obtener ni favor ni atención. El tópico de "Requisitos Académicos" era una barrera a menudo impenetrable para estudiantes que servía enteramente para la protección de rango en el profesorado sin avanzar enseñanza. Se aumentaban o enmendaban a menudo sin mucha razón o propósito claro. Ovidio había operado siempre en el interés de sus estudiantes sufriendo regaños ocasionales sin mucho efecto en su labor docente. Había en toda su agencia una nota de suficiencia en lugar de un reto o un mero capricho cubriendo complejos o temores institucionales de falta de control.

Mercedes y Eufemia arreglaron con el general vecino para guardar sus casas. Mercedes sacó varios fardos de dólares de su caja fuerte y la cubrió con una alfombra persa luego de reponer las baldosas del piso sobre la cubierta. Eufemia hizo lo mismo pero decidió colocar un sillón pesado sobre la caja con ayuda de Ovidio y Louisa. De todas maneras no era evidente la presencia de las cajas y mover el sillón representaba una labor extrema. Su abuelo había hecho construir el sillón con la madera de un nogal en la propiedad. Era grande y pesado cubierto de terciopelo rojo con los cojines más cómodos que se pudiesen encontrar. Allí ella había tomado muchas siestas y pasado noches leyendo o soñando. El general había ofrecido su VUD de siete asientos para llevarlos al aeropuerto. Se embarcaron en el callejón para evitar mostrar la apariencia de viaje en la calle. El viaje al aeropuerto les dejó ver la condición de la ciudad con edificios abandonados, ventanas rotas y una gran cantidad de escombros por las calles. Gente amontonada en esquinas o durmiendo en portales. Le parecía a Ovidio que transitaban por El Líbano luego de la guerra civil cuando era consejero del plan para rehabilitación que desafortunadamente nunca pudo efectuarse. Muchos edificios estaban marcados por consignas o las marcas de incendios. Era extraño no viajar en medio del tráfico de costumbre. Había pocos viajeros en la sala de espera del aeropuerto con algunos llevando exceso de equipaje como si se tratara de un trasteo por camión en lugar de un vuelo. Esto demoraba los trámites de salida aunque el grupo no tenía mucha prisa y estaba calmo, confidente en la guía de Ovidio y Louisa. Haciendo escala en Miami, llegaron tres horas mas tarde a Chicago donde Terence, el mayordomo de la granja, los esperaba para el viaje de otras tres horas por carretera hasta la granja. Ovidio se había dormido mientras Louisa narraba el paisaje. Las luces del ocaso empezaban a filtrarse entre las nubes sobre la pradera cubriendo silos y campos con una luz rosácea de mitad de primavera. Plantones de maíz marchaban diligentes en filas exactas sobre las ondulaciones del terreno y campos de trigo de invierno empezaban a cambiar de verde a amarillo. Bandadas de mirlos hacían una danza loca de bosque en bosque mientras cuervos y alondras cursaban el espacio en rutas más estrictas. La oscuridad reinaba cuando llegaron por fin a la granja. Terence los guio a sus cuartos explicando el funcionamiento de los baños, las luces y dando una descripción de la Casa Mayor y la granja. La cocinera había preparado una cena que sería servida en una hora cuando todos hubiesen podido acomodarse. Había un bar adyacente al comedor y el invernadero ampliamente surtido y abierto para todos. Tenían completa libertad de usarlo todo. Al otro lado del comedor opuesto al invernadero estaba la biblioteca con poltronas y una mesa larga para sentarse a leer o pasar el tiempo escuchando música. Revistas y periódicos llegaban a diario. La cocina quedaba inmediatamente detrás del comedor. Allí la despensa estaba siempre abierta y surtida con toda clase de comestibles. Pasando el invernadero estaban los jardines formales, el laberinto, las fuentes y la piscina con una caseta para cambiar de ropa y una plataforma para tomar el sol o descansar. La piscina estaba calentada por energía solar. El estudio de Ovidio quedaba más allá de la piscina en un hemiciclo al borde del bosque conectado por un sendero a través de un campo de trébol y un jardín lineal de flores perennes. Había trochas por el bosque hacia el río donde se encontraba una casetilla con canoas. A causa de la corriente no era permitido tomar las canoas sin chaleco salvavidas. Detrás del laberinto estaban los graneros y caballerizas más los campos de cultivo anclados por un granero. El camino de entrada a la granja estaba marcado por una fila doble de arces rojos y una cerca blanca que definía el borde de los campos de cultivo. Había jardines formales a la entrada de la Casa Mayor formando un cuadrilátero con el complejo de casitas para empleados formando un gran patio. Un callejón salía de ese patio para los garajes ocultos detrás de un seto de abedules Todos escucharon con el interés breve de viajeros cansados. Solo querían acomodarse, limpiarse y cenar. La orientación podía esperar para la mañana y aún los días siguientes. Lo importante era haber llegado.

38

La mañana llegó casi de sorpresa con el canto insistente de un coro enorme de pájaros y el olor embriagante de pan recién horneado. A pesar de esto, todas se levantaron tarde. Ovidio estaba en la biblioteca discutiendo el manejo de la granja con Terence que era su pupilo en el programa de doctorado de documentación histórica en Paisajismo. Había recibido una beca de una Fundación enfocada sobre la preservación de la memoria histórica y vivía en la granja trabajando en la organización del trabajo de Ovidio para archivarlo además de actuar como mayordomo. El trabajo de Ovidio representaba casi 50 años de obras y artículos que necesitaban recopilación y reseña por iniciativa de la Universidad y una asociación profesional nacional. Louisa no podía hacerlo sola a pesar de su dedicación y conocimiento de circunstancias. Terence era un hombre de mediana estatura, piel bronceada, ojos verdes, obsesionado por la cultura física y la buena alimentación con productos orgánicos. Había sido responsable de la huerta y usaba el invernadero de la Casa Mayor para cultivar frutales y vegetales tropicales del gusto de Ovidio. Era una persona meticulosamente organizada con una tableta electrónica siempre a mano donde guardaba un gran calendario de eventos y necesidades para la granja. En un tiempo anterior había sido corredor de larga distancia, pero problemas con las rodillas lo habían marginado forzándolo a instalar un gimnasio adyacente a la caballeriza con una tina de agua caliente con chorros de alta presión que usaba a diario para aliviar la artritis en sus rodillas. Su hermano Casemiro tenía una pequeña oficina de dos cuartos al lado del gimnasio que servía como sede oficial del negocio de semillas naturales que Ovidio había empezado en sus primeros años de estudiante universitario. Casemiro era un botánico dedicado a la recolección de semillas de hierbas y pastos de las praderas para promover la revitalización de lugares y conservación de los sistemas ecológicos históricos. Ovidio había empezado el negocio como una expresión de afecto por las praderas recogiendo semillas a lo largo de rutas ferroviarias abandonadas y en los bordes de granjas y viejas carreteras. El negocio había crecido exponencialmente durante el auge de los años 70 por un retorno al aspecto autóctono del paisaje. El negocio tenía ahora terrenos, una pradera ejemplar de cinco hectáreas y un complejo de invernaderos aledaños a la granja donde se cultivaban hierbas y pastos para atender a una gran demanda regional y nacional. Casemiro comandaba un grupo de asistentes y coleccionistas que cursaban estudios en recursos naturales y botánica en la universidad. Estar en las caballerizas facilitaba una relación con Ovidio y un punto de referencia comercial más inmediato. El conjunto de invernaderos estaba cerca de dos kilómetros lejos de la Casa Mayor a través de los campos de trigo. Diferente a Terence, Casemiro era delgado y pálido con una constitución muscular suave sin exageraciones. Su cabello castaño liso estaba cortado al estilo de un monje medieval y se vestía siempre en tonos castaños y verdes con un sombrero ancho para proteger su tez muy blanca. La mayoría de las veces se le encontraba doblado sobre los surcos examinando hierbas y pastos o caminando por rutas rurales recogiendo semillas. Ovidio le había dado mucha autoridad para manejar el negocio a su estilo y actuaba como un propietario sin mucha necesidad de coordinación o vigilancia. Era 10 años mayor que Terence pero se subordinaba a él con mucho placer y sin asperezas. Su esposa, Martina, era una estudiante de jardinería y botánica que se había encargado del jardín de perennes en el sendero que conectaba la piscina con el estudio de Ovidio. De ascendencia rumana, era una mujer delgada como su esposo, pero de tez más oscura, pelo trigueño y senos generosos y firmes que se podían adivinar bien bajo sus blusas de material suave, casi transparente con mangas largas. Vestía su cabello en un moño alto que elevaba el perfil de su cara. Usaba overoles con babero (pantalones con peto) y botones de cobre durante sus faenas en el jardín que cambiaba a pantaloncitos cortos apretados sobre las nalgas para otras funciones. Le encantaba cantar y reír en contraste al modo reservado de Casemiro. Como Terence, era 10 años menor que Casemiro. Tenía muy organizada la colección de plantas con etiquetas que daban nombre común y botánico a lo largo del sendero que se había convertido en una visita obligada por los clubes de jardinería en la región. Era una asidua nadadora y pasaba bastante tiempo haciendo circuitos en la piscina y ejercicios de fortalecimiento con pesos libres en el gimnasio de Terence.

Los huéspedes gravitaron hacia la cocina donde Emma, la cocinera, había horneado pan y preparado café, jugos y platos de fruta además de mermeladas y quesos de varias clases. Emma había estado al servicio de la granja por más de 30 años. Era nativa de un pueblo cercano, pero había enviudado sin hijos cuando su esposo pereció en una incursión militar con los Infantes de Marina en el oriente de África y Ovidio le dedicó un conjunto de cuartos en la Casa Mayor y una posición muy íntima como miembro adjunto de la familia. Ella había visto crecer y ayudado a criar los dos hijos de Ovidio y Louisa que la trataban como una abuela. Alrededor de ella rotaba todo el sistema doméstico de la granja. Ya en medio de sus años cincuenta, Emma era de figura y estatura mediana caminando siempre muy erecta con su pelo trigueño atado en un moño alto y vistiendo siempre un delantal de lino con bolsillos al lado. Pasaba el día haciendo sus menesteres cantando arias de ópera o seguidillas de zarzuela a *sotto voce*. Por animación de Louisa se había convertido en una lectora voraz de los clásicos, memorizando pedazos de textos que recitaba a menudo para su propio deleite. En medio de sus labores pasaba horas leyendo en la biblioteca y organizando la multitud de revistas sobre diversos temas a las que se subscribía Ovidio. Emma le preguntaba a cada huésped sobre sus preferencias con el deseo de complacer a todos. Preguntaba también si alguien deseaba algo que no estaba en la mesa para conseguirlo. Ovidio pasó un rato tomando café y jugo de naranja antes de salir para su estudio y empezar a leer su correspondencia no sin antes planear una caminata por el bosque para la tarde. Los primeros días de regreso a la granja contenían muchas demandas que Ovidio tomaba con calma y una eficiencia desarrollada a través de muchos años de práctica. Con Terence a su lado era posible enterarse de asuntos y eventos que demandaban atención y confirmar decisiones tomadas en su ausencia.

39

Todas las mujeres decidieron investigar la casa a la luz del día y salir a los jardines que empezaban a estar en flor. Había mucha curiosidad por conocer el entorno casi de inmediato. La vastedad y diversidad de la granja era una tentación fresca y atractiva como la canción de las sirenas a Ulises. Todos salieron en varias direcciones intentando regresar para el almuerzo. Esta granja era un universo inmenso que retaba la imaginación y tal vez las piernas.

Eufemia pasó la mayor parte de la mañana en el invernadero observando la enorme colección de orquídeas y helechos guiada por Martina que estaba dividiendo los helechos para sacar nuevos ejemplares en respuesta a pedidos en el catálogo de productos de la granja. Mercedes merodeaba por los jardines formales y el laberinto con Amparo mientras Tomasa y Maruja caminaron por las cabellerizas y montaron unos potros para ir hasta la pradera modelo atravesando los campos de trigo de invierno. Josefa se metió en la biblioteca hojeando libros y escuchando música mientras Paulina y Amparo se unieron a Emma en la cocina discutiendo recetas y preparando menús para la semana. Louisa eventualmente se levantó, tomó un tazón de café y caminó hasta el Estudio para enterarse de los asuntos del día y pasar el tiempo con Ovidio mientras Terence se ocupaba de guiar la limpieza de maraña en los bosques caída durante las tormentas de invierno para facilitar el desarrollo de flores silvestres y cogollos de arbustos. Siempre había algo que hacer en la granja. El pequeño lote que solo contenía la Casa Mayor se fue agrandando con los años con la compra de terrenos vecinos hasta que abarcaba casi 1.000 hectáreas de las cuales casi la mitad estaba cubierta de bosque con el río sirviendo de borde fluyente. En los campos se cultivaba trigo y maíz que Ovidio pensaba reemplazar con cebada en vista de varias micro cervecerías que estaban empezando a operar en la región. El bosque estaba conformado por Roble y Arce con áreas de Sauce y Pacana bordeados por arbustos nativos del área. Muchos robles eran centenarios y estaban clasificados como recursos históricos del estado por su relación con la época de colonización cuando muchos pioneros cruzaron por estas tierras cosechando madera. Se decía que hasta Abraham Lincoln había pasado por estos bosques como leñador en su juventud. Ovidio los había marcado con placas especiales para informar a los visitantes que solían venir en grandes cantidades durante los días de buen tiempo desde la primavera hasta el otoño cuando la granja aceptaba visitantes. Los bosques eran usados por la Universidad para varios estudios y observaciones que ayudaban en la preservación y buena salud del entorno forestal. Mientras Ovidio leía la correspondencia, Louisa actuaba como una chiquilla traviesa frotando sus muslos con sus pies sobre el pantalón hasta que Ovidio no se pudo contenerse más y decidió cazarla y tomarla con sutileza y placer. Por petición insistente de una Louisa muy excitada tuvo que hacerlo varias veces hasta quedar exhausto e incapaz de responder. Su vigor tenía límites y no podía satisfacer el ardor desmesurado de Louisa. Una campanilla les dejó saber que era hora del almuerzo. Se bañaron en la ducha que Ovidio había diseñado para su conveniencia bastante similar a la de Eufemia pero con una pared de vidrio con vista del bosque y un claro con margaritas azules. Caminaron luego hasta la Casa Mayor cogidos de la mano. Emma, Paulina y Amparo habían preparado una muestra de varios emparedados acompañados de jugos vegetales, quesos, bandejas de fruta y pepinillos de varias clases. Los paseos de la mañana habían revitalizado a todos al punto que parecían colegiales en excursión con muchas historias para contar y preguntas en busca de respuestas. Tomasa declaró su amor por el potro que la hizo sentir como una centaura cruzando el trigal y la pradera mientras que Maruja admiraba las undulaciones del terreno que parecían hacerlo más vasto. Mercedes ansiaba caminar por el bosque y bañarse en la piscina. Todas estaban felices de estar allí muy impresionadas por la extensión de la granja y sus elementos además del estilo de la Casa Mayor. En la sala de entrada Ovidio había colocado un plano de la granja hecho en acuarela al estilo de planes del siglo XVIII. El dibujo conectaba a la granja con propiedades y jardines similares en Francia. Era todo una manera de afirmar un plan maestro y mantener un cierto estilo muy influenciado por los grandes parques franceses y la granja de Jefferson en Monticello. No era que Ovidio desechaba lo moderno pero este estilo le encajaba bien a la granja en esta región que había sido poblada por europeos del siglo XVIII. Dentro de la piel formal de la Casa Mayor estaba una vivienda muy contemporánea con todas las comodidades modernas muy parecida al tratamiento de la casa colonial en San Antonio. Emma anunció que al día siguiente ella iría al mercado semanal de granjeros para vender vegetales de la huerta y comprar lo necesario de otras huertas. La podrían acompañar todas las que quisieran. Era un viaje de media hora con regreso luego en dos o tres horas. La vida diaria de la granja fluía en multitud de eventos con cada persona haciendo sus labores en coordinación con un plan determinado por varios años. Era una vida en contexto con dimensiones que podían cambiarse a gusto.

40

La caminata por el bosque ofreció la sorpresa de encontrar estatuas de ninfas y faunos en los claros con bancas semicirculares de hierro forjado. En lo más profundo del bosque había un gran claro con una estatua de Venus rodeada de lilas en flor. Todas las estatuas eran copias hechas con cemento y polvo de mármol de la colección de estatuas griegas en el Museo Metropolitano de Arte de Nueva York. Llegando a la ribera del río pudieron ver la caseta de canoas y una plataforma de madera que parecía flotar hacia la corriente. El río estaba crecido por las lluvias recientes y se presentaba bastante furioso llevando ramas y pedazos de troncos en la rápida corriente. Ovidio sugirió que sería mejor esperar hasta que la creciente bajase para usar las canoas. La velocidad del agua y los obstáculos no favorecían un tránsito por inexpertos. Mientras contemplaban el río pasó el cuerpo de una vaca que sirvió para enfatizar las condiciones. El viaje de regreso se hizo por otros senderos que partían del gran círculo con la estatua de Venus. Varias se compararon con la estatua tratando de medir dimensiones criticando los senos pequeños, casi masculinos, arguyendo que era tal vez una manera griega de ejercitar un poco de pudor y control. Para Paulina, la estatua demostraba bastante gordura y falta de ejercicio que no podían haber sido un ejemplar de la tan proclamada "belleza clásica" en una cultura que celebraba atletismo. Todas rieron y charlaron por bastante rato palpando sus cuerpos como para asegurarse de tener una forma aceptable. Josefa mencionaba que Alejandro Magno en su permanencia en India había comentado sobre los grandes pechos de las mujeres hindúes ordenando varios dibujos que fueron llevados a Grecia donde fueron tomados como exageraciones. Sin embargo, la cultura occidental, desde la época de Alejandro, se ha visto envuelta en una discusión estética sobre el tamaño de pechos y un deseo erótico por volúmenes más grandes como lo atestiguan los tratamientos aumentativos que predominan hoy en día. Tener pechos grandes se puede ver como un regalo de los dioses en la visión de Alejandro y muchos otros. Tenerlos naturalmente es un mayor regalo como le pasa a todas en la granja y las hace sentir tan grandes o mejor que Venus. Al final del sendero, vislumbraron el estudio de Ovidio y corrieron en tropel para entrar en él. Era tan grande como los dos cuartos en el Edificio de Coltabaco con el baño detrás de una pared cubierta con libros y dibujos. Habían mesas de trabajo, varias sillas de cuero al estilo "Barcelona" de Mies Van de Rohe, una gran poltrona cubierta con una piel de oso blanco y numerosos archivos y estantes. El piso era de madera de nogal con incrustaciones de luces por los bordes al lado de las paredes. Todas las paredes estaban cubiertas con dibujos y varias materas azules altas con sansevierias se paraban por la periferia guardando el espacio como soldados verdi-amarillos. Louisa ofreció una breve gira enfatizando la condición de varias secciones donde los dibujos estaban siendo fotografiados y archivados. Mercedes y Amparo se metieron en el baño tratando de explorar la ducha con sus diversos chorros mientras admiraban la vista del bosque y las margaritas. Claro está que se mojaron y se quitaron la ropa en medio de carcajadas. Louisa les pasó toallas que se convirtieron en falditas con pechos expuestos para la marcha de casi un kilómetro hacia la Casa Mayor. Todas parecieron hacer un convenio mudo para nadar luego de la cena tocando el agua al pasar hacia el invernadero para acertarse de la temperatura. Con la excepción de Eufemia todas estaban entre los 35 y 45 años de edad con Amparo, Paulina y Maruja las menores y Tomasa con Josefa las mayores. Sin embargo, todas se portaban como colegialas debido tal vez al acicate de la distancia de sus hogares y un medio amplio, libre y desconocido pero confiable. Más que un viaje, este era un retiro a una nueva dimensión.

La cena estaba centrada en una pierna de cordero asada con un surtido de platos y postres complementados por varios vinos. Terence, Casemiro y Martina estuvieron presentes conversando en más detalle acerca de los diferentes aspectos de la granja.

Todo parecía ser una fantasía lejos del tumulto de Santiago de Cali y más cerca de una naturaleza diseñada y construida para reposo y placer. La granja era un lugar ideal, casi perfecto. Subiendo a sus cuartos, todas encontraron batas de baño largas con amplias mangas y toallas grandes. Como una procesión de monjes en el refectorio, todas bajaron en fila hacia la piscina donde Ovidio y Louisa ya estaban nadando desnudos. Era una noche oscura de luna nueva iluminada solo por el reflejo de las luces en el agua como una gran pantalla. Una por una se quitaron las batas y entraron desnudas al agua dando unas brazadas como para estirar los músculos y adaptarse al agua cálida. La piscina era larga y ancha pues Ovidio estaba acostumbrado a nadar varias series de 25 metros unas dos o tres veces por semana. Durante su juventud en Santiago de Cali frecuentaba las Piscinas Olímpicas temprano en la mañana antes de clases. Nunca estuvo en el equipo de natación aunque tenía buena forma y reportaba un buen tiempo en el estilo de pecho. Nadando como una escuela de delfines todas intentaban saltar sobre Ovidio que flotaba en una colchoneta en la mitad del agua mirando a las estrellas. Eufemia se quedaba flotando al borde con un vaso de vino hablando con Louisa. Había vino, ginebra y coñac más agua tónica y bocaditos en una mesita cerca del lado menos profundo. Ovidio se disculpó por no tener aguardiente pero aconsejaba tomar ginebra con agua tónica como un suave substituto. Al cabo de dos horas era evidente que el licor tenía poder y varias se tendieron sobre sus toallas en la plataforma. Antes de irse para su alcoba, Ovidio y Louisa tuvieron que despertar a casi todas para llevarlas a sus cuartos. Con las batas sobre sus espaldas o dobladas sobre los brazos marcharon todas para cerrar un día repleto de buenos sentimientos. Emma las veía subir por la escalera pensando en una juventud ya lejana cuando ella nadaba desnuda en el río con su pandilla de amigas y amigos. Parecía que poco había cambiado desde entonces. Ya en su alcoba, Emma decidió desnudarse y verse en el espejo para comparar su cuerpo con las visiones proyectadas por las huéspedes. Se encontró en buena forma sin arrugas y una firmeza que reflejaba sus ejercicios en el gimnasio y una dieta sin mucha grasa. Sus senos guardaban la firmeza de años juveniles sin ser muy grandes pero generosos en su estimación como toronjas. Decidió afeitarse totalmente con gran satisfacción por el resultado y ungida en manteca de coco se acostó luego de jugar un poco consigo misma. El ambiente había cambiado en la granja y Emma flotaba en esos rápidos sin miedo de ahogarse.

41

Luego del desayuno, Paulina fue hasta el estudio para conversar con Ovidio y terminar una reseña del viaje para el periódico. Era la primera vez que estaba a solas con él desde el incidente en el condominio. Quería tomar fotos de la granja con Ovidio presente y tal vez Terence y Casemiro. La reseña estaba haciendo énfasis en la labor de conservación iniciada casi 50 años antes que ahora era una industria significante. Al lado del sendero de la piscina al estudio habían varias plantas de algodoncillo tanto como en la pradera modelo. Las mariposas estaban regresando y se podían ver por toda la granja. Paulina había notado también los apiarios en varias áreas y la gran cantidad de plantas productoras de néctar en los jardines. Ovidio atribuía todo al trabajo de Casemiro y Martina que habían implementado sus ideas por los últimos 10 años heredando el trabajo del viejo jardinero Julien Van Mettre que lo había hecho por más de 30 años cuando el concepto era solo un boceto en el cuaderno de dibujo de Ovidio. Esos días tempranos coincidían con el esfuerzo para formar una práctica profesional y viajar constantemente para mercadear talento y participar en proyectos de importancia luego de haber concluido los estudios universitarios superiores. Julien era un belga que enseñaba Botánica y Recursos Naturales en la Universidad y había aceptado la invitación de Ovidio para vivir en la Casa Mayor antes del aumento de territorio. Su tumba está en el bosque cerca de la estatua de Venus con una placa conmemorativa. Julien hizo el oficio de mayordomo y jardinero con gran energía y creatividad siempre fiel a la idea de Ovidio. Desgraciadamente pereció cuando un camión se estrelló contra su pequeño Volkswagen durante una tormenta de nieve. Su muerte sumió a Ovidio en una depresión que duró casi un año durante el cual no hizo ningún trabajo profesional y se pasó el tiempo en la Casa Mayor con Louisa y los hijos leyendo historia medieval y pintando acuarelas de los paisajes alrededor en tonos azules y grises. Fue una época negra de la cual no pudo salir sin los esfuerzos de Louisa y Emma por restaurarle la dicha de vivir. Louisa logró entonces enmarcar varias de las pinturas para promover una exhibición en la Facultad de Bellas Artes que forzó a Ovidio a salir de la Casa Mayor y entretener discusiones con el profesorado acerca de tonalidad y sentimiento en pintura. Louisa había dedicado la exhibición a nombre de Julien Van Mettre y resultó con el debut de Ovidio como artista plástico. Desde entonces empezó a crecer el territorio de la granja con Ovidio dedicado al arte y la profesión. y se desarrolló un estilo de manejo con un joven estudiante muy promisorio como Terence a quien Ovidio tomó bajo su ala y progresivamente cedió una gran medida de autoridad. La nueva granja empezó entonces a emerger como un modelo local y regional de organización y manejo ligada a varios programas de la Universidad. Fue Terence quien incorporó a su hermano Casemiro para manejar el negocio de semillas y plantas silvestres que estaba en grave necesidad de orientación tanto funcional como mercantil. Aunque la práctica profesional y los deberes académicos mantenían a Ovidio sumamente ocupado, él había tenido una gran resistencia a ceder control fuera de Louisa quien estaba entonces bastante ocupada con la educación de sus dos hijos. La muerte inesperada de Julien y la subsecuente crisis emocional causó una reevaluación y priorización que resultó en el paso de coraje para emplear a Terence cuyos atributos eran más académicos que prácticos, pero cuya empatía y capacidad organizadora ya eran muy conocidas en la facultad. No era el candidato ideal con pergaminos y realizaciones de nota pero era un cogollo con el potencial de crecer muy por encima de los arbustos de la foresta. Sus padres y abuelos habían sido colonos y granjeros sobreviviendo sequías y tormentas a base de buena planeación y manejo prudente de recursos. En la Universidad se había distinguido por su capacidad de trabajo, dedicación y perspicacia. Sus capacidades gráficas no eran extraordinarias pero sus dotes intelectuales eran notables. Ovidio vio mucho en él y su propuesta para tesis de Doctorado. Era un documento muy bien preparado que había sido galardonado como la mejor propuesta del año. Por las demandas de sus labores en la granja, Terence había detenido un poco sus estudios de doctorado y avanzado el logro de una Maestría en Manejo de Empresas usando el contexto de la granja. Con el regreso de Ovidio a la granja le era más posible culminar el doctorado de manera rápida. Veía la granja como la misión de una vida y no pensaba buscar rumbos otros que mejoras continuas para terrenos que se habían vuelto en un hogar. Obtener el doctorado era un asunto personal en lugar de profesional. Nadie en su familia había remontado más allá de la escuela secundaria y este logro elevaba no solo las generaciones pasadas sino las futuras. Como lo había hecho con Emma, Ovidio le preparó a Terence un conjunto de habitaciones en un ala de la Casa Mayor completo con baño y entrada privada por la cochera. En su merodeo por la casa Tomasa había incursionado en las habitaciones de Terence sorprendiéndolo al salir de la ducha. Luego de un momento de sorpresa, Tomasa salió sonrojada haciendo excusas mientras Terence se quedaba envuelto en la sorpresa. Sin embargo la imagen quedó plasmada en la mente de Tomasa como una proyección tridimensional. Terence era bien dotado y muscular como un gimnasta. Ella nunca había visto a alguien así, ni siquiera sus hermanos.

Durante su estadía en el estudio, Paulina no podía olvidar el incidente en el condominio pero estaba confrontando a Ovidio en su medio más restringido. Todo el entorno hablaba de él y no había lugar para tratar de otros temas. Ovidio leía la reseña ofreciendo comentario o correcciones en un tono suave, casi paternal que deleitaba a Paulina no solo en la mente sino también en el cuerpo. Corrientes de deseo fluían por toda ella como una tempestad. En medio de todo llegó Terence para discutir la próxima visita del Secretario Estatal de Agricultura con una comitiva de granjeros chinos. Paulina se percató de la oportunidad para noticia en esto y pidió sumarse al evento. Ovidio asintió y le pidió a Terence que le diera una sesión de información a Paulina con una gira de la granja en su Vehículo de Todo Terreno (ATV). Terence expresó su encanto por hacerlo y llevó a Paulina hasta el vehículo que estaba bastante enlodado y poco cómodo para alguien con una falda corta. Le puso una manta sobre el asiento y le ayudó a subir advirtiéndola de mantenerse alerta pues el vehículo no tenía cinturones de seguridad y el terreno no era muy plano. En medio de su deleite, Paulina no escuchaba nada. Terence la llevó hasta la pradera modelo, recorrió los invernaderos de plantas silvestres, atravesó los trigales y los campos de maíz recién sembrados llegando al cabo de dos horas al gran granero donde Paulina perdió el balance cuando el vehículo rebotó en un bache cayendo de bruces en un pantanal cerca del abrevadero para el rebaño de vacas que Ovidio guardaba por mero amor a su apariencia. Eran 10 Jerseys con nombres propios dados por Ovidio y Louisa que gozaban de una vida muy cómoda en un área diseñada especialmente para ellas. Daban mucha leche que se vendía en la localidad cercana y que Emma utilizaba también para hacer quesos, yogurt y kefir. La caída no le causó heridas graves a Paulina más allá de su estima personal, pero se le manchó el vestido de lodo y boñiga junto con la cara y el cabello por lo cual Terence le sugirió entrar a la ducha en su cuarto que estaba más cerca del granero por un lado oculto de la Casa Mayor para que nadie viera su percance. Así, ayudada por Terence, Paulina entró en la ducha y todavía bastante atontada no podía pararse bien. Terence entonces entró en la ducha para ayudarla mojando su ropa en el proceso. Una vez fuera de la ducha Paulina pudo observar a Terence cambiando sus ropas. Se arrimó a él y se fundió en una seducción espontánea. Todo su cuerpo temblaba con la intensidad del acto. Su espalda se había erizado y por dentro todo ardía y palpitaba como lava en el fondo de un volcán. Terence la mantuvo presa en su abrazo besando su cara suavemente, corriendo sus dedos sobre los cabellos y apretando sus nalgas hacia sí, masajeando luego los senos y la espalda muy lenta y delicadamente. Paulina estaba en éxtasis tratando de corresponder al trato. No podía hacer otra cosa que gozar del momento. Paulina se deslizó del abrazo y se metió de nuevo a la ducha para refrescarse y limpiarse tratando de recuperar el sentido. Todo había sido más intenso de lo esperado. Terence le prestó su bata de baño y la guio para regresar a su cuarto por un corredor trasero. Paulina caminaba de puntillas muy contenta y ufanándose en su mente de su creciente capacidad y nuevo descubrimiento. La gira por la granja había sido más total de lo esperado. Esa noche luego de la cena, nadando en la piscina, le confesó a Mercedes el encuentro con Terence. Mercedes prometió guardarlo como un secreto aunque algo empezaba a crecer en la voluptuosidad de su mente. Ahora veía a Terence de otra manera tal vez más real e inmediata. Tal vez placentera.

42

El viaje al Mercado con Emma resultó ser agradable y muy instructivo. La población estaba celebrando una feria de primavera con mayor participación de granjeros y vendedores además de muestras y demostraciones de equipo agrícola además de un juzgado de ganado, cerdos, ovejas, chivos y aves. A causa de la intensidad del sol, todas compraron sombreros de pava con cintas y moños al gusto que lucieron con gracia y elegancia. También compraron bolsas de lona para cargar varios caprichos. Gran parte del público creía que este era un grupo de reinas de belleza de un país exótico. Hasta Eufemia se complacía en saber esto por traducción caminando con mayor altivez. Las falditas cortas y apretadas de casi todas causaron bastante revuelo y algunos inconvenientes. Para unas les fue imposible montarse aún de amazona en unos caballos de paso que se les ofrecieron para hacer una vuelta de honor en la pista ecuestre. Montaron entonces en una carroza saludando al público y recibiendo mucho aplauso. Josefa y Amparo lucharon por rechazar los avances traviesos de chivos pigmeos tratando de devorar el borde de sus faldas o entrometer sus narices por debajo a lugares más íntimos. Tomasa y Maruja fueron llamadas a juzgar gallinas y conejos por el grupo de jóvenes granjeros de escuela secundaria mientras Mercedes era instruida en los detalles de la anatomía de vaquillas y novillos dejando impresiones de sus pies en boñiga fresca con gran causa de risa. Paulina tomaba notas y fotografías de un evento hasta entonces desconocido para ella sorprendida por la riqueza y la exuberancia del campo. Admiraba la paz y orden en que todo procedía y la participación amable y generosa de toda clase de grupos. Este era el Medio Oeste bastante diferente del centro de Nueva York o Boston. Aquí podía entender las razones por las cuales Ovidio vivía en una granja lejos del bochorno de la ciudad. Era esa vida pastoral tan deseada por todos pero vivida por pocos. Sin quererlo, el grupo causó mucho impacto en esa feria rural tan lejana y tan inmediata. La atención causada por el grupo pudo haber sido causa para la rapidez con que Emma vendió sus quesos y conservas. Al final de la jornada cada una había recibido ramos de flores y toda manera de congratulaciones. No había sido un torneo de belleza sino simplemente un turno bello. La percepción se efectuaba desde ambos lados del catalejo.

El regreso a la granja fue tal vez muy rápido. El universo cambia por longitudes cada treinta minutos o algo así a pesar de la distancia. Todas se sentaron en la cocina discutiendo impresiones y lloviendo preguntas a Emma quien estaba muy complaciente y tan excitada como todas. Louisa se unió al grupo para aumentar la discusión con sus propias interpretaciones y anécdotas. Eventualmente resultaron vino y entremeses que se consumieron hasta media tarde despertando la curiosidad de Ovidio por el altavoz quien extrañaba la falta de visitantes en su estudio. Mercedes se ofreció para ir y llevarle unos bocaditos acompañada por Maruja. Louisa estaba bien ocupada preparando un solomillo al estilo Wellington y una torta de peras. Ovidio agradeció la visita y los bocadillos mientras Mercedes tomaba la oportunidad para presentar una propuesta a Ovidio:

Sabemos muy bien que hay herencias biológicas por encima de las físicas e intelectuales que deben ser pasadas para mejoría de individuos y familias.

Son el resultado de procesos y disciplinas que no todos pueden ejecutar.

En el caso tuyo representas algo muy especial por intelecto, carácter, logros y atributos. Eres un hombre muy especial.

Indudablemente tus dos hijos llevarán una gran herencia biológica hacia el futuro.

Ese es tu regalo más valioso para los que vienen.

Mucho más grande que tus obras.

Sin embargo, es una oferta muy estrecha y posiblemente mezquina dado tu valor.

¿Qué tan grande debe ser el mar?

¿Está acaso restringido a golfos y bahías?

¿Cuál es la distancia de horizonte a horizonte?

Tu eres en realidad más grande de lo que piensas.

Desde hace mucho tiempo te he observado como hombre y profesional.

Tus dotes personales, intelectuales y culturales son verdaderamente extraordinarios.

Eres un ser muy especial ampliamente dotado.

Estoy totalmente cautivada por todo lo que eres.

Eres para mí y otras un hombre completo como ninguno que yo conozca.

Como ese hombre perfecto de Vitruvio que Leonardo inscribió en proporciones geométricas en su cuaderno casi siete siglos antes de nosotros, tú te remontas más allá de ese círculo y de esa geometría.

Un hombre real ligado enteramente al microcosmo del universo.

Tus proporciones exceden la imagen. Eres único. Eres más grande.

En esta granja podemos verte completo de manera total.

Aquí podemos ver el alcance y medida de tu esencia.

Así que estoy prendada de todo lo tuyo y deseo estar preñada por lo tuyo para llevar más de ti al futuro.

Tu semilla debe dar más de dos vástagos y te ofrezco mi surco para una nueva cosecha.

Te hago este pedido desde el fondo de mi mente y corazón muy consciente de todos los alcances y reprobaciones.

No es asunto de poder financiero ya que estoy muy bien asegurada y puedo ofrecer tanto seguridad como hogar envueltos en gran ternura.

Quiero que plantes tu herencia en mí para provecho de generaciones futuras.

Ciertamente deseo que Louisa apruebe.

Este no es un deseo insólito o caprichoso

No viene de mi voluntad sino de mi perspectiva humana

Deseo ser como una nueva Eva en este paraíso que nos rodea

Maruja y las otras desean lo mismo

Queremos ser receptoras de tu generosidad genética con toda humildad y admiración

Queremos elevarnos en tu capacidad y abrazar el futuro con tu esencia

Queremos dar un fruto más allá de un mero acto carnal.

En ti estaremos completas construyendo un puente al futuro

Ovidio se rascaba el mentón, escuchando con atención:

Muy interesante. Es algo bastante complicado.

Hablemos con Louisa.

Ovidio las abrazó permaneciendo silenciosos en esa estrechura de brazos por bastante rato. Salieron luego en el mismo silencio para regresar a la Casa Mayor.

Luego de la cena, las seis mujeres más Eufemia se reunieron en la biblioteca para discutir el asunto de procreación iniciado por Mercedes. Había un consenso general aunque la condición de Santiago de Cali las disturbaba. Todos los asuntos de orden moral y legal se podían resolver muy fácilmente mientras existiese una unión clara y fuerte entre todas. Mercedes propuso comprar las dos casas entre la de Eufemia y la suya para albergar a todas. En su casa podía vivir Josefa muy cómodamente mientras Eufemia podía albergar a Tomasa. En la casa del general había espacio para Paulina, Amparo y Maruja con la otra casa sirviendo como espacio común adicional. Todas tendrían título de propiedad en común. Todo era bien posible y se evitaba el problema o conflicto con amantes deseando control o supremacía por razones puramente genéticas, culturales o de otra índole. Era una propuesta revolucionaria muy contraria a lo normal o de costumbre. Siete mujeres independientes construyendo una comunidad enfocada en la educación de vástagos especiales como herencia genética. De manera efusiva y bastante emocional, todas manifestaron su apoyo y llamaron a Louisa para solicitar su comentario y obtener su permiso. Era ella quien guardaba el acceso.

Louisa no expresó ninguna reservación, otra que la estabilidad emocional e intelectual de los vástagos. Era posible que Ovidio no estuviese presente pasada su adolescencia si la salud lo permitía. Todos los asuntos legales de herencia se podían definir muy claramente con una consideración por el papel especial de los dos hijos y nietos que ya existían del matrimonio. El asunto de seguridad financiera estaba supeditado por el de seguridad mental y spiritual que permitiese un desarrollo normal de las facultades y capacidades. Era necesario tener la colaboración plena y el placer de Ovidio además de un entendimiento total entre todas sin celos o pretensiones. Ovidio se tornaba así en un Sultán con un *seraglio* repleto de belleza, deseo, promesa y afecto. Siempre había sido un sultán, pero le faltaba el seraglio de manera formal. Todas lo deseaban y de varias maneras lo amaban. Louisa había sido la consorte principal y seguiría siéndolo. Louisa se fue a su alcoba para discutir el asunto con Ovidio. Allí, le expuso la propuesta. Ovidio decidió acompañarla a la biblioteca donde las seis mujeres sin Eufemia se hallaban sentadas sorbiendo vino blanco. Ovidio se sentó en la poltrona y empezó el diálogo declarando su sorpresa y humildad ante el deseo de todas. Estaba de acuerdo pero necesitaba que todas firmaran una declaración sobria y satisfactoria para Louisa. También necesitaría ver a los vástagos cada primavera y verano en la granja si no estaban viajando por otros lugares con propósitos académicos o recreativos. Mercedes se ofreció para redactar el "Acuerdo de Partes". A pesar de sus deseos y ardores, esta era una situación muy seria, una cosa era tener placer por la mera satisfacción de tenerlo y otra cosa era tener un hijo por el deseo de elevar copulación a concepción con un objetivo más amplio y profundo. Había un compromiso más grande a más largo tiempo que el breve momento de un encuentro pasional. Ella se sentía muy lista para hacerlo y quería que todas lo pensaran bien antes de consumarlo analizando todos los ángulos. Ser inseminadas era una cosa muy sencilla y bastante placentera; sin embargo, ser madres era un asunto enteramente diferente que demandaba una dedicación de por vida a otra vida. Así se lo explicó a todas. Así lo aprobaron todas. El material genético de Ovidio ofrecía extensas posibilidades para resultados extraordinarios bajo medios apropiados de nutrición, estímulo, cariño y todos los factores contribuyentes a un nivel superior de desempeño. No era solamente el asunto de tener un bebé bien dotado sino de criar personas de facultades especiales para lograr un impacto grande. Todas al unísono aprobaron el concepto. Allí mismo decidieron suspender todo esfuerzo anticonceptivo y traer sus cuerpos a un nivel apropiado de fertilidad. No era un pacto de celibato o castidad sino un esfuerzo determinado para evitar penetración vaginal con descargue por otros que podría engendrar un huevo con resultados indeseables. La misión demandaba concentración. Las posibilidades continuarían para otros por otras rutas y maneras. El alto nivel de sexualidad abierta que todas practicaban tenía ahora un cierto límite pero no estaba extinguido aunque si estaba regulado..

43

Tarde en la noche Paulina fue a la alcoba de Terence con intención de devolver la bata de baño. Se sorprendió al encontrar a Mercedes, Amparo y Maruja compartiendo el placer de Terence. Con risitas cómplices, las tres la invitaron a unirse en el deleite. Gracias al vigor de Terence todas pudieron ser complacidas dejando mugidos que gracias al espesor de puertas y paredes no se transmitían al resto de la casa. Sigilosamente todas regresaron a sus alcobas para darse un buen descanso y dejar que Terence se recuperara para sus labores más tarde durante el día. La calma nocturna de la granja era solamente en apariencia. Los búhos coreaban su admiración en los bosques y los mapaches aullaban con deleite.

Al cabo de cuatro semanas se estaba llegando más cerca a la hora de regresar a Santiago de Cali y todas las seis ya habían pasado su ciclo mensual. De diferentes maneras todas lograron tener congreso con Ovidio en varias ocasiones. Maruja fue la primera en sentir nausea, usar un predictor de embarazo y salir corriendo de su alcoba para abrazar a Ovidio que estaba leyendo el periódico en la cocina. Emma no sabía lo que estaba pasando y lo tomó como una demostración más de euforia por estar en la granja. Las otras cinco confirmaron su condición en los días siguientes. Louisa actuaba como una gallina madre sentada sobre sus huevos dando atención celosa a todas. Emma y Eufemia fueron informadas acerca de los eventos y muy diligentemente procedieron a visitar una tienda de telas y fabricar vestidos de corte "Imperio" para cada una. El corte "Imperio" con su cintura alta acomodaba el crecimiento del vientre y daba un perfil muy femenino en su pliegue largo hasta el piso. Era un contraste bastante radical con las falditas ceñidas al cuerpo que se favorecían antes. Además de los vestidos, Emma cambió el régimen de la cocina reduciendo el consumo de vino y alcohol y aumentando las hortalizas, leches y carnes. De varias maneras se convirtió en la super abuela que le daba pausa a Louisa. Ovidio flotaba sobre todo tratando de medir la dimensión del evento y soñando con la promesa a Abraham que sus descendientes serían tan numerosos como las arenas del desierto. No que él se considerara igual a Abraham pero que la cantidad de vástagos lo hacía sentir como una fuente. Sería él por acaso un farallón emitiendo seis ríos?

44

Las seis mujeres encintas junto con Eufemia regresaron a Santiago de Cali luego de seis meses en la granja. El vuelo no fue muy placentero a causa de la náusea, pero los vientos frescos de los farallones sirvieron pronto para devolverles compostura. El general las esperaba en el aeropuerto y se sorprendió al verlas en sus vestidos de embarazo que Eufemia describía como un proyecto de equipo. La condición grávida no era muy patente por estar apenas a principios del primer trimestre. Llegar a casa y encontrar todo en orden produjo un gran alivio. Desde la buseta se podía ver un cambio progresivo en las vía al aeropuerto y la avenida a lo largo del Río. Todo parecía más limpio y una cobertura verde se había extendido sobre áreas dañadas durante la revuelta. Había menos tráfico y gente merodeando por las calles. El olor a pestilencia estaba siendo remplazado por el aroma de flores y bandadas de mariposas volando por todo el espacio. Luego de una sequía había llegado una temporada de fuertes lluvias en las cabeceras de los ríos causando crecientes que sirvieron para lavar los cauces y remover invasiones, hacinamientos y hasta localidades mineras ilegales. El agua servía de agente purificante más allá de los planes esbozados por Ovidio y opuestos por la revuelta. El general contaba con placer como los residentes de la ciudad habían tomado de nuevo las riendas del gobierno municipal expulsando a los políticos y caudillos latifundistas de esa coyuntura de mañas y artimañas que ellos habían construido. La falta de recursos causada por la sequía se había producido un éxodo de indigentes hacia otras localidades y los estragos en los parques y riberas de los ríos se estaban aliviando con nuevas plantas y limpieza por vecinos. El agua del río estaba clarificándose y el cauce tenía más profundidad. Había un clamor en varios sectores por retornar a Mercedes a sus labores en el Departamento de Parques y Medio Ambiente. La cabina construida con los troncos de las palmas en la Plaza De Caycedo se había quemado por culpa de hornos y estufas mal controladas. Toda la plaza estaba aún allanada en espera de una resurrección con los restos calcinados de las palmeras en la mitad. Poco a poco los locales comerciales estaban siendo reparados y el comercio parecía florecer de nuevo. El proyecto de derretir la estatua de Don Joaquín Caicedo no había progresado más allá de unas arengas acaloradas. En todo, parecía que la Naturaleza había tomado el liderato en la limpieza de la ciudad rindiendo un servicio verdaderamente extraordinario. La limpieza de los ríos había afectado al río Cauca que parecía tomar nuevo vigor con agua más pura y una fuerte prohibición a la minería ilegal que había destruido el río en los años pasados. Un sentido de esa "caleñidad" añorada por Eufemia estaba brotando como capullos de primavera. Todo era distinto como las futuras madres. Faltaba ver si esto era un espejismo o algo más definitivo y real.

45

Eufemia salió en su campero con Tomasa y Josefa para hacer una gira y examinar la condición de sus propiedades. Tenían mucha incertidumbre y deseaban confirmar sospechas y esperanzas. La marmolería y alfarería de Tomasa se estaban recuperando bastante bien. El mexicano dejado a cargo había mantenido el negocio bien atendido con una clientela creciendo en la medida que la ciudad se recuperaba. Se habían renovado las partes quemadas con la construcción de nuevas enramadas. Tomasa lo abrazaba como un objeto de veneración ofreciéndole su gratitud con una lluvia de besos mientras el hombre bastante anonadado solo podía repetir que él solo estaba haciendo su deber. Los varios empleados vinieron también a darle la bienvenida y tocar ese bultico que empezaba a crecer bajo su larga falda. Tomasa sollozaba y sonreía. Eufemia mientras tanto merodeaba por la sala repleta de materas enormes buscando dos o tres para plantar tres cerezos japoneses del invernadero de la granja que había traído camuflados en su equipaje. Cargando las materas en el campero salieron a través de la ciudad para la concesionaria de Josefa. La escena era devastadora. Todavía estaban los escombros de carros averiados y los ventanales rotos de donde Josefa había escapado. Josefa llamó a la Secretaría de Tránsito y la Policía Nacional para hacer una denuncia formal y cerciorarse de que pasos debería tomar para reactivar el negocio. Luego de un rato llegaron agentes de la policía tomando fotografías y llenando formularios además de pedir los documentos de registro que providencialmente estaban en la caja fuerte que no había sido tocada durante la ausencia de Josefa. Un oficial de la Secretaría de Tránsito comparó los certificados de compra con los números de identificación de los vehículos y le aconsejó ponerse en contacto con la aseguradora para cubrir el monto de las reparaciones. Para su sorpresa, un corredor de la aseguradora estaba tomando fotos de los daños y compilando una lista de vehículos en respuesta a una llamada de Mercedes algunas horas antes. Todo parecía mejor que durante el incidente con la turba. La mayoría de los daños eran a parabrisas y focos delanteros que se podían reparar con facilidad. Solo dos carros tenían daños que requerían el trabajo de un taller de hojalatería y pintura y los tres carros quemados serían vendidos como chatarra con la aseguradora cubriendo el valor de venta suplementada por un pago de indemnización por parte del gobierno municipal bajo un decreto reciente de la Corte Suprema a causa de una demanda de residentes afectados contra el partido político juzgado responsable por liderar y estimular la turba en el saqueo y destrucción de propiedad. Las vitrinas del edificio podrían ser remplazadas el día siguiente. Al fin de cuentas, el negocio de Josefa se podría reiniciar en una semana. Lo único que había sido destruido completamente era su condominio que luego de la invasión por la turba fue habitado por varios indigentes que dañaron el baño y la cocina llevándose luego los colchones, sábanas y toallas además de sus vestidos. Todo el recinto hedía a heces y orina. Con un nuevo hogar en San Antonio, Josefa decidió solamente limpiar el recinto, sacar las pocas pertenencias que sobrevivían, pintarlo y venderlo al mejor postor. El seguro y la venta la compensarían bien, combinadas con la ayuda generosa de Eufemia y Mercedes. Con todos los asuntos bien definidos las tres mujeres regresaron a San Antonio observando a gran parte de la ciudad empezando a recuperarse. Parecía que gran cantidad de habitantes se habían mudado a otras localidades. La mayoría de los políticos y caudillos habían sido apresados o estaban escondidos huyendo todavía de la furia popular que los había derribado unas semanas después del viaje a la granja. Solo la intervención oportuna de la Policía Nacional los pudo salvar de un linchamiento. Varios habían sido encausados por el linchamiento y muerte del alcalde, los secretarios y sus esposas a pesar de escudarse detrás del concepto de revuelta popular espontánea y acción de guerra. La evidencia en su contra era apabullante por televisión y radio que documentaron muy bien el proceso desde el discurso de Ovidio ante el concejo. Como se decía en la escuela primaria: *"Borrón y cuenta nueva"* al cometer errores de caligrafía o aritmética.

Claro que el borrón afirmaba un error y una consecuencia.

Paulina regresó al periódico para publicar sus reseñas y continuar su columna con el beneplácito del Editor. Durante su ausencia había adquirido prestigio y estatura. La maternidad le estaba dando un estilo más simpatético y comprensivo (tal vez maternal) que les gustaba a los lectores. Para mantenerse en forma caminaba las 15 cuadras desde San Antonio hasta el periódico. Ya había pasado de la etapa de nausea y llevaba su maternidad sin problemas. Vivir en la casa de Eufemia le deparaba el gusto de buena comida y buena ducha sumados al cuidado a menudo obsesivo de la "tía" Eufemia. Era un cuidado que compartía con Tomasa. Como el general estaba muy vivo todavía, Josefa se unió al equipo de Eufemia mientras Mercedes albergaba a Amparo, Maruja y Josefa. La casa al lado de la de Mercedes estaba vacía pero no se conocía el paradero de los dueños por lo cual una compra no era posible todavía. Entre todas, Mercedes había sufrido lo mayor por concepto de la náusea. Todas habían superado esa etapa pero ella continuaba sin poder comer u oler ciertas cosas. Su barriga aparecía un poco más grande que las otras. Así buscó un obstetra con capacidad para atender a todas las seis. La doctora Nieves Aljure Londoño las recibiría muy complacida. Era una graduada de la Escuela de Medicina de Johns Hopkins en Baltimore con internado y licenciatura en varios hospitales de Chicago y Miami. Divorciada de un inversionista, acababa de regresar a Cali para empezar su práctica. Tenía un consultorio completo con laboratorio y centro de instrucción en parto natural y cuidado prenatal. A Mercedes le agradó que estaba en la carrera 1a con calle 6a a solo unas cuadras de la casa en San Antonio. Hizo las citas llenando las formas requeridas y en unos días se presentaron para ser examinadas por primera vez. Todas estaban bien, las maternidades avanzaban de acuerdo con la rutina de costumbre y todas recibieron la primera foto del sonograma del feto con mucho deleite más un librillo que mostraba fotografías del progreso del feto desde concepción hasta el nacimiento. Mercedes recibió la gran sorpresa de llevar trillizos. Le hicieron varios sonogramas para confirmar y todos resultaron positivos. Le aconsejaron no hacer esfuerzos grandes por dos meses hasta ver como progresaba la maternidad. También le notificaron a la obstetra que viajarían durante el tercer trimestre hasta la granja y podían contratar un avión para transportarla al punto del parto. La doctora no expresó un cometido esperando ver como transcurrían los embarazos y su práctica. Eufemia hizo una fritanga para celebrar con empanadas, chicharrones de cerdo, longaniza, arepas y champús para beber. Invitaron al general quien sí tomó aguardiente y demostraba un estado perfecto de salud. Estaba muy interesado en los embarazos y relataba como él había servido de partero en las montañas de Cauca y Nariño durante su servicio militar a falta de un médico o una partera. Haciendo estas labores había aprendido reflexología para poder masajear las madres en los pies y calmarles toda manera de dolores y achaques. Así descubrieron en el general a un curandero bastante útil y cercano. Su afecto por

Eufemia se extendió a las seis madres en espera. Colaborando con Eufemia él podía mezclar toda clase de remedios y tisanas para la grata sorpresa de todas. Con mezclas especiales de yerbas podía crear un clima especial en la ducha para aliviar males y ensalzar el bienestar.

Mercedes todavía no se recobraba del impacto de las imágenes en los sonogramas llamando a Louisa para compartir las noticias. Era algo enorme más allá de la masa humana que le costaba mucho poder creerlo. Ser madre de uno era una cosa y tener tres era otra muy diferente. Ella tenía los recursos para criarlos pero llevarlos en su vientre le parecía una hazaña formidable. Paulina escaneó los sonogramas y los envió por correo electrónico a Louisa. Por ser reportera, se convirtió en la reseñadora de las maternidades tomando fotografías del progreso y escribiendo impresiones para transmitir a la granja. Construyó un álbum con secciones para cada una. Los ánimos no cambiaron luego de los embarazos aunque había un sentido más serio entre todas. Llevar una nueva vida en el vientre era más responsabilidad que el placer nato. Demandaba seriedad y cuidado. La nueva ciudad emergente podría ser el lugar especial para criar este nuevo rebaño.

Eufemia reabrió La Cocina de Tadeo solo en los fines de semana pensando que necesitaba más tiempo para cuidar de las madres expectantes. A pesar de todo, ellas llevaban en si los que serían sus sobrinos o sobrinas. El primer fin de semana tuvo que acudir la policía para poner orden en la cola de entrada al restaurante. El evento se había comunicado solo por fuerza de boca y una crónica en el periódico ya que se deseaba empezar lentamente con gran cuidado. Eufemia tuvo que mantener la cocina abierta hasta pasada la media noche y cada vez que caminaba por los comedores recibía aplausos. Existía una gran comunidad de clientes formada por el servicio de Jorge y Manolo. La responsabilidad por calidad y servicio pesaba ahora sobre Eufemia. Tomó fotografías con su celular que envió pronto a París. Muy cerca, el Paseo Bolívar estaba siendo renovado al estilo francés original. Siguiendo las ideas de Mercedes y Ovidio se convertiría en un tipo de Parque de la Tullerías para la ciudad con muchos lugares para esparcimiento sin la presencia de mendigos y desahuciados. Serviría como un frontispicio horizontal para el nuevo edificio de la alcaldía y una ventana al río como lo había sido más de medio siglo antes. Un antiguo alumno de Ovidio había surgido como paisajista a cargo del diseño luego de su regreso de Holanda y causado buena impresión en la ciudad con su portafolio. Por encima de todo, los barrios cerca del restaurante se estaban recuperando de los estragos del incendio ofreciendo una cara fresca en las avenidas con casas restauradas. La Iglesia de San Judas Tadeo se había salvado de las llamas y se erigía como centro y símbolo de la recuperación de esta parte de la ciudad. Las cicatrices del saqueo por la turba empezaban a sanar. No había rencor ya que todos sabían que los indigentes habían sido manipulados para beneficio de causas políticas anómalas y mezquinas.

Había mucha caridad pero gran recelo por abusos de liderazgo e influencia.

46

Mercedes se quejaba de que los trillizos estaban danzando toda la noche en su vientre y no la dejaban conciliar un buen sueño mientras las otras no tenían quejas gozando de su maternidad. Los varios exámenes por la obstetra indicaban una extensa normalidad. Eufemia se había esmerado por preparar buenas comidas e insistir en un buen cuidado prenatal de acuerdo con los libros. Todo andaba bien y hasta el general se había convertido en un padrino *ad hoc* siempre listo a llevarlas a cualquier lugar o hacer mandados para Eufemia. Su esposa y sus dos hijas habían perecido en una emboscada guerrillera en las montañas de Nariño donde él también había recibido varias heridas de bala. No mostraba sus retratos en la casa y hablaba poco de ellas. En dos o tres ocasiones le contó la historia a Eufemia con lágrimas en los ojos y voz entrecortada. Contrario a la apariencia, sus cicatrices todavía estaban abiertas a pesar de los años.

El cuerpo cicatriza más pronto que la mente o el corazón

Una mañana durante el desayuno, Mercedes recibió una llamada en su celular que le causó mucha alarma. Su "facilitador" en Londres no había oído de ella por varios meses y un número de clientes estaban frustrados por su silencio. En cosa de un día él iba a venir a Cali con un "cliente" para hablar con ella y enterarse de lo que pasaba. Esto era algo insólito que violaba el convenio de privacidad. Con mucha aprensión, Mercedes habló con Amparo y Maruja quienes decidieron acompañarla a la cita. Sería en un hotel cerca del aeropuerto ya que el "facilitador " y el "cliente" venían en un jet privado. La sorpresa de ver a Mercedes con cuatro meses de embarazo sorprendió al "facilitador" quien con mucho enojo le recordó el convenio de evitar embarazos a toda costa. Mercedes enfatizó su independencia de acuerdo con el convenio y la contravención de su privacidad. Todo se puso peor de allí en adelante luego de una bofetada que le rompió el labio a Mercedes tumbándola al piso mientras el "cliente" trataba de saltar sobre ella para darle puñetazos y tratar de herirla en los senos pensando que tenía bolsas de silicona o aguasal además de intentar cortarle la cara. Mercedes se defendía de la mejor manera posible dada su condición. Amparo y Maruja la protegían usando sus lecciones de Taekwondo sobre el "facilitador" y luego sobre el "cliente". Amparo había sido campeona nacional en su peso con cinturón negro en la segunda categoría (Jung Yu) y Maruja era una estudiante muy asidua para mantener su estado físico y recibir los beneficios de meditación con clasificación de cinturón rojo (Choong Jung) recién obtenido. Después de un patadeo y puñeteo muy frenético tanto el "facilitador" como el "cliente" estaban inconscientes tendidos sobre el piso. Las patadas de Mercedes habían sido bien pegadas en áreas vulnerables de la nuca y el mentón. Mercedes sangraba por el labio y un poco por el seno en el que el "cliente" había empujado un puñal sin penetrar el tórax. Todos sus atributos eran naturales en Mercedes. El ejercicio con pesos libres había fortalecido los músculos pectorales para hacer difícil una penetración con arma cortopunzante. Tenía además varias contusiones en los brazos y las piernas. Amparo tenía luxaciones en un tobillo y una muñeca mientras Maruja hacía una danza de victoria en el mejor estilo pugilístico. Estas mujeres no eran invencibles pero en este caso pudieron triunfar por puro coraje, entrenamiento y buena condición física ante hombres cuyo negocio era la eliminación de personas. El "cliente" resultó ser un sicario sirio-libanés reclutado como músculo. Satisfechas con su victoria las tres mujeres salieron del hotel y llamaron a Eufemia para avisarle de su inminente llegada y la necesidad de primeros auxilios para Mercedes. Eufemia le pasó las noticias al general que estaba disfrutando de una lulada en el patio. Sin pensarlo otra vez, el general llamó a varios miembros jubilados de su batallón y salió con ellos para el aeropuerto. Los dos hombres ya habían salido del hotel y abordado el *jet* esperando autorización para despegar. Sonriendo por las ventanillas le mostraron el dedo medio al general y su tropilla. De regreso a la casa de Eufemia y luego de recibir primeros auxilios, Mercedes relató su historia con gran demostración de llanto y esos mugidos femeninos que nadie puede descifrar. La doctora Aljure vino a instancias de Tomasa y le hizo un examen bastante detallado a Mercedes pronunciándola en excelente condición a pesar de las magulladuras. El labio y el pecho sanarían en unas semanas. Los trillizos podrían continuar su festival de danza en el vientre por unos meses más.

Noticias del incidente llegaron a Panamá por lo que se llama el "correo de las brujas" y el exmarido llamó a Mercedes para obtener más detalles. Así también se pudo esclarecer la pertenencia de la caja fuerte. Era dinero de uno de esos capos que había perecido huyendo del batallón antidrogas y por lo tanto le pertenecía a quien lo encontrase o al gobierno. Interesado por esto, el general le pidió el recibo que el coronel le había dado a Mercedes para adelantar una indagación en el cuartel de comando. Luego de unos días, una furgoneta del ejército llegó a la casa de Mercedes y le entregó las dos maletas que contenían los dólares y la monedas de oro. El general había movido palancas durante su indagación y el coronel le había devuelto el botín por falta de evidencia acerca de su proveniencia o al menos así quedaba escrito en el libro de registro. Mercedes sorprendida por la eficiencia con que se había hecho la gestión, decidió dividir el botín entre todos incluso el general. Cada uno recibiría una cantidad igual de dólares y monedas. Unos meses después se supo que en el Jardín Físico de Chelsea al Norte de Londres habían encontrado dos hombres de procedencia libanesa críticamente golpeados. Uno tenía un mensaje en un bolsillo que decía: *Se desbanda el seraglio de las mariposas* con un dibujo de alas de mariposa Monarca. La policía no tenía pistas acerca del significado de la nota y los hombres una vez convalecidos habían salido de Inglaterra. Coincidentemente, Mercedes fue avisada casi al mismo tiempo por su banco en las Caimán de un gran depósito en su cuenta proveniente de un banco libanés en Londres. Era talvez la cuenta final de una porción de su vida que serviría para apoyar otras porciones.

47

Las maternidades avanzaron sin problemas y al séptimo mes ya bien pasadas las 20 semanas donde se hubiese podido detectar cualquier anomalía, todas se preparaban para regresar a la granja. Se sabía por los sonogramas que todos los bebés serían masculinos. Eufemia se quedó en casa esperando viajar en unas cinco semanas cuando podría dejar el restaurante al cuidado de un asistente. La ciudad estaba transformada y se notaba un nuevo espíritu como con la sororidad entre las madres. Las avenidas se habían transformado en bulevares con anchos andenes, árboles, luces y mucho despliegue de escultura y fuentes. De amigas habían llegado a ser hermanas. Todas protegían una a la otra y ayudaban a Mercedes con su gran carga que le hacía difícil moverse con gracia en esos tacones altos que ella insistía en usar.. Las mujeres se vestían sobriamente con esos vestidos largos y espaciosos que Emma les había diseñado y continuaba confeccionado para una clientela local. Era una nueva edad. Ya no se veían esas falditas de Lycra Spandex tan preferidas apenas siete meses antes. Por el buen clima todas preferían andar en casa con una camisola de tela fina de algodón. La ducha de Eufemia se mantenía colmada a capacidad casi todo el día. Todas se pasaban el tiempo leyendo biografías, libros médicos sobre infancia y crianza, toda clase de revistas o escribiendo en sus diarios de maternidad. Tomasa y Josefa visitaban sus negocios a menudo y Mercedes junto con Amparo y Maruja desempeñaba su cargo de directora de parques cediendo más responsabilidades a sus subalternos. Todo parecía moverse en una buena dirección sin asperezas o conflictos pero con un gran sentido de expectativa. El río Aguacatal había recuperado su flujo y en la unión con el río Cali ya se encontraban varios charcos disfrutados por la juventud de la ciudad como lo hacían más de 50 años antes. Las sabaletas habían regresado y saltaban sobre las piedras celebrando esa nueva agua más pura repleta de oxígeno. Por fin se había celebrado ese Congreso del Agua por el cual Ovidio había advocado años antes. Fue un evento mundial bien subrayado por el creciente mejoramiento de los cauces y la limpieza general de los entornos riparios. Los cauces, las riberas, las cabeceras y todo el entorno vegetal de los ríos estaban bastante bien recuperado. Se notaba la abundancia de mariposas y abejas desde los farallones hasta el río Cauca. Cali era una ciudad renovada. Las seis mujeres también habían sido renovadas por la maternidad. Las nociones de sexualidad sin límites habían cedido la vía a una maternidad responsable elevada por encima de puro placer. Era una combinación poderosa que sin disminuir el deseo ampliaba la capacidad de la persona. La danza de los fetos en los vientres era tanto o más erótica que un congreso sexual.

En la granja todo funcionaba bien con mucha expectativa por los nacimientos sobre el horizonte. Ovidio había reconstruido un jardín de juegos infantiles al lado de la Casa Mayor que en otros tiempos fue usado por sus primeros hijos y nietos. Ellos se habían ido a perseguir sus destinos en otros sitios que prevenían una visita más constante aunque se comunicaban a menudo por teléfono y computador. Ambos hijos habían obtenido doctorados en economía y epidemiología respectivamente y trabajaban en Europa con sus esposas. Cada uno tenía un hijo que ya estaba terminando bachillerato en Francia y Holanda. Por haber nacido y sido creados en su mayor parte durante la jornada de Ovidio en Europa, ambos tenían un temperamento más continental bastante alejado de Sur América, aunque ambos hablaban buen español. Al enterarse de los múltiples embarazos, los hijos tuvieron una reacción no muy favorable inicialmente, pero en conversaciones con Louisa se empezaron a entusiasmar por la idea y la realidad. Ellos lo veían ahora como un aspecto más del legado de su padre. Esa persona enorme que se remontaba sobre sus propias vidas. Una vez nacidos los bebés, ambos planeaban venir con sus familias a la granja. En previsión de esto, Ovidio había empezado a renovar las casitas vacías cerca de la Casa Mayor. Louisa se ocupaba de la decoración para hacer de cada casita un hogar especial para cada familia. Eran casas de 750 metros cuadrados con tres alcobas, dos baños, sala, comedor, cocina y biblioteca que Ovidio había diseñado al principio de su carrera para albergar trabajadores pero que habían quedado vacantes cuando los trabajadores compraron residencias permanentes en los alrededores con mayor terreno para plantar sus propias cosechas. Lentamente la granja se vestía de fiesta con su mejor imagen.

La presencia de las mujeres embarazadas en la granja motivó a Emma para traer a su prima Emilia quien era una partera con experiencia para guiar los cuidados prenatales y ayudar en los partos si era necesario. Emilia estaba casada con un granjero Menonita, tenía 8 hijos y ayudaba a las familias en su comunidad cerca de Tuscola a 20 millas de la granja con partos y problemas de salud. Tuvo recelos en venir a la granja por asunto de doctrina pero los presbíteros y el ministro la habían convencido de que su presencia era un llamado divino para la Gloria de Dios. Vestida casi siempre de azul con un delantal blanco y su pelo recogido en un moño cubierto con una capucha blanca plisada de un material duro y sólido para indicar su estado de casada, Emilia proyectaba una imagen un poco severa que tomó tiempo en acoplarse a las madres expectantes. En cuestión de pocas semanas estaba en relaciones muy cordiales con todas manteniendo una discusión constante sobre asuntos de salud y dieta. Les remplazó el café diario con varias tisanas muy diluidas de yerbas naturales como de hoja de frambuesa roja, manzanilla y otras diseñadas para promover calma y mejor parto. También les cocinaba sopas y horneaba deliciosos panecillos en combinación con Emma y

Louisa. Antes de acostarse, se pasaba una hora en oración y meditación en la biblioteca despertando la curiosidad de todas que fueron progresivamente atraídas a la meditación. En medio de esa calma de cada día, Mercedes anunció que se le había roto el agua a eso de la 2 de la tarde. Emilia inmediatamente acudió a su alcoba y Eufemia quien había llegado dos días antes llamó a la Dra. Aljure quien decidió entonces aceptar el vuelo directo en un jet alquilado. El proceso de parto de trillizos no es una transacción rápida y cuando la Dra. Aljure llegó seis horas más tarde, uno de los trillizo apenas había empezado a descender por el canal de parto bajo la vigilancia de Emilia quien le cedió el liderato a la Dra. Aljure. Todas se amontonaron cerca de la puerta de la alcoba mientras Ovidio y Louisa esperaban noticias en la Biblioteca y Emma preparaba entremeses en la cocina. Casemiro, Martina y Terence llegaron luego a la Biblioteca para unirse a la tensión. Los bebés finalmente llegaron a la luz cerca de la media noche en un coro de berrinches y alegría colectiva. Cada una pesaba 3 libras y 8 onzas que de acuerdo con la obstetra era un peso excelente en promedio. Todos querían tomar a los bebés en los brazos y los pasearon de la alcoba hasta la Biblioteca con una parada en la cocina en una forma de gira triunfal. Se tomaron muchas fotografías y finalmente llegaron a los brazos de la madre quien los esperaba con los pechos repletos para alimentarlos. Las tres cunitas que Ovidio había construido con la ayuda de Terence estaban en atención alineadas por la pared vestidas de azul esperando a sus inquilinos. No se había terminado el bullicio cuando Maruja dio señales de un inminente parto. El proceso natal empezó de nuevo dejando a Mercedes sola con Emilia quien se había arrodillado a orar al lado de la cama. El bebé de Maruja estaba muy urgido por nacer y lo hizo en menos de dos horas. Fue un bebé de 8 libras y 4 onzas con una voz bastante alta y constante en sus primeros berrinches. Louisa lo arropó en su sábana azul y los paseó por la casa como había pasado con los trillizos. Ovidio había destapado varias botellas de vino y con los entremeses que Emma había preparado se formó una fiestecita en el comedor y la cocina. Terence lanzó varios cohetes al aire que iluminaron la noche con crisantemos de varios colores. Emilia se acostó mientras Emma había caído dormida en uno de los sofás en la biblioteca. La agitación había sido muy grande.

Por la mañana todo estaba en calma mientras las nuevas madres se acostumbraban a sus funciones. Emilia preparaba los documentos de nacimiento junto con la Dra. Aljure. Los trillizos se llamaron Pedro, Ezequiel y Camilo mientras el hijo de Maruja se llamó Benjamín. Cada uno tendría la letra capital O como segundo nombre más el apellido del padre. Así todos quedarían como Rodriguez más el apellido materno. Luego de dos días las penas de parto le llegaron a Tomasa y Josefa casi al mismo tiempo pero le tomó a Josefa una hora más que Tomasa. Llamaron a sus hijos José y Tomás respectivamente. Las dos últimas en dar a luz fueron Amparo y Paulina que lo hicieron casi una semana después sin complicaciones y de manera muy corta. Sus hijos fueron llamados Augusto y Luis respectivamente. Así la labor de parto estaba completa y quedaba solo la de crianza. Los hijos de Ovidio (Mauricio y Eduardo) llegaron durante la semana siguiente con sus familias para deleite de Louisa quien los acomodó en las casas renovadas. Las esposas (Diana y Eugenia) junto con los nietos (Valdemiro y Felipe) se complacieron con la remodelación tanto como los padres. Ese día el bullicio de presentaciones y conversaciones duró hasta tarde en la noche. Eufemia tomó fotos en su celular de todos y cada uno para enviar al general. No era una mezcla homogénea como en un batido de curuba. Era más un sorbete de frutas donde se veían los trozos rodeados por jugo de naranja y limón. Cada fruta aportaba su sabor y textura bajo el auge de un jugo común poderoso y refrescante. Los Rodriguez eran nueve letras distintas unidas en un solo nombre. R - O - D - R - Í G – U - E - Z Por tradición y biología, Ovidio era el sultán que se paseaba por sus dominios repartiendo ternura y cuidado a todos por igual acompañado por Louisa, su reina consorte. No era una labor difícil ya que la dimensión de ser era vasta tanto en Ovidio como en Louisa.

Como siempre, el tiempo pasa ineluctablemente siempre desapercibido. Los bebés crecen y muy pronto se vuelven alumnos pasando por grados eventualmente obteniendo niveles superiores en materias no vislumbradas al nacimiento. Ovidio celebraba todo esto colgando diplomas y certificados en las paredes de la biblioteca donde sentado en su gran sillón podía contemplar a su familia clavada a su alrededor. Allí pasó de los setenta a los ochenta y a los noventa sorbiendo ese café que Emma le traía cada mañana. Allí se sentaba con Louisa a recordar tiempos en el pasado lejano o cercano mientras forjaban nuevos logros. De allí salía para su estudio cada día casi a la misma hora y era informado por Terence de los eventos de la granja que demandaban su participación. En ese estudio continuaba dictando varios libros y comunicándose con profesionales amigos. Llenaba blocs con dibujos en acuarela y tinta y de vez en cuando hacía grandes muestras de caligrafía en rollos de papel Kraft. Terence lo llevaba en el todoterreno a cada esquina de la propiedad que Ovidio conocía como la palma de su mano pero se deleitaba en ver y sentir como nueva cada vez. Cuando los hijos visitaban era acompañado por un séquito de jinetes galopando a su lado, hablando al mismo tiempo y llenando el aire de carcajadas mientras las madres se doraban al lado de la piscina impregnando el aire con el aroma de manteca de coco y charla femenina. Eran tiempos de grandes cenas y eventos igualmente grandes como hacer y volar cometas, bajar por el río en canoas, recoger hongos en los bosques, jugar y correr por los campos, sembrar flores y arbustos, podar los setos del laberinto, construir tipis y cabañas para acampar, hacer asados, cazar torcazas y perdices, pescar por trucha y sardinas, galopar sin rumbo o tirarse a la grama para ver a la nubes correr bajo la cúpula azul hacia el horizonte. Con el tiempo se aumentaba la duración de las visitas a la biblioteca y la calidad de la música. Los trillizos promovían veladas de canción y cuentos mientras que una compañía de teatro experimental se conformaba bajo el patrocinio de Ovidio para presentar farsas y dramas cortos en español y francés. En unos años se construyó un tablado y la granja se convirtió en una atracción cultural regional durante el verano con un programa de teatro que muy pronto se amplió como escuela y sede de un festival anual en coordinación con la universidad.

En Santiago de Cali todo fluía como en la granja con cada madre cuidando a su hijo y todas colaborando en la enseñanza con diversos programas de actividad académica, física e intelectual. Se efectuaron muchas excursiones dentro y fuera del país, se cultivaron afinidades en lenguas, culturas y materias que sirvieron para guiar estudios universitarios. El general abrió puertas en su paredes para facilitar tránsito a las casas de Eufemia y Mercedes que se convirtieron en pasajes para el tropel de niños en sus juegos. Finalmente se pudo comprar la casa entre la de Mercedes y la del general que se convirtió en un centro para los hijos donde podían estudiar y esparcirse a voluntad. También, el general vendió de forma anticipada su casa a Maruja y Amparo. Sin pensarlo o planearlo mucho, Eufemia se convirtió en la gallina madre que arropaba los pollitos bajo sus alas. Todos los niños amaban y gozaban de esta tía cuya cocina producía las golosinas favoritas. Todos aprendieron a conducir en el campero que a pesar de su edad funcionaba como nuevo por el cuidado que Eufemia le daba. Josefa le insistía a cambiarlo por uno nuevo pero Eufemia no deseaba abandonar su primer amor automotor. Todos los niños eventualmente sirvieron de empleados en la marmolería, la alfarería y la concesionaria. Unos alimentaron sus inclinaciones a la biología y la botánica tomando muestras de agua y haciendo reseñas de la condición de la cubierta vegetal en los corredores de los rios Estos conocimientos se transferían a la granja para el estudio del río, la pradera y los bosques. En medio de esta dinámica llegó un día de primavera cuando Emma encontró a Ovidio inconsciente en la biblioteca. Louisa llegó para intentar despertarlo pero él ya estaba en otras praderas. Mientras se preparaba el sepelio llegó el atardecer repleto de rosa y púrpura llevándose también a Louisa. Fueron incinerados juntos y sus cenizas mezcladas en una sola garrafa de ónice que Ovidio había comprado en el Japón. La garrafa se depositó en una cripta de granito rojo colocada en medio del jardín de margaritas azules detrás del estudio. Martina sembró cuatro plantas de algodoncillo a su alrededor. Una gran multitud vino al sepelio y varios grupos de visitantes llegaron en los días siguientes para ofrecer sus respetos y recordar a un hombre significante y una pareja muy especial. El amigo de Kioto vino con un grupo de monjes para hacer una ceremonia de celebración de vida al pie de la cripta con mucho incienso y largas horas de meditación. También vino el obispo vestido de blanco y oro con un cortejo de monaguillos y monseñores ofreciendo oraciones y elogiando la labor de Louisa en el centro de refugio. Parecía que cada día llegaba alguien de lugares lejanos o de cerca con memoria viva del trabajo de Ovidio y Louisa en su favor. Llegó el ministro desde París junto con Jorge y Manolo que sollozaron por un rato ante la cripta recordando tiempos pasados y el gran futuro que había sido posible por la imaginación de Ovidio. Todos los hijos con las seis mujeres llegaron también desde sus universidades y pasaron bastante tiempo en el estudio examinando el legado de trabajo guiados por Terence que ya estaba compilando un suplemento al portafolio de la obra completa que había organizado y publicado unos años antes como tesis de doctorado. Los dos hijos con Louisa y los nietos se instalaron en las casas al lado de la mansión y junto con Emma se dedicaron a la atención de huéspedes y visitantes junto con las seis mujeres. Eufemia se instalaba en la biblioteca hojeando el portafolio compilado por Terence y maravillándose una y otra vez por la gran cantidad de trabajo que su hermano había ejecutado. Casemiro se dedicó a cuidar el rebaño de búfalos que había remplazado las vacas dejándolos vagar por la pradera como Ovidio lo había visualizado emulando los tiempos cuando ellos cubrían el territorio desde allí hasta Wyoming. Ese rebaño de veinte búfalos era un homenaje viviente al sueño de un hombre trasplantado por sus sueños a un lugar y un país muy diferente a su patria. Era un conjunto de machos y hembras con sus crías que sorprendía a los que pasaban por la super-carretera al lado de ese sector de la granja. Casemiro tuvo que construir un espacio para parquear y facilitar fotografías que prevenía incursiones en la pradera con peligro para los infractores y daños al entorno. Todo había empezado por el afecto de Ovidio por cuatro cachorros de una manada en Dakota cuando las vacas habían llegado al fin de su productividad y sufrían los achaques naturales de la vejez bovina.

Ovidio llegó a su ocaso apenas una semana antes de cumplir sus cien años con Louisa marchando solo dos años antes. Mercedes había planeado una gran celebración que se convirtió en sepelio. Terence pasó muchas mañanas sentado en el estudio hablando con los archivos y recordando a ese patrón que le había dado su razón de ser. Emma se quedó en la Casa Mayor atendiendo a los hijos y sus madres cuyas visitas eran más intermitentes, excepto por Mercedes quien se pasaba las estaciones en la biblioteca mirando a las paredes, leyendo literatura, vistiendo su kimono y conservando su figura hasta bien entrada en sus ochenta. Eufemia repartía su tiempo entre San Antonio y la granja asegurándose de cuidar del restaurante y entrenar un grupo que lo heredaría cuando ella no pudiese ya manejarlo. Martina instaló unos garrafones de granito al estilo de ánforas griegas entre masas de algodoncillo a lo largo del sendero hacia el estudio. Allí se instalarían, en su día, las garrafas con las cenizas de cada una de las seis mujeres vigiladas por un enjambre de mariposas Monarca. Todas sobrevivieron hasta bien entradas en los noventa. Había en todo una continuidad bien expresada y ejecutada.

Durante la primera visita a la granja, una profesora de escultura en la Facultad de Bellas Artes había tenido oportunidad de ver a las mujeres en la piscina tomando el sol y solicitó permiso para sacar moldes de caucho de cada una para luego hacer esculturas en concreto mezclado con polvo de mármol. Con los embarazos y luego con la crianza de los hijos, las estatuas se quedaron sin instalación o atención a pesar de que complacieron mucho a todos. Durante la conmemoración del primer año de la muerte de Ovidio,

Eufemia y Terence hicieron instalar las siete estatuas alrededor de la estatua de Venus al borde del bosque sobre un campo de Algodoncillo. Todas asistieron a la ceremonia de instalación todavía haciendo las comparaciones de esa primera vez durante la caminata por el bosque. Las estatuas se instalaron sobre columnas delgadas de granito de dos metros de altura alrededor de la estatua de Venus dando la impresión de estar casi flotando en el aire en una formación de vuelo con Louisa al frente. El conjunto atrajo a muchos visitantes que no cesaron de comparar atributos de varias maneras. Se dieron casos de mujeres desnudando sus torsos para tomar fotografías como evidencia de comparación. Las mariposas Monarca convirtieron este sitio en uno de sus más preferidos en los terrenos de la granja mezclándose con las estatuas como parte del conjunto. Muchos mitos se inventaron sobre las mariposa, las mujeres, Ovidio y Louisa y la granja. Hasta un grupo emergió para promover un peregrinaje cada primavera celebrando el retorno de las mariposas. Peregrinaje que se volvió un festival anual con música y teatro además de un mercado de jaleas, miel y quesos fabricados bajo la dirección de Emma.

La narrativa parece terminar aquí pero faltan unos pocos detalles para finalizarla y esclarecer algunos asuntos. Así que demos unos pasos más hacia el horizonte de unas páginas más

Postludio

El general sufrió un derrame cerebral en el patio de Eufemia mientras tomaba café y comía pandebono. Amparo y Maruja insistieron en incinerarlo y colocar sus cenizas en una cripta en la esquina del patio de lo que había sido su casa. Plantaron un vástago de la plumeria en el patio de Eufemia al lado de la cripta. Era una de la plantas favoritas del general. En el proceso de limpiar la casa, Amparo y Maruja encontraron un alacena repleta de municiones y armas que las aterrorizó y obligó a llamar al coronel para saber que hacer. Era una colección de armamento muy grande y el coronel (ya brigadier general) estuvo muy complacido en recogerla. Eufemia se mantuvo muy callada y no reveló el contenido de su propia alacena. Detrás de unos tablones en una pared de la alacena encontraron una caja fuerte de apariencia antigua. Trataron en vano de encontrar la combinación hasta que Eufemia notó unos números en la empuñadura de la espada en una pintura de Bolívar que no correspondían a fechas en su vida. Usando estos números pudo abrir la caja y encontrar varias cajas de madera con monedas de oro y billetes antiguos de libras inglesas en bolsas de lino. Parecía que San Antonio, Santo Patrón de las Cosas Perdidas, reinaba en su entorno colonial y patrimonial dando regalos a sus seres queridos. A todas luces era un tesoro del Siglo XIX o principios del XX por las fechas en los billetes. Parece que en todos los tiempos se hacían caletas para prevenir robos y guardar propiedades en la ausencia de conceptos modernos de más confianza como cajas de depósito en bancos. Existía siempre un miedo de perder dinero a lo largo de la historia del país y tanto los bancos como las autoridades aparentemente no ofrecían mucha seguridad contra allanamientos o rebeliones populares. Amparo tomó varios billetes y trató de encontrar imágenes en la red electrónica descubriendo que eran notas verdaderas del Banco de Inglaterra que no perdían valor y podían ser redimidas en Londres o por otros medios. Sentadas alrededor de una mesa Eufemia y Amparo contaron los billetes mientras Maruja hacía lo mismo con las monedas de una manera casi igual a los eventos de la caja fuerte del patio de Mercedes. Eran cerca de medio millón de libras esterlinas y una cantidad equivalente en oro. Por varias notas y recortes de periódicos en los fardos era posible pensar que todo el tesoro venía del turno de siglo entre 1890 y 1910. Ese había sido el periodo de varias guerras civiles (el país siempre había estado en pie de guerra) y la separación de Panamá en 1903. Tanto en esos tiempos como en el presente, mucho dinero flotaba por paraísos financieros con gente y bandos partidistas tratando de salvar sus inversiones o dineros bien o mal acumulados. Las sumas eran y son muy cuantiosas. También sabían que el padre del general había sido un sargento en tiempos de esas guerras encargado de recoger botín y llevarlo a los cuarteles. Era bien posible que ese botín fuese parte de una remesa que nunca llegó a su destino por condiciones que solo el general sabía y no podía ahora explicar. El dinero no da razones o comentarios. Es enteramente fungible y pertenece a quien lo tiene. Para esclarecer el asunto de valor, Eufemia llamó a su banquero en las Caimán quien le comunicó que estaría muy encantado de hacerle el cambio necesario por las notas ya que nunca expiraban. Lo del oro era un asunto para otro negocio más fácil una vez estuviese pesado y aforado. Eufemia podría enviar la notas por correo o traerlas en persona. Dejando su hijo al cuidado de Maruja, Amparo salió con Eufemia en avión privado hacia George Town en las Caimán. El banquero se sorprendió por el monto y la buena condición de las notas. Luego de llenar el papeleo de rigor le consignó el importe del cambio a la cuenta de Eufemia ampliada para Amparo, Maruja y las otras cuatro mujeres enviando las notas a Londres por mensajero certificado. Sucedió que una vez en el Banco de Inglaterra las notas fueron sobrevaloradas por su edad y condición lo que resultó en un monto adicional para la cuenta de Eufemia. Tal vez se puede atribuir este y otros eventos similares a esas jornadas de rodillas sobre el viacrucis en la loma y el hecho de que San Antonio protegía a sus fieles como el Santo Patrón de las Cosas Perdidas. No hay caducidad en las preguntas y respuestas a plegarias. Puede haber sido que las abuelas no tenían un equipo deportivo sobre el cual verter sus amores, pero a pesar de todo pedían bonanzas y bendiciones para si mismas que solo fueron contestadas mucho después por asunto de congestión y papeleo en el Departamento de Plegarias del más allá. Eufemia resultaba la beneficiaria de ruegos pasados, pero nunca caducos tanto como la promesa en Gólgota al ladrón que "hoy" estaría en el reino de Cristo. Ese "hoy" que se puede ver bien en el sentido de lo infinito. No es un "hoy" cotidiano o para el momento. Eufemia recibía la respuesta a las plegarias de las abuelas. El oro fue pesado y evaluado para guardarlo en una caja de depósito correspondiente a la cuenta ya que Eufemia no estaba interesada en cambiarlo. Las dos mujeres gastaron unas horas haciendo compras y regresaron a Santiago de Cali por la noche. Todo había sido muy sencillo y eficiente. Tanto como el pose de una mariposa sobre una flor que parece no dejar huellas excepto por el intercambio de polen y néctar. Entre plegarias y polen parece estar el balance del infinito.

La insaciabilidad de los deseos físicos no había cesado con los partos. Todas tomaron mucho provecho de Terence y Casemiro quienes se deleitaban en ser útiles como los machos a las hembras Monarcas. Había más sobriedad delante de los hijos pero la intensidad de la pasión no disminuía en las alcobas a puerta cerrada o en las caballerizas e invernaderos. Como nota especial, la Doctora Aljure tuvo oportunidad de visitar y usar la ducha de Eufemia y mostrar unos tatuajes similares al de todas. Fue recibida como una hermana y se convirtió en una visitante habitual de las sesiones de yoga. Durante los partos en la granja, ella había recibido atenciones constantes e intensas de Casemiro. Allí también se pudo saber que Martina tenía los mismos tatuajes. Había en realidad una sororidad desconocida que emergía lentamente como mariposas saliendo de la pupa. No era una sociedad meramente sexual sino de abogacía por las mariposas como insectos o personas con algunas elevando su vocación a un estado de celo constante en un auge reproductivo.

Se sabía científicamente de la actividad sexual de las mariposas hembras y su esfuerzo por poner tantos huevos como fuese posible en el lado reverso de las hojas de Algodoncillo y unirse a tantos machos como también fuese posible. Viviendo siempre en celo, las mariposas garantizaban la supervivencia de su especie y el deleite de sus machos. Es posible concebir por esto que el mundo entero está cubierto de huevos de mariposa creciendo como orugas bajo las sábanas creciendo como pupas para convertirse en mariposas. Puede concebirse la existencia de una cadena entomológica-humana en cuatro etapas que transita por el mundo de flor en flor o de ciudad en ciudad y aún de persona a persona. Si somos así, tal vez se necesita más Algodoncillo para alimentar tanto deseo. El seraglio donde Mercedes reinaba podía ser más grande de lo que se pensaba. Un sultán había terminado su reino pero había otros que ni siquiera se conocían o eran conocidos.

La expansión de la cubierta vegetal con Mimosa (*Mimosa pudica*) y Carboneros (*Calliandra trinervia*) es muy pertinente. Con flores muy parecidas ambos contribuyen con sus raíces a la fertilización del suelo a lo largo de los ríos. Son flores también muy apetecidas por los picaflores que así aumentan la cubierta de polinización. Con su sensibilidad al toque y a la luz, la Mimosa representa esa condición frágil de los sistemas hídricos representada tan palpablemente en Santiago de Cali. Esta unión de humanos, plantas e insectos puede entonces ser tan normal como la de humanos con gatos y perros. La Naturaleza parece acudir a una gran variedad de medios de supervivencia y renovación sin conceptos de divisiones y barreras. Pero esto es asunto de mucha más discusión y páginas muy por encima de mis inquietudes y exploraciones. Soy solo un negro sentado a orillas de un río en la selva tropical. No tengo pergaminos o cartones y tampoco tengo pertenencia a círculos intelectuales de moda o alcurnia. Soy solo el Negro Baltazar que tuvo el placer de conocer a gente muy interesante en un lugar fuera de lo común. Así que es mejor declararnos satisfechos con la sospecha de que hay diversos agentes polinizadores entre nosotros sirviendo a todos los reinos y géneros. Todos respiramos un aire común y compartimos un polen común. No es para nosotros un asunto de alergias más que de fertilización. Es un asunto que puede ser resuelto en principio por sociobiología como propuesta por entomólogos como E. O. Wilson y otros bajo las banderas de "biofilia" y "consiliencia". Tal vez estas mujeres desnudas y marcadas con alas de mariposa representan una etapa de gestación o transición. El enlace entre seres humanos y otros organismos vivientes puede ser algo más que una hipótesis fantasiosa. De esto solo sé lo que puedo leer en la biblioteca dejada por Don Ovidio. Por el momento es placentero saber que Mercedes y sus amigas y descendientes vuelan entre nosotros en varias formas alimentadas por ese Algodoncillo que crece en nuestras mentes sibaritas. La transformación puede bien empezar en la mente como fuente de todos lo deseos a pesar de lo que dicen los teólogos y los moralistas.

Por influencia de monto y flujo de capital, el exmarido de Mercedes se convirtió en un elemento muy influyente en asuntos monetarios internacionales que elevó a Panamá a una transformación como paraíso fiscal con el apoyo de los mercados bancarios de África, Asia y Latino-América junto con las ganancias del mercado internacional de droga una vez normalizado y formalizado. Así llegó a ser gerente del Fondo Monetario Internacional estableciendo una política monetaria sin barreras que absorbió los trillones de dinero acumulados por el tráfico de drogas y ayudó a obtener balances de entradas en una gran mayoría de países cuyas economías estaban a punto de fracasar por ausencia de divisas y límites de cambio. Panamá lo adoptó como hijo distinguido y eventualmente sirvió varios términos como presidente de la república. Su expediente en Colombia desapareció de los archivos y la memoria judicial una vez las fuerzas guerrilleras lograron obtener la presidencia del país por medio de tratados de paz y reconciliación con generosas ganancias financieras para las élites.

Así termina este relato que he tratado de hilvanar de la mejor manera. Guiado por la señorita Eufemia he podido usar la biblioteca para obtener referencias y organizar el relato en una manera que sea placentera y digna. Hay muchas otras cosas que no he podido anotar para evitar salir por tangentes y gastar tiempo, papel y memoria. Todo es como lo dice el Apóstol Juan en su Evangelio (Juan 20:31): *"Y ciertamente muchas otras cosas hizo Jesús en presencia de sus discípulos, las cuales no están escritas en este libro, pero estas están escritas para que ustedes puedan creer"*. Así pasa con Don Ovidio y las mariposas a su alrededor. No es un asunto de teología sino meramente de vida. No todo lo recordado merece ser anotado. Es suficiente decir lo que se ha dicho y ofrecer un brindis como Escamillo y Ovidio a todo lo dicho y lo hecho.

Mil Gracias,
El Negro Baltazar al borde del río Dagua

Fin